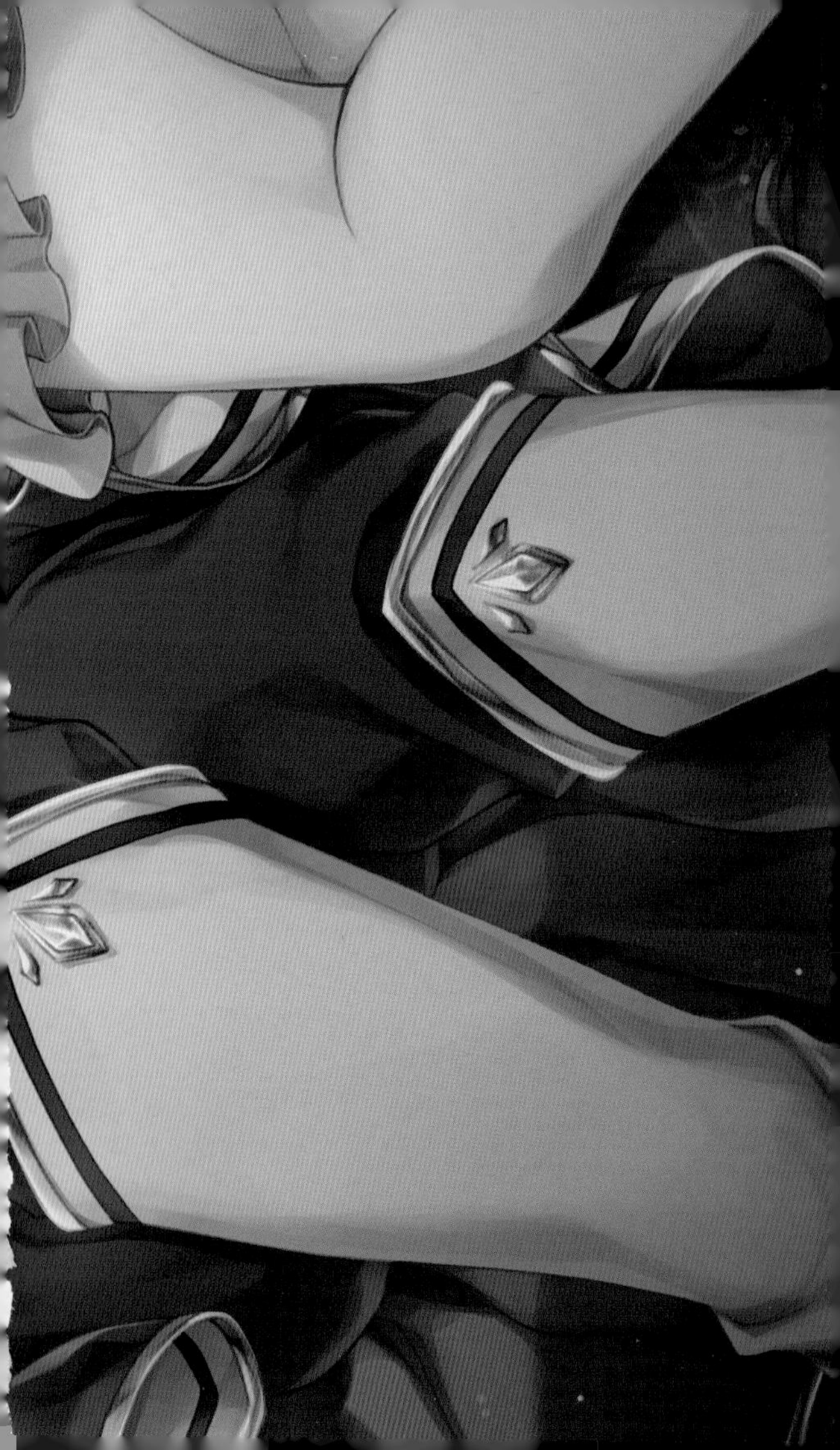

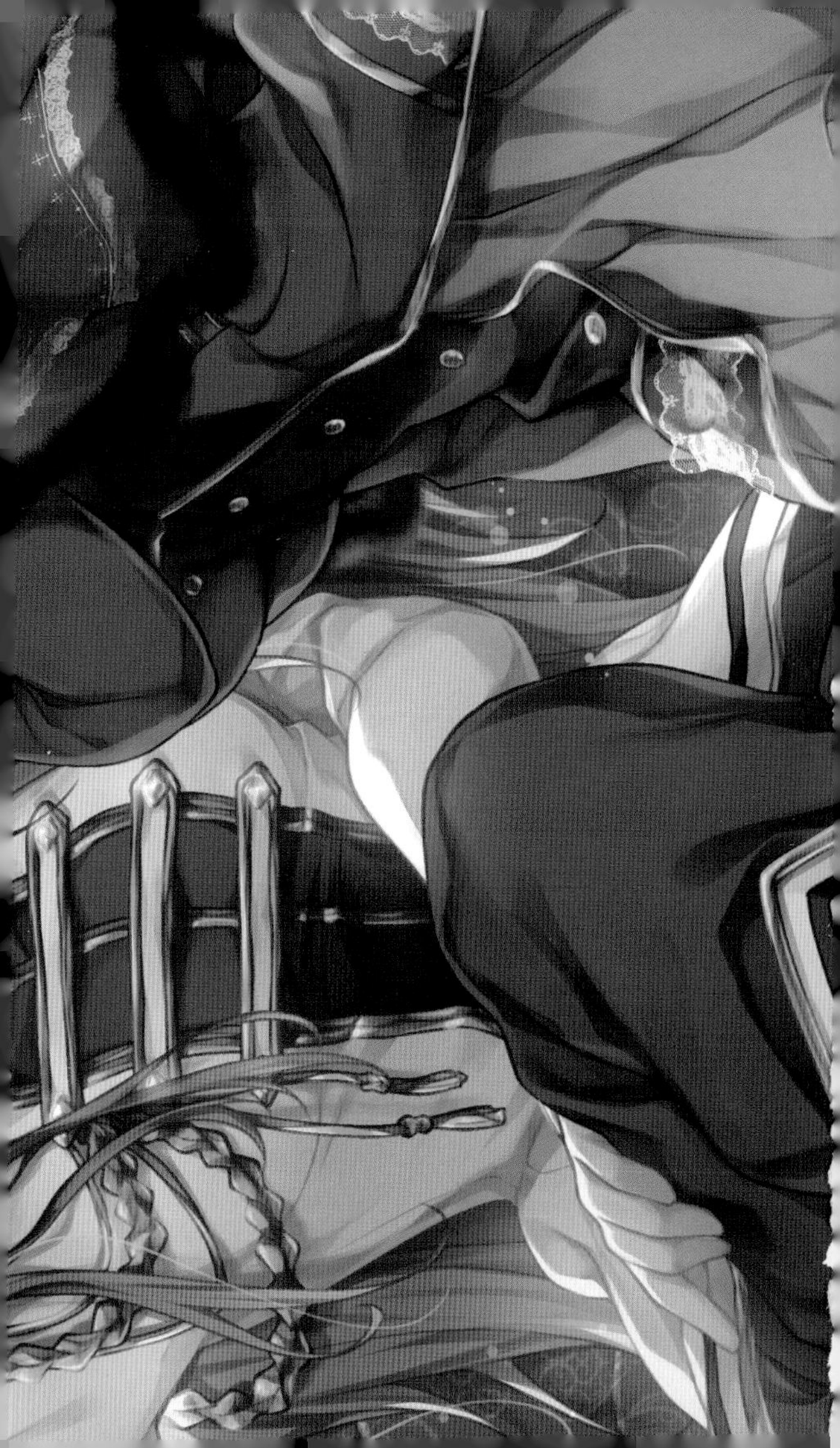

ライアー・ライアー 3
嘘つき転校生は偽お嬢様のニセモノを探しています。

久追遥希

MF文庫J

口絵・本文イラスト●konomi（きのこのみ）

プロローグ　穢れなき怪物

liar liar

――ずっと、羨ましかった。

わたしは、楽しいことが大好きだ。それ以外は何も要らない。この世界には楽しいことだけたくさん溢《あふ》れていればいい。そうやって生きてきたし、これからもそうするつもりだった。

だけど、そんな生き方をしてきたせいで、手に入らないものもあった。それは、わたしにとってすごく眩《まぶ》しくて、キラキラしていて……でも、わたしにはそれを手に入れる資格がありそうになくて、だからわたしは不貞腐《ふてくさ》れていた。

……でも。

でも、そんなわたしにもチャンスがやってきた。眩しいものに触れられるチャンス。それは、その輝きは本物じゃなくて偽物《にせもの》なのかもしれないけれど、それでもキラキラしていることには変わりない。

「やっとだ……やっと、なんだ……」

あまりにも嬉《うれ》しくて、あまりにも楽しみで、昨日から布団の上で足をばたつかせていた以外の記憶がない。本当は準備しなくちゃいけないことだってたくさんあるのに、気持ちが浮ついてどうしようもない。

学園島《アカデミー》全部を巻き込む大規模なイベント、交流戦。

いつもは端末の前で正座しながら見入っていたそれが、今年はわたしのものになる。

「〰〰〰〰〰〰〰〰っ」

そのことを考えるだけでもう有頂天だった。だって、だって島の一大イベントだ。星獲《と》りゲームの上位ランカー、後に伝説として語られるくらいに強い人たちがこぞって参加する。そんなのはきっと、頭がふわふわしてしまうくらい楽しいに違いない。

ぐーっと両手を上に伸ばして、手のひら越しに蛍光灯の光を見る。

枕元に置いた端末には〝あの人〟からの連絡が立て続けに入っているが……まあ、そんなのは後回しでいいだろう。それよりも何よりも、今は決意表明の方が大切だ。

だって、せっかく手に入れたチャンスだから。

もう二度と手に入らないかもしれないから……無駄にするなんて、有り得ない。

「いっぱいいっぱい楽しんで――ううん、引っ掻き回してあげるんだから！」

まだ見ぬ強敵との《決闘《ゲーム》》に思いを馳《は》せながら、わたしはアクドイ笑みでそう言った。

第一章　ニセモノのニセモノ

liar liar

＃

「はぁ……もう、ホント最悪ね」

――五月の初め、とある日の放課後。

俺は、自宅のリビングにて、物憂げな溜《た》め息《いき》を吐《つ》く一人の少女と向かい合っていた。

普段なら端末が完全オフラインになる地下の喫茶店で落ち合うことが多いのだが、今日はとある事情があってわざわざ俺の家《こっち》――《カンパニー》があちこち手を加えているためセキュリティ万全な洋館へと来てもらっている。ついでに言えば、来る途中に正体がバレてしまわないよう、目の前の少女はパーカーにフードを被《かぶ》った変装モードだ。

そして、俺たちが何故《なぜ》そこまで色々と気を遣っているのかと言えば……それは、俺と彼女がちょっとばかり特殊な関係にあるからだった。

「…………」

そう、彼女――彩園寺更紗《さいおんじさらさ》。

豪奢《ごうしゃ》な赤の長髪と紅玉《ルビー》の瞳が特徴的な、初対面ならまず息を呑《の》むほどの美少女だ。それも、ただ可愛《かわい》いというだけじゃない。彼女はここ学園島《アカデミー》の総理事長《トップ》である彩園寺政宗《まさむね》の一人娘であり、加えてつい最近まで〝7ツ星〟――星の数で全てが決まるこの島において最も高い等級《ランク》に君臨していた《女帝》でもある。島内に知らない人なんているはずもないVIP中のVIP。常勝無敗の元最強。

そして、そんな《女帝》に初めての〝敗北〟を突き付けたのが、今から一月《ひとつき》ほど前に学《アカ》園島《デミー》へ移ってきたばかりのこの俺・篠原緋呂斗《しのはらひろと》だ。四番区英明《えいめい》学園の学長にその圧倒的な才能を見出《みいだ》された俺は、転校してくるなり初戦で《女帝》彩園寺更紗《さいおんじさらさ》を下し、史上最速の7ツ星として学園島《アカデミー》の頂点に立っている――

(少なくとも世間的には、な)

――と、いうことになっているのだが、実際はそのほとんど全てが〝嘘〟だ。

まず、そもそもの話として、目の前の少女は本物の〝彩園寺更紗〟じゃない。……これだけじゃ何を言っているのか分からないと思うが、簡単に言えば、彼女は彩園寺更紗の替え玉なのだ。決して本物ではない、偽物のお嬢様。彩園寺家の総力を挙げた嘘。

そんな彩園寺をたまたま偶然倒してしまい、それがきっかけで彼女のついている嘘を余すことなく知ってしまった俺は、学園島《アカデミー》一のVIPを撃破したという事実を正当化するため〝新たな学園島《アカデミー》最強〟を名乗らざるを得なくなってしまった。……つまり、どちらも嘘なんだ。彩園寺はお嬢様なんかじゃなくて、俺は最強なんかじゃない。二人とも島全体を欺く〝嘘《うそ》つき〟で、だからこそこうして共犯関係が成立した。

表面上はあくまでもバチバチに対立しておきながら、裏でこっそりと手を結ぶ。

それ故に、少し顔を合わせるだけでも細心の注意を払う必要があるのだった。

「……ったく」

今は気を利かせて席を外してくれている銀髪メイド——姫路白雪《ひめじしらゆき》が入れてくれたアイスレモンティーを一口飲んでから、溜《た》め息《いき》交じりにそんな声を発する俺。……彩園寺と二人で落ち合う時は〝日常的に嘘をつき続けている二人が愚痴や本音を思う存分吐き出す〟パターンが多いのだが、今回に限っては少し様子が違っている。それもそのはず、今日のメインは愚痴会ではなく作戦会議だ。

そして、俺たちが一体何について話し合っているのか、と言えば——

「もう結構な話題になっちまってるよな……〝もう一人の彩園寺《おまえ》〟」

——そう。

今現在、俺と彩園寺の頭を悩ませている元凶は、island tube《アイ・チューブ》——学園島《アカデミー》限定の動画投稿サイトに上げられている一連の映像だった。動画の内容としては、一人の少女がカメラに向かってただただ喋《しゃべ》っているだけのモノ。歌っているわけでもゲームをしているわけでもない、言ってしまえば地味な動画なのだが、しかしその少女というのが問題だった。

ふわりと広がる豪奢《ごうしゃ》な赤の長髪に、確かな意思の強さを感じさせる紅玉《ルビー》の瞳。

片手を腰に当てながら控えめな胸を張り、眩《まばゆ》い太ももを大胆に晒《さら》した不敵な態度。

そう――そうだ、そうなんだ。突如として island tube《アイ・チューブ》に姿を現したその少女は、どこからどう見ても彩園寺更紗と瓜二つだったんだ。しかも厄介なことに、ただ外見が似ているというだけじゃない。彼女は、最初に上げた動画の中でこんなことを言っている。

『――あら、私が偽物《にせもの》?』

『冗談でしょ。偽物は今《女帝》を名乗ってるあっちの方よ』

『本物は私。私こそが本当の彩園寺更紗《さいおんじさらさ》なんだから』

『ふふっ……そもそも、本物の《女帝》なら転校生なんかに負けるはずないじゃない?』

「う……も、もういいでしょ、バカ」

不機嫌そうに呟《つぶや》いて、再生されていた動画をピッと強制停止する彩園寺。そうして彼女は、どこか疲れたような表情でてっと上半身をテーブルの上に投げ出してみせる。

「全く、何が本物の彩園寺更紗よ……意味分かんないわ、本当に」

「……大分参ってるみたいだな。何か直接的な被害が出てたりするのか?」

「当たり前じゃない。向けられる視線の量がいつもより明らかに多いし、誰と話してても必ず〝偽物《アイツ》〟の話をされるし、検証とか言って過去の《決闘《ゲーム》》記録《データ》を漁《あさ》り始めるような人もいるし……何か、普段の三倍くらいのスピードで精神力《メンタル》が削られてく感じ」

「うわ、そりゃ大変だな……《女帝》の人気と知名度が仇《あだ》になってるのか」

「そういうこと。だから、ある程度は仕方ないって割り切れるんだけど……でも、あたしが更紗を名乗るようになってからもう一年よ？　今さら出てきたアイツが本物なんてどう考えても有り得ないじゃない。……って、まああたしも本物じゃないんだけど！」

「……うん。知ってるけど、ややこしいなおい」

彩園寺の言い分に思わず突っ込みを入れる俺。実際、状況だけを見れば〝偽物同士がお互いに自分を本物だと主張し合っている〟わけだ。複雑な関係にも程がある。

が、まあ、それは一旦置いておくとして……彩園寺の言う通り、既に存在している誰かの偽物、というのは普通に考えれば成立し得ないものだ。島内SNS《STOCK》で一時的な盛り上がりくらいは見せるかもしれないが、基本的には笑われて終わると断言してもいい。

それなのに、今回の件に限っては最初の動画投稿から一週間以上も話題が続き、実際に本人の周りにも影響が出始めている――その最大の要因となっているのは、やはり何と言っても彼女の容姿だろう。彩園寺更紗《ホンモノ》との比較動画、なんてものも既にいくつか上がっているが、テロップがないと本当に見分けが付かないくらいにそっくりな外見。あまりにも似すぎているせいで、付いた呼び名が《影武者《ドッペルゲンガー》》だ。いくら偽物なんて有り得ないと頭では分かっていても、視覚は簡単に騙《だま》されてしまう。

ただ――当然ながら、それだけのことで彩園寺が失墜するということはない。そもそも学園島《アカデミー》では全ての個人情報が端末によって管理されているため、彩園寺更紗のアカウントを持つ目の前の少女が〝本物〟なのは疑いようもないのだが……

「……そうなると、厄介なのはこいつの主張だよな」

〝私は、現在の彩園寺更紗《さいおんじさらさ》に端末のアカウントを奪われた――〟

そう。例の《影武者《ドッペルゲンガー》》は、一発目の動画の中でいきなりそんな宣言をしているんだ。この学園島《アカデミー》においてあらゆる身分証明の根幹となるアカウント。それを彩園寺に奪われたため、自分は名前も所属も何もかも失った、と。

いや、もちろん、そんなことは本来なら絶対に有り得ない。学園島《アカデミー》のアカウント管理は非常に厳しく、他人への移譲はおろか複製や削除も一切出来ないようになっている――はずなのだが、しかし彼女は一つの〝証拠〟を持っていた。というのも、彼女が動画内で公開しているアカウントにはＩＤがそもそも存在せず、８桁の数字が入るはずのその欄には代わりに〝？？？〟という記号が並んでいたんだ。

誰が見ても異常だと分かるバグ表示。

しかも、その異常事態にはこれまで一切の前例がなかったらしく、だからこそ彼女の主張にも一定の信憑性《しんぴょうせい》が生まれてしまっていた。

そして――話を戻すが――今日俺と彩園寺がこうして顔を合わせているのは、この後二十時から当の《影武者》による生配信が予定されているからだ。ここ二、三日音沙汰がなかった彼女の唐突な行動《アクション》。それも、放送タイトルが〝宣戦布告〟という明らかに意味深なものになっているため、island tube《アイ・チューブ》内でも注目度は最高潮だった。

と、まあそんなこんなで、何かあった時にすぐ動けるよう身構えているというわけだ。

「ふぅ……」

緊張で乾いた喉を潤すためにもう一度グラスに手を遣《や》り、俺は改めて顔を持ち上げる。

「もうすぐ時間だな。覚悟は出来てるか、彩園寺？」

「ええ。そんなの当然、当たり前よ。アイツが何を要求してくるのかは知らないけど、《女帝》は偽物《にせもの》なんかに屈したりしないんだから」

「……いや、まあお前も偽物だけどね？」

「っ……う、うるさいっ！　今そういうシーンじゃなかったじゃない！」

ほんの少しだけこちらへ身を乗り出し、もう、と不満げに頬《ほお》を膨らませる彩園寺。そんな彼女に「悪い悪い」と返しつつ、俺はちらりと時計を確認してから端末画面に目を向けた。その動作に釣られるようにして、対面の彩園寺も一緒の画面を覗《のぞ》き込む。

そして――二十時ちょうど、映像が切り替わると共にその配信は始まった。

『――ごきげんよう、彩園寺更紗よ』

画面の中で不遜に右手を腰に当てている少女、《影武者》。相変わらず彩園寺と同一人物にしか見えない彼女は、微《かす》かに口角を持ち上げながら紅玉《ルビー》の瞳をこちらへ向ける。

『タイトルにも書いておいたけれど、今日は一つ、とっておきの話題を持ってきたわ』

『ふふっ……ちゃんと見てくれてるかしら？　偽物の私』

「……見てるわよ。別にあなたの偽物《にせもの》になった覚えはないけど」

不機嫌そうに頬杖《ほおづえ》を突きながらむっとした声音で反論する彩園寺《さいおんじ》だが、当然向こうからの反応は返ってこない。その代わり、《影武者《ドッペルゲンガー》》は余裕の表情で続ける。

『ねえ、偽物さん。そろそろ貴女《あなた》も私の言いたいことは分かってくれたと思うわ。私、貴女に奪われた〝彩園寺更紗《わたし》〟を取り返したいのよ。偽物に自分の居場所を掠《かす》め取られたのに、いつまでも笑っていられるほどお人好《ひとよ》しじゃないから』

『だから――だから、私と《決闘》をしましょう？』

『私と貴女、一体どっちが本物の〝彩園寺更紗《さらさ》〟なのか。それを決めるために、一回限りの《決闘《ゲーム》》をするの』

『ふふっ……ねえ、どうかしら？　なかなか良《い》い考えだと思わない？』

「…………」

《影武者》にくすりと上品な笑みを向けられ、小さく目を眇《すが》める彩園寺。……けれど、まあここまでは予想通りだ。この島で宣戦布告と言えば《決闘《ゲーム》》以外にあり得ない。

控えめな胸の下辺りで緩く腕を組みながら、画面の中の少女は優雅な口調で続ける。

『貴女も知っていると思うけれど、今からちょうど一週間後、学園島《アカデミー》零番区で大きなイベントが開催されるわ。その名も五月期交流戦。島の全学区から選抜メンバーが参加する大規模《決闘《ゲーム》》……そこで、雌雄を決しましょう』

「……ああ、なるほど。だからこのタイミングだったのか」

彼女の発言に、俺は得心して一つ頷《うなず》いた。

五月期交流戦——島を挙げて行われる大型イベント。実を言えば、俺もついさっきまで姫路《ひめじ》や《カンパニー》と一緒にそいつへ向けた作戦会議をしていたところだ。非常に注目度の高いイベントらしく、確かに決着をつけるにはもってこいの舞台と言えるだろう。

『当然、貴女《あなた》も桜花《おうか》のリーダーとして参加するんでしょう？　もしメンバーにすら入ってない、ってことなら考え直してあげるけど、さすがにそれはないと思うし』

『勝利条件としては……そうね。順当に行くなら〝総合順位が高かった方〟とか〝直接対決で勝った方〟というのが分かりやすいのだけれど——』

『——今回は、少し捻《ひね》って〝篠原緋呂斗を倒せた方が勝ち〟というのはどうかしら？』

「……えっ？」

突然話を振られ、俺は思わず間抜けな声を上げてしまった。……どういうことだ？　この状況で俺を巻き込む理由が何かある？

「篠原《しのはら》を……？」

対面の彩園寺《さいおんじ》も同じく困惑しているらしく、紅玉《ルビー》の瞳が困ったように俺を見る。

「で、でも、別に篠原《こいつ》は関係ないんじゃ——」

『ふふっ。もしかしたら〝篠原緋呂斗《ひろと》は無関係だ〟って思ってる人もいるかもしれないけれど、そんなことはないわ。史上最速の7ツ星であり、彩園寺更紗《わたし》を初めて負かした因縁の相手……彼を倒した方が本物の《女帝》、っていうのは妥当な条件だと思うもの』

「う……」

『──それじゃ、一旦ルールを整理するわね？』

『《決闘《ゲーム》》の舞台は全学区参加の学外イベント、五月期交流戦。そこで、もし私が篠原緋呂斗を倒したら──私が貴女との《決闘《ゲーム》》に勝ったなら、その時は貴女のアカウントをその場で明け渡してもらうわ。貴女の持っている端末ごと〝彩園寺更紗《さらさ》〟を返してもらう。逆に、彼を倒したのが貴女なら《決闘《ゲーム》》はもちろん貴女の勝ちよ。今後こういうことは一切しないって誓うし、可能な範囲で何でも要求を聞いてあげる』

『ちなみに、もし篠原緋呂斗が私でも貴女でもない誰かに負けたりしたら、その場合も私の勝ちってことにさせてもらうから。……ふふっ、当然でしょ？　もし篠原緋呂斗がその辺のモブに負けるような雑魚《ざこ》なら、そんなやつにすら勝てない《女帝》なんかそもそも無価値だったってことだもの』

『そして最後に、もし誰も──私も貴女も誰も彼もが篠原緋呂斗を倒せなければ、その時は彼の単独勝利ということで構わないわ。私の処遇も彼に任せることにする』

『……ふう。やっぱり、一気に喋《しゃべ》ると少し疲れるわね』

『どうかしら？　これが、私から偽物《あなた》に宛てた宣戦布告の全貌《ぜんぼう》よ』

『もちろん断ってもいいけれど、今の私が貴女《あなた》と全く同じ容姿を持っているのを忘れないことね。私、最近ちょっとストレスが溜《た》まってるのよ。もし貴女に申請を断られたら、ストレス解消のために脱ぎたくなっちゃうかもしれないわ。island tube《アイ・チューブ》の規約なんか無視して、何万人の前であんなこととかこんなこととか……気持ちいいこと、しちゃうかも』

『ふふっ。……それじゃ、良《い》い返事を期待しているわ』

最後にくすっと挑発的な笑みを零《こぼ》して、《影武者《ドッペルゲンガー》》は優雅にその配信を切り上げた。

「「………………」」

暗転した画面を見つめる俺と彩園寺《さいおんじ》との間に少し重めの沈黙が漂う。……宣戦布告。字面としては仰々しいが、要は〝来週の大型イベントを利用してどちらが本物の《女帝》かはっきりさせよう〟というお誘いだ。そのイベントの中で俺を倒した方が本物の〝彩園寺更紗《さらさ》〟となり、仮に彩園寺が負けた場合は端末ごとアカウントを放棄させられる。

「う……うう……〰〰〰〰〰〰ああもうっ！」

しばらく呆気《あつけ》に取られたように固まっていた彩園寺だったが、やがてもう我慢できないといった仕草で綺麗《きれい》な赤髪をぶんぶんと振り回し始めた。そしてその勢いのままバンッとテーブルに両手を突き、腰を浮かせるようにしてぐいっとこちらへ身を乗り出す。

「な、何よ、何なのよこれ！　一体どういう神経してるのアイツ!?」

「ん……まあ、とりあえず落ち着けって」

「落ち着けるわけないじゃない！　アイツ、あたしの身体《からだ》でエッッ……い、いやらしい動画を撮って島中に流すとか言ってるのよ!?　あ、あんたはそれでいいの!?」

「何で俺に訊《き》くんだよ……いやまあ、普通に嫌だけど」

「へ？　あ、うん……えっと、あ、ありがと？」

何故《なぜ》か頬《ほお》を薄赤く染めた彩園寺が照れたように視線を逸《そ》らしながらそんなことを言ってくるので、何となく気恥ずかしくなった俺も思わずそっぽを向いてしまう。……って、違う、そうじゃない。今はそんなことで時間を無駄にしている場合じゃない。

「なあ、彩園寺。今の宣戦布告だけど……正直、受けるしかないよな」

「……やっぱり、あんたもそう思う？」

「ああ。《女帝》の評判的な意味でも逃げるわけにはいかないし、それに、今の脅迫だって致命的だ。いくらisland tubeが島内限定の動画投稿サイトって言っても、お前の……あれだ、なんか、こう、エロい感じの映像が流れたりしたら、多分凄《すさ》まじい勢いで拡散される。学園島《アカデミー》の情報統制はかなり厳しいはずだけど、下手したら監視の目を掻《か》い潜《くぐ》って本土にまで広がる——かもしれない」

「う、うん……」

「……あのさ、いちいち恥ずかしがるの止《や》めない？」

「い、今のはあんたのせいじゃない！　変に意識しないでよ、もう……！」

「っ……あ、あー、それじゃ話を続けるぞ。……で、だ。その映像さ、学園島《アカデミー》の中で拡散されるだけでも充分アウトなんだけど、本土に渡るとめちゃくちゃマズいことが一つあるんだ。だって、お前くらい有名なやつのスキャンダルなら間違いなく向こうでもニュースになる。そうなったら彩園寺《さいおんじ》家の評判はガタ落ちで——」

「——それが更紗の耳に入るのも時間の問題、ね」

俺の言葉を引き継ぐように、彩園寺は真剣な表情でこくりと小さく頷《うなず》いた。

そう——彩園寺の〝誘拐〟によって本土へと渡り、ごく普通の高校生活を謳歌《おうか》している本物のお嬢様。彼女は、彩園寺が嘘をついていることを一切知らない。純粋に希望が叶《かな》ったのだと信じており、親友が替え玉を務めていることなんて想像もしていないだろう。

けれど、もし今回の件でそんな映像が本土に出回ってしまったら……朱羽莉奈《あかばねりな》が彩園寺更紗《さらさ》の名前で大スキャンダルに巻き込まれてしまったら、当のお嬢様もさすがに全てを悟って島へと戻ってきてしまうに違いない。そうなれば、誰一人傷付けないはずだった彩園寺の嘘《うそ》は破綻する。

そして、ついでに言えば、目の前の少女が〝彩園寺更紗〟でなくなるというのは俺にとっても大きなマイナスだ。だってそもそも、俺が〝偽りの7ツ星〟という立場にいるのはあくまでも彩園寺更紗という天才お嬢様に釣り合うだけの格を得るため。島の管理者である彩園寺家に睨《にら》まれないよう、英明《えいめい》の一ノ瀬《いちのせ》学長が〝相互利益〟を見込んでド派手な嘘に付き合ってくれている、というだけなんだ。もし仮に彩園寺が彩園寺でなくなってしまえば、その時点で学長が俺に協力するメリットなんて何一つなくなってしまう。

「はぁ……信じらんない。こんなめちゃくちゃな《決闘《ゲーム》》を受けなきゃいけないなんて」

力なくテーブルに突っ伏して溜《た》め息《いき》を零《こぼ》す彩園寺。

そんな彼女の姿を見つめながら、俺は思考を整理するべく静かに口を開くことにした。

「多分、だけど……これ、倉橋御門の件と関係してるよな」

――倉橋御門《くらはしみかど》。

それは、今からほんの十日ほど前、秋月乃愛《あきづきのあ》という少女を操って俺を潰そうとしていた黒幕の名前だった。十二番区聖城《せいじょう》学園の元学長。エリート中のエリートであり、誰もが認める紳士であり、その実裏では黒い噂の絶えない卑劣な悪魔。

彼が干渉してきた英明の学内イベント《区内選抜戦》は辛くも俺の勝利で終わり、秋月は洗脳状態から解放されたものの……肝心の倉橋本人は、聖城の学長を降りることでどこぞに姿を晦《くら》ましている。前回の敗北を通じて俺に対する恨みはより強くなっているはずだし、再び仕掛けてきても何らおかしなことはない。

「ん……まあ、それはそうでしょうね」

俺の推測に対し、彩園寺は少しだけ顔を持ち上げてこくりと頷いてみせる。

「っていうか、そうじゃなかったらあまりにもタイミングが良すぎるじゃない。あの《影《ドッペ》武者《ルゲンガー》》が最初に現れたのは《区内選抜戦》が終わった直後だし、それに、倉橋《くらはし》はあのイベントであたしがあんたに協力してたことを知ってる。なら、あたしたちが単なる敵対関係じゃないって勘付いてても不思議はないわ」

「だな。だから、今回は二人まとめて狙うことにしたってわけだ」

「そういうことね。……ま、それを考えれば《影武者》の見た目が朱羽莉奈《あたし》なのはちょっと安心できる要素なのかも。これが更紗《さらさ》の――本物の姿だったりしたら絶望よ、ほんと」

「ああ……そりゃそうだ」

　苦い顔をしながら同意の言葉を口にする俺。……彩園寺《さいおんじ》の言う通り、《影武者》が〝朱《あか》羽莉奈《ばねりな》〟の外見をコピーしているということは、少なくとも替え玉の件についてはバレていないということだ。俺たちの〝嘘《うそ》〟はまだ生きている。

　けれど……それはそれとして、倉橋が今回のイベントを通じて俺と彩園寺をまとめて潰そうとしている、というのもまた事実なのだろう。何が目的でそんなことをしているのかは知らないが、ともかく明確な〝意図〟を持って行動していることだけは間違いない。

（ただでさえ大変そうなイベントだってのに、とことん面倒事を重ねてきやがって……）

　やれやれと首を振りながら内心でこっそり溜《た》め息《いき》を吐《つ》く――と、

「……ねえ、篠原《しのはら》」

　微《かす》かに心細げな声が聞こえた気がして、俺はゆっくりと顔を持ち上げた。見れば、対面に座る彩園寺がそうっと窺《うかが》うような視線をこちらへ向けている。

「アイツとの《決闘《ゲーム》》……あんたも、力を貸してくれるわよね？　イベントの方は敵同士として参加することになるけど、《影武者》に関しては協力してくれるわよね……？」

「…………」

「え、ちょっ……なんで黙るのよ。わ、分かってるの？　あたしの嘘がバレたらあんたも大変な目に遭うんだから。一緒に制裁を受けて、道連れになって、それで──」

「……ったく。ちょっと黙ったくらいでそんな不安そうな顔するんじゃねえよ、彩園寺」

焦《あせ》ったような早口で俺を説得しにかかる彼女の言葉を遮り、俺は小さな苦笑を浮かべてみせた。そうして、ほんの少しだけ右の口角を持ち上げながら一言。

「今のは単に呆れてただけだ。……あのな、俺はお前の〝共犯者〟だぞ？　お前から離れるなんて選択肢は最初から俺にはねえよ」

「あ──」

すると、目の前の彩園寺は呆《ほう》けたように口を半開きにして。

直後、「……ふ、ふん」と呟《つぶや》いたかと思えば、耳周りの髪を弄《いじ》りながらそっぽを向いた。

＃

「はい、それじゃあ連絡事項は以上になります！　もうすぐ待ちに待ったイベント期間に入りますけど、みんな浮つき過ぎちゃダメですからね？　節度を守って、楽しくわーって盛り上がりましょう！　先生もすっごく楽しみ！　それじゃ、さようなら～！」

――彩園寺《さいおんじ》との密会から数日後、五月四日の木曜日。

いつも通りふわふわしたテンションのナナちゃん先生が可愛《かわい》らしく手を振ってHRを締めたのを合図に、英明《えいめい》学園高等部２－Ａの面々はそれぞれの放課後に突入していた。

転校生である俺はつい最近まで知らなかったのだが、学園島《アカデミー》にはいわゆるゴールデンウィークなるものが存在しないらしい。暦の上ではもちろん祝日なのだが、今日も普通に授業が行われている。そして代わりに、毎年五月の二週目には〝イベントウィーク〟――学園島《アカデミー》の全学区が参加するような大規模イベントの期間が発生するそうだ。本戦にあたる大型《決闘《ゲーム》》と、それよりもずっとラフな形式の自由参加《オープンゲーム》の大会が同時に開催されるらしい。

当然、その間は学園島《アカデミー》に存在する全ての学校が休みになる。また、そこら中の店がイベントに便乗したキャンペーンを行ったり、どこにいても《ライブラ》の中継が流れていたりと、まさに島を挙げてのお祭り騒ぎになるとのこと。

まあそんなこんなで、誰も彼もが浮足立っているわけだ。

「――ね、篠原《しのはら》くん」

俺がそんなことを思い返していたところ、一つ前の席に座る少女がくるりと振り返ってこちらに声を掛けてきた。２－Ａのクラス委員長にして明るく元気な３ツ星少女、多々良《たたら》楓花《ふうか》。陸上部らしい健康的なポニーテールが頭の後ろでふりふりと揺れている。

そんな彼女は、スカートの上に両手を乗せながら心配そうな声音でこう言った。

「大変だったね、昨日の……大丈夫？　何か、巻き込まれ事故みたいになってたけど」

「……ああ、それか」

苦い顔をしたくなるのを堪《こら》えつつ見た目上は平然とした顔で答える俺。

多々良が言っているのは、おそらく昨日の〝宣戦布告〟のことだろう。来週開催の大型イベント・五月期交流戦に便乗した、本物の《女帝》決定戦。アレは案の定かなりの話題を呼んでおり、勝者予想や背景考察などなど、既に大きな盛り上がりを見せている。

（だから、まあ大丈夫かどうかで言うなら全然大丈夫じゃないんだけど……）

心の中でそう呟《つぶや》きながら、俺は小さく首を横に振った。

「ま、平気だよ。事故って言っても、元はと言えば自分で蒔《ま》いた種だしな」

「ほ、ほんと？　ほんとにほんと？　私、委員長だから、頼ってくれていいんだよ？」

「じゃあその気持ちだけありがたく受け取らせてもらうよ。《影武者《ドッペルゲンガー》》には悪いけど、俺だって7ツ星の意地やら責任やらは持ってるからな。そう簡単に倒されてやるかよ」

「わぁ……！　さっすが篠原くん、かっこいい！　無敵のヒーローみたい！」

言いながら、無自覚にぐいぐいと顔を寄せてくる多々良。爽やかな香りが鼻先をくすぐり、キラキラと純粋な瞳が超至近距離で俺を映し、ついでにすぐ隣からやたら涼やかな咳《せき》払《ばら》いが微《かす》かに俺の耳朶《じだ》を打つ――と、そんな時。

「そうだね。確かに篠原《しのはら》くんなら、僕らが手を出すまでもなく《影武者《ドッペルゲンガー》》くらいサクッと倒してくれると思う。……ただ、やっぱりメンバーがちょっと不安だよね」

(……お?)

横合いから俺の席へと近づき、静かな笑みを湛《たた》えながら話し掛けてきたのは、辻祐樹《つじゆうき》という名のクラスメイトだった。中性的な雰囲気を持つ色白の美少年。着ているのが男子用の制服だから辛《かろ》うじて男だと判別できるが、そうでなければきっと永遠に分からない。

そんな辻が口にした〝メンバー〟という単語。……そう、毎年のことらしいが、五月期交流戦の本戦は個人戦ではなく各学区から選抜された五人一組のチーム戦だ。つまり、俺の他にも英明《えいめい》学園から四人の生徒がイベントへ参加することになる。

そして、辻の言う通り、その中には二つほど気になる人物の名前があった。

「……なあ辻。不安ってのは、例の6ツ星二人のことか?」

「うん、そう。ものすごく優秀だけどそれと同じかそれ以上にクセがある、ある意味この学校で一番有名な二人組だよ」

苦笑気味にそう言いながら、辻はピンと右手の人差し指を立ててみせた。

「まず一人――榎本進司《えのもとしんじ》先輩は、とにかく頭が良い人だね。瞬間記憶能力を持ってるって噂《うわさ》もあるくらいで、この前の模試ではぶっちぎりの全国一位だったはず。何もかも見通してくるそのスタイルから〝千里眼〟って呼ばれることもあるよ。あと、ついでにって言ったら失礼だけど人望も厚くて、なんと二期連続で英明の生徒会長をやってる」

「……ほお……」

「すごいよね、会長さん！　えと……それでそれで、もう一人は真逆のタイプかな！　浅宮七瀬《あさみやななせ》さん、っていうすっごく綺麗《きれい》な人。勉強はちょっと苦手みたいだけど、美人でスタイル良くて運動神経抜群で、手先とかもすっごい器用なんだよ！　動体視力と反射神経が良すぎて、大抵の音ゲーは初見で最高難度の曲までクリア出来る……とか何とか！」

「………へえ」

（い、いやいや冗談じゃねえ!?　6ツ星ってのは化け物しかいないのかよ……!?）

表面上はなんてことない顔で聞き流しながら内心で動揺する俺。チームメイトになる相手ということで一通りのデータは調べていたが、そこまでぶっ飛んでいるとは知らなかった。彩園寺《さいおんじ》やら秋月《あきづき》の例もあるように、6ツ星というのは常人とは次元が違うらしい。

が、しかし、ここで彼らに対する評価が終わるなら、二人とも単に〝頼れる仲間〟でしかないだろう。だからもちろん、この話には続きがある。

「まあ——何ていうか、ひたすら相性が悪いんだよね、あの二人」

小さく肩を竦《すく》めながら、辻は静かにそう言った。

「いや、もちろん二人とも優秀だよ？　二人とも、実力だけで言うならそれこそ学園代表レベルなんだけど……でも、二人揃うと何でか足を引っ張り合っちゃうみたいでさ。確か去年も一回だけ学外イベントにペア参加してたと思うけど、その時も格下のチームに惨敗してたはずだよ。それも、ほとんど自滅みたいな感じで」

「……なるほど、な。確かに、そいつはかなりの貧乏くじを引かされたみたいだ」

辻《つじ》の話に同意するように、俺も小さく嘆息してみせる。……まだ全貌《ぜんぼう》は見えてきていないが、それでも絶対に負けられない《決闘《ゲーム》》に挑むには不安が大きすぎるメンバーだ。

「あはは。ま、でもあの二人より格上《7ツ星》の篠原《しのはら》くんなら大丈夫だよ。僕や多々良《たたら》さんは五月期交流戦の本戦には出られないから、同時開催のオープンゲームの方に参加するつもりだけど――クラスメイトとして、友達として、篠原くんの活躍を本気で祈ってるからさ」

「ん、ああ……」

「……っと、それじゃごめんね。僕、そろそろ部室に行かないと」

言って、辻は美少女と見紛《みまが》う可憐《かれん》な笑みと共に「バイバイ」と俺に片手を振った。キャラ付け的に手を振り返したりはしないものの、俺も静かに頷《うなず》きながらその背を見送る。

(やっぱりあいつ、たまにめちゃくちゃ可愛《かわい》いよな……って、ん？)

と、そこで、不意に制服の裾をちょんちょんと引かれる感覚がして、俺は身体《からだ》をそちらへ向けた。座席で言うなら俺のすぐ左隣。そこにいるのは、一人の少女だ。

「…………」

姫路白雪《ひめじしらゆき》――彼女は、俺と同様、つい最近このクラスに転入してきたばかりの同級生である。さらさらの銀髪に透き通るほど碧《あお》い瞳、滅多《めった》に動かないクールな表情。そして姫路は、何を隠そう、俺の嘘《うそ》を無理やり押し通すための補佐チーム《カンパニー》のリーダーでもあった。《決闘《ゲーム》》に限らず全ての面でサポートしてくれる完全無欠のイカサマ従者《メイド》……つまり、誇張でも何でもなく、俺がこの島で生き残るために必要不可欠な存在なのだ。

「……あの、ご主人様」

そんな姫路だが、見れば俺の制服を片手でちょんと摘《つま》んだまま、もう片方の手を口元に添えて何故《なぜ》か少しだけ俯《うつむ》いている。表情はいつもとほとんど変わらないが、それでも照れているような恥ずかしがっているような、そんな感じの雰囲気だ。

「……どうした、姫路？　何かあったか？」

「いえ……そういうわけではないのですが、その」

珍しく口籠《ご》もりつつ、ゆっくりと顔を持ち上げて澄んだ瞳でこちらを見つめる姫路。そうして彼女は、ついっと自然な仕草で身体を寄せてくると、整った顔を俺の耳元に近付けて吐息交じりの声音でこう囁《ささや》く。

「――失礼します、ご主人様」

（え？　え、何⁉　本当にどうした姫路⁉）

「いえ。実は先ほどのやり取りの中で、ご主人様が楓花《ふうか》さんよりもむしろ辻様に反応しているように感じたもので。……もしかして、そちらの気《け》があったりするのですか？」

「————」

絶句。

直後、首を傾《かし》げる多々良《たたら》の目を盗んで死ぬほど弁解したのは言うまでもない。

「——さて、と」

ナナちゃん先生によるHRが終わってからおよそ三十分後。

2-Aの教室を後にした俺と姫路《ひめじ》は、二人して学園の中庭へと足を運んでいた。

「ご主人様、どうぞこちらへ」

一足先にベンチを確保し、どこからともなく取り出した純白のハンカチでその表面を拭いてくれていた姫路が涼しげな声音でそんなことを言ってくる。……俺が7ツ星（偽）になってから一月《ひとつき》近く経《た》っているためさすがにこういった扱いにも慣れてはきたが、メイド服ではなく制服で、それも自宅ではなく学校で——という要素を加味すると、まだまだどこか新鮮な感じだ。

（っていうか、制服姿でこういうことされると妙に背徳感があるような……）

頭の中でぼんやりとそんなことを考えていると、いつまでも無言で突っ立ったままの俺を不審に思ったのか、目の前の姫路が「……？」と首を傾げてきた。

「どうかされましたか、ご主人様？」

「え？　ああ、いや――」

「もしかして、膝枕の方をご希望ですか？　でしたら、失礼してわたしが先に座らせていただきますが」

「違う、そうじゃない」

　否定しないと本当にやりかねないので小さく首を横に振り、俺はさっさとベンチに腰を下ろすことにした。姫路は何故《なぜ》かほんの少しだけ残念そうに「そうですか」と呟《つぶや》いていたが、やがて綺麗《きれい》な所作で俺の隣に腰掛ける。

　そして、真《ま》っ直《す》ぐな瞳で俺を見つめるようにしながら、一言。

「先ほどのHRでも案内がありましたが……ようやく正式なルール概要が開示されたみたいですね、五月期交流戦」

　――五月期交流戦。

　それは、ついさっきの雑談の中でも何度か話題に上がっていた、学区対抗の交流戦イベントの名称だ。学園島《アカデミー》に存在する全学区――正確には中立地帯である零番区を除く全二十区を巻き込む大型イベントで、それ故に大量の星が動く大規模《決闘《ゲーム》》。また、例の《影《ドッペ》武者《ルゲンガー》》が俺と彩園寺《さいおんじ》に押し付けてきた理不尽な〝《女帝》争奪戦〟の舞台でもある。

　そんな五月期交流戦だが、実はそこで行われる《決闘《ゲーム》》の内容は毎年新しいものに作り替えられているらしい。それも、ルールの公開は大抵イベント開始の直前になる。今年もその例に漏れず、昨日までは各チームの参加メンバーくらいしか分かっていなかったのだが……それ以降の情報が先ほど一気に解禁された、という告知があったわけだ。

ふむ、と右手を口元へ遣《や》る。

「何ていうか……結構慌ただしい話だよな、これ。来週の月曜からイベント開始になるんだろ？　ろくに準備できないチームとかも出てきそうだけど」

「はい。ですので、むしろ〝あまり準備をさせない〟ことが運営側の目的なんだと思いますよ？　わたしの認識が正しければ、五月期交流戦はかなりラフな――言ってしまえば一種の〝お祭り感覚〟で行われるイベントです。《決闘《ゲーム》》ですのでもちろん星の移動は発生しますが、どちらかと言えば気軽に楽しんで欲しい、という意図が強いのでしょう」

「なるほど……」

「……まあ、ご主人様の場合はそういうわけにもいきませんが」

得心しかけていた俺に対し、無表情のまままさらりと前言を撤回する姫路《ひめじ》。……が、そんなのは当たり前だ。赤の色付き星《ユニークスター》を使って嘘《うそ》をついている俺は、一度でも負ければ全ての嘘が露呈する。というか、星を一つ失うだけで何もかもが終わるんだ。それに、たとえそういった事情がなかったとしても、彩園寺《さいおんじ》の偽物《にせもの》にあんな《決闘《ゲーム》》を挑まれてしまったからには〝お祭りだから負けてもいい〟なんて理屈はもう通用しない。負けられない。

　俺が無言でごくりと息を吞《の》むのを見て取ってから、姫路は改めて話を切り出した。

「ではここで、もう一度イベントの概要を確認しておきましょう――既に何度かご説明させていただいている通り、五月期交流戦は全学区の生徒が参加する一大イベントです。ただしその本戦は英明《えいめい》の《区内選抜戦》のように誰にでも参加権があるわけではなく、各学区により選出された一部の生徒のみが参戦できる、という形式になります」

「ああ。各学区五人、全二十学区で合計百人、ってやつだよな」

「はい、その通りです。ちなみに、十二番区の聖城《せいじょう》学園に関しては、前学長である倉橋御門《くらはしみかど》が起こした不祥事のために参加見送り――と発表していたはずなのですが、少し調べてみたところ、どうやら例の《影武者《ドッペルゲンガー》》はその枠を使ってイベントに潜り込んでいるようですね。つまり、聖城学園からは一名のみが参加です」

「何でもアリだな、おい……運営もよく認めたもんだ」

　呆《あき》れ交じりの嘆息が零《こぼ》れる。所属も正体も何もかも不明な彼女がどうやってイベントに参加するんだ、という疑問は確かにあったが、蓋を開けてみれば思った以上に強引なやり方だ。けれど、考えてみれば彼女のアカウントは〝？・？・？《unknown》〟――まだ何色にも染まっていない状態なんだから、所属学園の設定くらいいくらでも変えられるんだろう。

　だから、まあそれは置いておくとして。

「参加メンバーの選出方法、というのは、基本的に各学区に委ねられています。等級の高い順に五人を選ぶというのが最も標準的ですが、星の移動が絡むものですのでその決め方には校風の違いが見られますね。例えば、英明《えいめい》に関しては《区内選抜戦《モノ》》——先月末に行われた学内イベントが、この五月期交流戦のメンバー決めを兼ねた行事でした」

「ん……ああ、そうだな」

姫路《ひめじ》の言う通り、五月期交流戦に参加するのは《区内選抜戦》の上位五人、というのが英明の伝統的なやり方だ。見た目上の等級よりも直近の戦績を優先するという、何とも英明らしい……というかあの学長らしい、合理的で好戦的な選抜システム。

俺の思考がそこまで至った辺りで、姫路は「はい」と小さく頷《うなず》いた。

「実際、かなり有効なアプローチだと思いますよ？　全員にチャンスがありますし、何より全員が納得できます。ですので、それ自体は全く問題ないのですが……ご主人様、ここで改めて念押しさせていただきます。五月期交流戦の仕様は——というより、チーム戦というイベント形式は、そもそもご主人様にとってあまり良くありません」

じ、とこちらを見つめながらほんの少しだけ身体《からだ》を寄せてくる姫路。彼女は俺の反応を待つことなく、白手袋に包まれた右手の人差し指をぴっと立てて続ける。

「いいですか、ご主人様？　まずもって思い出していただきたいのですが、ご主人様は雑魚でいらっしゃいます。入学時の査定では最低ランクの1ツ星。現在は実質3ツ星まで昇格していますが、真っ当な手段で入手した星は一つもありません。それに引き換え、五月期交流戦の参加プレイヤーは各学区からの選抜メンバー……当然、４ツ星から６ツ星の生徒が大半を占めるでしょう。真っ向勝負となれば、おそらく誰にも敵《かな》いません」

「うっ……まあ、そりゃそうだろうな」

「はい。ですので、いつもの通りわたしたち《カンパニー》がご主人様の補佐に回るわけですが――ここで、一つ厄介な事態が発生します」

「……ああ、分かってる」

苦い表情を浮かべながら頷く俺。この辺りは、既に散々レクチャーを受けた部分だ。

「例えば……そうだな、秋月は今回俺たちの〝味方〟になるけど、だからといってあいつに《カンパニー》の存在を明かしていいわけじゃない。……そういうことだよな？」

「その通りです、ご主人様。いくらチームメイトとはいえ、ご主人様が行っているイカサマは基本的に誰にも明かすことが出来ません。ですが、そのイカサマがないと勝負にならないのは自明の理。つまりご主人様は、チームメイトすら騙しながらこのイベントを進めていかないといけないのです」

姫路はあくまでも淡々とした口調でそんなことを言ってくる。……が、その通りだ。わざわざ確認なんてするまでもなく、俺がやっていることは明らかなルール違反。島全体を敵に回すような〝嘘《うそ》〟なんだから、当然チームメイトにだってバレちゃいけない。

「はい、そういうことです」

澄んだ声音でそう零《こぼ》しつつ、姫路《ひめじ》は白銀の髪をさらりと揺らして頷《うなず》いた。

「ですので、ご主人様にとって〝チーム戦〟というのはかなりの鬼門なんです。余計な嘘《うそ》が増えるだけですし、イレギュラー要素も多いので最善を尽くしても負けかねません」

「だよ、な……」

そんな姫路の言葉に思わず唸《うな》り声を上げる俺。

まあ、考えてみれば当然だ。チーム戦なんだから、期間中は常にチームメイトと行動を共にすることになる。そうなれば姫路との相談や《カンパニー》とのやり取りすら気軽には出来なくなってしまうわけで、俺にとっては最上級の拘束《デバフ》と言っても過言じゃない。

「……って、あれ？」

「？　どうかされましたか、ご主人様？」

「あ、いや……《影武者《ドッペルゲンガー》》のことなんだけどさ。あいつ、聖城《せいじょう》学園の所属ってことにして単独でイベントに参加するんだよな？　他のチームは五人なのに。……どういうつもりなのかは知らないけど、俺と彩園寺《さいおんじ》をまとめて潰すにはちょっと効率が悪くないか？」

「……確かに。言われてみれば、そうですね」

可愛《かわい》らしい仕草で右手を口元まで持っていく姫路。

けれど、《影武者》に関する情報がほとんどないこともあって、結局この場で答えは出せず——俺たちは、微《かす》かな溜《た》め息《いき》交じりに端末の画面を切り替えて、メインとなるイベントルールの精査の方へ話題を移すことにした。

＃

翌日、五月五日の金曜日。

五月期交流戦のルール解剖及び作戦会議が昨日の深夜まで及んだため尋常じゃない眠気を抱えていた俺だったが、それでもどうにか全ての授業をやり過ごし、癒《いや》し枠であるナナちゃん先生のふわふわした挨拶を聞きながら待ちに待った放課後へと移行していた。

本音を言えば一刻も早く帰って寝てしまいたいところなのだが、残念ながらそういうわけにもいかない。というのも、実はこの後、イベントの参加メンバーと初めての顔合わせをすることになっているんだ。週末に入る前に色々と作戦を練っておきたい、ということで、例の6ツ星生徒会長・榎本進司《えのもとしんじ》から直々に連絡があった。

もちろん俺としても異論はなかったため、既に了承の返事は飛ばしてある。

「お疲れ様です、ご主人様」

と……その時、涼しげな声音と共にコツっと軽やかな足音が耳朶《じだ》を打った。音に釣られるようにしてそちらへ視線を向ければ、制服姿の姫路がさらりと銀糸を揺らしている。

「そろそろ向かわれますか？」

「ん？　ああ、そうだな」

一つ頷《うなず》いて立ち上がる俺。そうして姫路《ひめじ》と一緒に教室を出ようとした――その時、

「えへへ♡　失礼しま～す♪」

何とも聞き覚えのある声と共に、目の前のドアがガラリと横にスライドした。それと同時、扉の向こうからちょこんと顔を覗《のぞ》かせたのは、ツインテールの〝小悪魔〟だ。

秋月乃愛《あきづきのあ》――英明《えいめい》学園高等部3年、等級は6ツ星。肩辺りまで伸びている栗色《くりいろ》の髪をゆるふわなツインテールにまとめ、制服はいつもあざとく着崩している。小柄で童顔な割に胸は非常に大きく、天才的な角度から繰り出される上目遣いの破壊力は計り知れない。

そんな秋月だが……実は、ほんの少し前まで俺と〝敵対〟していた。何年も前から大きすぎる劣等感に苛《さいな》まれていた彼女は、《区内選抜戦》――英明の学内イベントにおいてとある不正行為を働き、俺から学園島最強の座を奪い取ろうとしていたのだ。けれど、結局それは倉橋御門《くらはしみかど》による洗脳紛《まが》いの感情増幅が最も大きな要因であり、イベントが終わってからは無駄な敵意を向けられることもなくなった。

（いや、なくなったというか……）

むしろ、理由を見つけては2－A教室まで遊びに来たり、メッセージの返信が異様に早かったりと、かなり好意的な反応をしてくれているような印象だ。ただしその反面、《区内選抜戦》の時には連発していたボディータッチを今さら恥ずかしがるようになっていたりして、正直なところよく分からない。

　まあ、ともかく――いつものあざとい笑顔で教室内を見渡そうとしていた秋月は、目の前に立っていた俺に気付いてぱぁっと表情を明るくした。

「って……わ、緋呂斗《ひろと》くん！　なになに？　もしかして乃愛《のあ》のこと待っててくれたの？」

「……いや、そうじゃない。たまたまタイミングが重なっただけだ」

「えぇ～、そんなに照れなくてもいいのにぃ。ほら、乃愛と緋呂斗くんの仲じゃん♡」

「お言葉ですが、秋月様。貴女《あなた》とご主人様との関係は同じ学園の上級生と下級生、ただそれだけです。間違っても恋人やそれに準ずる関係などではありませんので、悪《あ》しからず」

「む、白雪《しらゆき》ちゃんはお堅いなぁ……えへへ、でもでも～」

「……なんですか？　その頭と性格の悪そうな笑顔は」

「べっつに～？　ただ、こんなにツンツンしてるのに〝友達〟なら許してくれるところが優しくて可愛《かわい》いなぁって♡」

「なっ……ち、違います。ただ言い忘れていたというだけで、別に許可しているわけでは――って、ひゃっ⁉　く、くっつかないでください秋月様っ」

「えへへ、やだよ～♡」

　じゃれつくように真正面から姫路に抱き着いている秋月と、そんな彼女を引き離そうと一生懸命両手を伸ばしている姫路。彼女が身をよじる度――どことは言わないが――ムニムニと柔らかそうに形を変えており、眼福なことこの上ない。

「…………」

最近の姫路《ひめじ》と秋月《あきづき》の関係は、専らこんな感じになっていた。クールな姫路に秋月がべたべたと絡みに行き、半ば強引に〝攻略〟しようとしているような状況だ。

先月の《区内選抜戦》では姫路を人質に取り、平気で脅迫まがいのことまでしていた秋月だが……実はあの後、彼女はすぐに姫路とコンタクトを取り、一対一でしっかりと謝罪をしたらしい。俺自身は現場に立ち会っていないから詳しいことはよく分からないが、姫路によれば『――少し、印象が変わりました』とのことで。

結局、元々姫路の方がそれほど怒っていなかったということもあり、少なくとも《区内選抜戦》で生じた不和については今や完全に解消されていた。

「――よし、充電完了♪」

一頻《ひとしき》り姫路に抱き着いてから、秋月は晴れ晴れとそんなことを言った。そして、トンっとこちらへ近付いてくるや上目遣いに俺の瞳を覗《のぞ》き込み、微《かす》かに頬《ほお》を赤らめて続ける。

「えへへ……それじゃ、そろそろ行こっか、緋呂斗《ひろと》くん。ほら、手……えっと、ね？」

先ほどまでとは打って変わって途切れ途切れの口調になり、ちらちらと視線を逸《そ》らしたりしながらそっと右手を差し出してくる秋月。ここまで露骨な行動をされるとさすがに俺も照れてしまうが、もちろん顔には出さずにさてどうするかと思考を始める――と、

「――そうですね。それでは行きましょう、秋月様」

「へ？　って……あれ、白雪《しらゆき》ちゃん!?　……ちょ、ちょっとー!?」

瞬間、すっと俺の前に割って入った姫路が差し出された手を強引に取り、そのまま秋月の身体《からだ》を引っ張るようにして歩き始めた。有無を言わさぬ口調だが、仕草自体は優しく丁寧なものだ。秋月の方も、むーっと頬を膨らませてあざとく抗議しているものの、何だかんだでとたとたと歩調を合わせている。

仲が良いのか悪いのかよく分からない不思議な関係だが……まあ、ともかく。

（二人とも手を振り払わないんだから、そう悪くはないってことにしておくか）

頭の中で苦笑しつつ、俺はそっと鞄《かばん》を持ち上げて二人の後を追いかけることにした。

──打ち合わせ場所として指定された会議室は、特別校舎L棟の二階にあるらしい。

L棟は、生徒会関係の部屋や会議室、応接室などが揃《そろ》っている小さめの建物だ。学校というよりはオフィスっぽい雰囲気があり、一般生徒が立ち入る機会はあまりない。逆に言えば、生徒会長である榎本《えのもと》にとっては完全にホームグラウンドだろう。

「そういえば……確か、秋月は残り二人のメンバーと同じクラスなんだよな？」

「うん、そうだよ〜♡」

当のL棟に足を踏み入れながら、俺の左隣に陣取っている秋月──教室を出てしばらくは姫路と手を繋《つな》いでいたがさすがにそろそろ恥ずかしくなってきたらしい──にそんなことを尋ねてみると、彼女は甘い匂いを振り撒《ま》くようにこくんと小さく頷《うなず》いた。

「すっごく有名だよね、会長と浅宮《みやー》ちゃんの二人組《ペア》。英明《えいめい》のスーパーエースな乃愛《のあ》ちゃんにはちょーっとだけ負けちゃうけど、二人とも6ツ星の超上位ランカーだし♪」

「ああ、そうらしいな。瞬間記憶能力だの超速の反射神経だの……そいつらの戦歴やら伝説やらは、俺のクラスの連中でも普通に知ってたくらいだ」

辻《つじ》や多々良《たたら》の話しぶりを思い返しながら一つ頷く俺。Ｌ棟二階へ向けてゆっくりと階段を昇りつつ、気になる部分に触れてみる。

「ただ、そこで聞いたんだけどさ。その二人、実は相当相性が悪いって——ん？」

その時、ふとどこからか微《かす》かな物音が聞こえた気がして、俺は思わず顔を跳ね上げた。

「……何だ、今の？」

「何か聞こえましたね。上から、でしょうか……？」

同じく怪訝《けげん》な表情を浮かべている姫路《ひめじ》と顔を見合せつつ、とにかく階段を上り切ってしまうことにする。そうして少しだけ警戒しながら廊下を探索してみれば、音の発信源はすぐに見つかった。二階のちょうど真ん中にある小さめの会議室——すなわち、今俺たちが向かっている部屋の中からだ。

『——ねえ、ねえってば進司《しんじ》！　聞いてる!?　聞ーこーえーてーるー!?』

『いいや、隣のバカが騒がしくて僕には何も聞こえない』

『騒がしいのは進司のせいじゃん！　てかそこ！　そこウチの席なんだけど！』

『それは何を根拠に言っているんだ？　席などどこでもいいだろう。というか、七瀬《ななせ》に関してはテーブルの上でもいい。夏場であれば外でもいい』

『いいわけないいし！　そこ、ウチの端末置いてあるじゃん！　予約済みじゃん！』

『なるほど、つまりこれを返せばすんなりと諦めるわけか。ほら』

『ちがーう！　ってか端末投げんなし！　せーみつ機器！』

『精密機器……ついに七瀬の口から中学レベルの単語が飛び出してきたか。感慨深いな』

『ねえシンプルにウザいんだけど!!!?』


「「「…………」」」

部屋の中から聞こえる刺々《とげとげ》しい会話……もとい殴り合いじみた口論に、俺たちは静かに顔を見合わせた。お互いの呼び名から考えてもここにいるのが待ち合わせ相手の二人であることは間違いないが、想像していた雰囲気とは随分違う。

「えっと……なあ秋月《あきづき》。例の二人ってのはいつもこんな感じなのか？」

「あ、あ～……うん、まあそうだね」

探りを入れるような声音で尋ねてみると、秋月は曖昧な笑みを浮かべて小さく頷く。

「何ていうか、ちょっと変わった関係なんだよ、あの二人。幼馴染《おさななじ》み――っていうかいわゆる腐れ縁らしくて、お互いに相手のことを〝大っ嫌い！〟って言ってるくせにいつもいつも一緒にいるの。で、その度にずっと喧嘩《けんか》してる」

「…………」

「《区内選抜戦》の時も、初日に《演習》を始めてたのにいつまでも決着がつかなくて、そのままズルズル最終日まで残ってた……って感じだからね。せっかく単独でなら最強クラスなのに、二人してお互いに対する弱体化《デバフ》効果を最大値《Max》で持ってる、みたいな？」

「相性が悪いどころの騒ぎじゃないだろ、それ……」

秋月《あきづき》の評価にやれやれと呆《あき》れたような嘆息を零《こぼ》しつつ、内心ではひくっと頬《ほお》を引き攣《つ》らせる俺。辻《つじ》や多々良《たたら》も言っていたことだが、どうやら今回のチームメイトには一癖も二癖もあるらしい。

（……頼むぞ、マジで）

切なる祈りを捧《ささ》げながら、目の前の扉をゆっくりと押し開く――と、中には大方の予想通り、英明《えいめい》の制服を纏《まと》った人物が二人ほど待機しているのが窺《うかが》えた。一人は、落ち着いた雰囲気の男子生徒。六人掛けのテーブルのうち端っこにあたる席に陣取り、仏頂面で腕を組んでいる。そしてもう一人は、彼の眼前に両手を突いてこちらへ背を向けている女子生徒だ。男子の方とは対照的に、後ろ姿からでも派手で華やかな印象が伝わってくる。

「む……？」

扉を開けたままの体勢でそんなことを考えていると、やがて仏頂面の男子が俺たちの入室に気付いたらしい。胡乱《うろん》な視線をこちらへ向け、小さく眉を持ち上げて……一言、

「七瀬《ななせ》」

「何？　改まって。やっとウチに席を譲ろうって気になったの？」

「いいや、僕が七瀬に何かを譲るなど今後一生有り得ないが……そうではなく」

少し嬉《うれ》しそうな色を帯びた少女の問いかけをバッサリと切り捨て、無慈悲に首を横に振る少年。彼はどこかもったいぶるような仕草でくいっと顎を動かすと、それによって誘導された少女の視線が俺たちの方に向けられるのを待ってから、静かな声で呟《つぶや》いた。

「――僕たちのチームメイトが到着したみたいだ」

＃

「それでは、改めまして」

――鼓膜を優しく撫《な》でる涼やかな音。

どう控えめに見積もっても間違いなく空気清浄効果のある声音を発しながら、俺の隣に立った姫路《ひめじ》は両手を身体《からだ》の前で揃《そろ》えたままぐるりと室内を見渡した。

「本日は五月期交流戦のメンバー顔合わせ、及び作戦会議にお集まりいただきまして、誠

にありがとうございます。時間も差し迫っていますので、さっそく《決闘《ゲーム》》のルール確認に入りたいと思いますが……その前に、まずは自己紹介をしませんか？　よく知らない相手とチームを組む、というのもなかなか難しいものですし」

「良《い》いんじゃん？　ウチは賛成～」

そんな姫路《ひめじ》の提案に対し、最も早く肯定の言葉を返してきたのは俺の対面に座る少女だった。彼女は、顔の辺りまで持ち上げた手をひらひらと振りながら明るく続ける。

「ってことで、自己紹介ね。ウチは浅宮七瀬《あさみやななせ》。乃愛《のあ》ちと同じ3－A所属で、今の等級は6ツ星！　噂《うわさ》の転校生クンにはちょい負けるけど、まあお手柔らかによろしく～」

少しだけ悪戯《いたずら》っぽい笑みを浮かべてそんな言葉を紡ぐ少女、浅宮七瀬。

彼女の第一印象は、とにかく〝目立つ〟の一言だった。肩の辺りで整えられたショートヘアは鮮やかな金色で、前髪には大きな髪留めが添えられている。赤茶っぽい瞳はくりくりと大きく鼻筋も通っていて、文句の付けどころなどどこにも見当たらないくらい綺麗《きれい》で整った顔立ちだ。それに、ただ綺麗というだけじゃなく、今時のJK《ギャル》らしいお洒落《しゃれ》なセンスもその端々に垣間《かいま》見《み》える。

加えて、彼女は一目見ただけでもはっきりと分かるくらいにスタイルが良い。すらりと長い脚にきゅっと引き締まったウエスト、ボリュームのある大きな胸……と、まるで女子の〝理想〟をそのまま具現化したかのような完成度《クオリティ》だ。

「……これが、本物の七瀬たん……」

「へ？」

と、その時、傍《かたわ》らの姫路がポツリと発した声に浅宮が小さく首を傾《かし》げた。思わず零《こぼ》れ出た言葉だったのかパッと慌てて口元を押さえる姫路だが、やがて誤魔化《ごまか》し切れないと悟ったのだろう。観念したように首を振って続ける。

「い、いえ、その、話を逸《そ》らしてしまって大変申し訳ないのですが……浅宮様、以前《MELTY》という雑誌でモデルをやっていましたよね？」

（……ああ、そのことか）

事前に聞かされていた情報を思い返しながら内心で小さく頷《うなず》く俺。

《MELTY》というのは、お洒落に疎《うと》い俺みたいな男子高校生でもさすがに知っているくらいの超有名ファッション誌だ。それも学園島《アカデミー》限定とかではなく、普通に全国区。その誌面を飾っているとなれば、そりゃ可愛《かわい》くて当然だ。

話を振られた浅宮の方はと言えば、ぱっと顔を輝かせながら微《かす》かに腰を浮かせている。

「え！　なになに、何でそんなこと知ってるの!?」

「あ、いえ……その、参考で。あくまでも流行を知るための参考資料として購読していた時期がありまして………い、今もですけど」

「わ～！　そうなんだ！　や、でも、ウチが載ってたのなんてほんの二、三回じゃん？

それなのにちゃんと覚えててくれるとか……やば、ちょっと嬉《うれ》しいかも」

「……そんなに、ですか？」

「もち！　だってさ、後輩から憧れられるシチュってやっぱ良くない!?　きゅんきゅんしない!?　なんか『ウチが守護《まも》ってやるからな……』ってならない!?」

ぐいっと身を乗り出すような格好のまま、興奮に顔を赤らめつつ熱弁する浅宮《あさみや》。……何というか、このギャル、思ったよりも良《い》いやつそうだ。先ほどのやり取りのせいでどうしても刺々《とげとげ》しいイメージがあったのだが、喋《しゃべ》ってみれば友好的なことこの上ない。

「あ、ありがとうございます……？」

浅宮から思わぬ歓迎を受け、姫路《ひめじ》は少しくすぐったそうにしながらも綺麗《きれい》な礼をしてみせた。それから「ええと……」と若干《や》の逡巡《しゅんじゅん》を挟んだ後、碧《あお》の瞳をもう一度持ち上げる。

「ちなみに——浅宮様がモデルを止《や》めた理由、というのは何かあるのですか？　雑誌での取り上げ方も大きかったですし、かなり人気があったように思いますが」

「え？　ああそれ？　聞きたい？」

そんな姫路の問いかけに何故《なぜ》かからかうような笑みを浮かべると、浅宮はちらりと隣の男子生徒に視線を向けた。さっきから仏頂面で黙り込んでいる彼はぴくりとも反応しないが、浅宮はまるで気にすることなく続ける。

「進司《しんじ》がやめろってうるさかったんだよね、モデル《あれ》。ＳＮＳとかで男子がウチの名前出す度にいちいち嫉妬しちゃってさ、マジ独占欲の塊って感じ。……あ、進司ってのはカレシでも何でもなくて、ここにいるウチの幼馴染《おさななじ》みなんだけど」

「……おい七瀬《ななせ》、初対面の相手に嘘《うそ》を教えるな。僕は嫉妬などした覚えはない。単に、もう少し露出の少ない服を着たらどうだと言っただけだ」

「だからー、ホットパンツにキャミでNG出されたらモデルなんてやれないじゃんって言ってんの。言っとくけどウチ、次の号では水着で特集ページ組んでもらう予定だったんだかんね？　はぁ〜……せっかくもっと人気出るって言われてたのに」

「知るか。それに、水着を嫌がっていたのは僕よりも七瀬の方だったと思うが？」

「うっ。……そ、そんなことないし。てゆーか、進司もさっさと自己紹介しろし！」

ふん、とそっぽを向きながら誤魔化《ごまか》すように片手で端末を弄《いじ》り始める浅宮。

そんな彼女から俺へと視線を移しつつ、斜め前に座る少年は静かに息を吐き出した。

「僕の名前は榎本《えのもと》進司だ。──3－A所属、6ツ星。現在は英明《えいめい》学園の生徒会長をしている」

「ああ、そうらしいな。噂《うわさ》は色々と聞いてるよ」

「……随分とラフな口調だな、転校生。まさかとは思うが敬語もろくに使えないのか？」

「敬う気持ちはあるからそれで許してくれよ。別にアンタを低く見てるつもりはない」

余裕の態度で軽口を叩《たた》きながら、俺はこっそりと彼──榎本の様子を窺《うかが》ってみる。

彼の凄《すさ》まじさに関しては既に色々と判明済みだ。瞬間記憶能力と呼べるほどの記憶力を持ち、全国模試でも堂々の一位を飾る天才中の天才。それに、ただ頭が良いというだけじゃない。二期連続で生徒会長に選ばれるくらい、人望も信用も備わっている。

（敵に回すと間違いなく厄介なタイプだよな……）

頭の中でそんなことを考えながら「ふぅ……」と静かに溜《た》め息《いき》を吐《つ》く俺。

ともかく——榎本《えのもと》たちの自己紹介が一段落したところで、俺たちにもターンが回ってきた。俺も姫路《ひめじ》も無難なプロフィールを口にし、よろしくとだけ言っておく。

話をしている間の印象としては、まず浅宮《あさみや》の方が誰に対しても明るく友好的。逆に榎本の方は常に仏頂面で、何を言ってもほとんど反応がない……という感じだった。ただ、姫路が申し訳なさそうな口調で〝異性と接するのが苦手〟という発言をした際に榎本がいくらか椅子を引いているのが見えたから、ちゃんと聞いてくれてはいる。

「そしてそして、最後はわたし！　英明《えいめい》のエースにして誇り高き小悪魔！　緋呂斗《ひろと》くんの恋人にして愛人にして正妻！　スーパー可愛《かわい》い3－Aのアイドル！　……えへへ、その名も秋月乃愛《あきづきのあ》ちゃん、だよ♡」

ぴとっと両手の人差し指を頬《ほお》に当てつつ、あざとい笑顔で自己紹介を締める秋月。姫路が無言でジト目を送っているが、揺らぐ様子など微塵《みじん》もない。

そうして秋月は、ふわふわのツインテールを揺らすようにそっと小首を傾《かし》げてみせた。

「それじゃ、自己紹介も終わったことだし……さっそくルール確認に行ってみよっか♡」

「……まあ、それに関しては同意しますが」

微《かす》かに不服そうな声音で呟《つぶや》きながら、それでも楚々《そそ》とした足取りで姫路は秋月の下に歩み寄った。そして自身の端末をテーブルの上にセットすると、小さく顔を持ち上げる。

「では、改めて――現在、五月期交流戦の運営委員会からは二つほど情報が公開されています。一つはイベント全体のイメージPV、もう一つが基本ルールですね。皆様も既に目を通しているかとは思いますが、せっかくですしもう一度PVから見ていきましょう」

そんな前置きと共に、綺麗《きれい》な指先でついっと画面を撫《な》でる姫路。

と――次の瞬間、会議室内を覆い尽くすような勢いで無数の画面が投影展開され、昨日公開されたばかりのイベントPVが流れ始めた。青と白を基調とした、機械的《システマチック》で機能的《デジタル》なゲームフィールド。まるで想像上の〝電脳世界〟をそのまま現実に顕現させたかのような無機質な世界……その足元には正六角形のラインが無数に引かれ、いわゆる蜂の巣状のマス目を形成している。

そして、おそらくプレイヤーを模しているのであろうアバターがさっと端末を横に振った瞬間、彼の立っている一帯が鮮やかな赤に染まった。同様に、ある場所では紫が、ある場所では黄色がその勢力を広げていく。奪い合いながら、侵食し合いながら、無機質な世界をひたすらに染め上げていく――。

最後にカオスでカラフルになった全体マップを映し出し、映像《PV》はそこで暗転した。

「…………」

昨夜のうちに何度も眺めた映像を改めて見返しつつ、静かに思考を巡らせる。

(これだけだと断片的な情報しか読み取れないけど……少なくとも、エリアを広げるゲームだってのは分かるよな。各チームに色が割り振られてて、フィールド中を自分たちの色で染め上げていく。その過程でぶつかった他のチームは、当然蹴散らさなきゃいけない)

――そう。

今回の五月期交流戦で行われるのは、いわゆる一つの陣取りゲームだ。ルールに従って自軍の戦力を出来るだけ強化し、同時に支配地《エリア》を広げていく……というような、ジャンルで言うなら〝信○の野望〟や〝三○志〟のような戦略シミュレーション《SLG》。通常のSLGと違う点を一つだけ挙げるとすれば、それは俺たちが〝自軍の駒を操作するプレイヤー〟になるわけじゃなく、フィールドを駆け巡る〝駒〟そのものになるという部分だろう。

俺たちの思考がそこまで追い付くのを待ってから、姫路《ひめじ》は静かに言葉を継ぐ。

「そして、こちらが現在公開されているゲームルールの一覧です。本文は世界観重視で少し複雑な表現になっていましたので、軽く調整を入れさせていただきました」

そんな前振りに合わせてパッと画面が切り替わった。先ほどはPVの臨場感を演出するためか360度の立体投影だったが、今回のルール説明に関しては――おそらく読みやすさを意識してのことだろう――画面一枚の特大表示だ。

【五月期交流戦：本戦：基本ルール一覧】

【本イベントでは、学園島《アカデミー》の〝星獲《と》りゲーム〟運用規定に則《のっと》り、最大百人参加の大規模決闘《ゲーム》〝Area Steal To Reconquer All Lost〟――略称《アストラル《ASTRAL》》を実施する】

【《決闘《ゲーム》》の開催期間は五月八日の月曜日から十二日の金曜日まで。それぞれ前半（九時から十二時）と後半（十四時から十七時）に分割され、合計十パートで行われる】

【本イベントは学園島《アカデミー》零番区、通称〝開発特区〟にて執り行う。各プレイヤーは自身の端末にイベント専用のARアプリをインストールし、当該エリアに拡張現実《AR》世界のフィールドを重ね合わせることで《アストラル》にログインすることが出来る】

【《アストラル》のゲームフィールドは、全て六角形の〝マス〟により構成されている。また、フィールドの各所には〝拠点〟と呼ばれるスポットが点在しており、この拠点は特殊なアクションを行うことで〝占拠〟することが出来る。こうして拠点を占拠した場合は自軍の拠点同士が直線で結ばれ、二拠点ならその線上の、三拠点以上ならその多角形に囲まれた内部のマス全てが、該当チームに割り振られた〝色〟へと塗り替えられる——このように作られる自軍カラーのマス全体のことを、そのチームの〝領域《エリア》〟と呼ぶ】

【各拠点からは、一定時間おきに〝スペル〟と呼ばれる消費型能力《リソース》が排出される。スペルには〝攻撃スペル〟と〝補助スペル〟が存在するが、《アストラル》においてプレイヤーにダメージを与えられるのは〝攻撃スペル〟のみである】

【《アストラル》は〝硬直時間制《クールタイム》〟と呼ばれるゲームシステムを採用しており、スペルの使用を含む特定のアクションを実行すると一時的にそれらのアクションが全て実行不能になる。その長さは一律ではなく、各プレイヤーに設定された〝行動値〟というステータスから算出される——すなわち、行動値が高ければ高いほど硬直からの復帰が早くなる】

【また、《アストラル》には五つの〝役職〟が存在する。それぞれ攻撃スペルに対する適性や耐性が異なっており、同チーム内での重複は原則不可。さらに、各役職にはアビリティ傾向と呼ばれる特性が定められており、持ち込めるアビリティに一定の制限が発生する】

【勝利条件：全エリアの制覇、または全チームの撃破。仮にイベント期間中にこの条件が

満たされなかった場合、終了時点で最も広いエリアを持つチームを勝者とする】

【敗北条件：所持しているＬＰ（ＬＰはライフポイント／上限5／各パート終了時に上限まで回復）が0になった場合、そのプレイヤーは《アストラル》から脱落する。そしてメンバーが全員脱落した場合、あるいは所持しているエリアが0になった場合、そのチームは《決闘《ゲーム》》に敗北する】

【報酬について：最終順位が六位以下になったチームのメンバーは、それぞれ一つ星を失う。逆に、五位以内に入ったチームには別途の表に応じた数の星が与えられ、さらにチームメンバー全員にイベント限定のアビリティ及び多額の島内通貨が贈られる。ただし、星の配分に関しては該当学園に一任する（イベント勝利での二等級昇格は原則不可。また5ツ星以上の等級には全て人数制限があるため、同イベントで上位ランカーが降格していない限り5ツ星以上への昇格は不可）】

【関連事項：今回の五月期交流戦では、本戦である《アストラル》と同時に任意参加のオープンゲーム《ＭＴＣＧ》が開催される。そして、《ＭＴＣＧ》の最上位報酬はワイルドカード――《アストラル》の参加権となっており、入手したプレイヤーは所属学園の六人

目として《アストラル》に参戦することが出来る】

「――とのことです」

こほん、と微《かす》かな咳払《せきばら》いを挟んでから、姫路《ひめじ》は涼やかな口調で言葉を継ぐ。

「スペルの詳細や細かな仕様に関しては部分的にしか開示されていないので何とも言えませんが、ともかく大まかなルールとしてはこれで全てです。重要なのは主に三点、エリアと役職と行動値……でしょうか？」

「ふむふむ、なるほど……ね。白雪《しらゆき》ちゃん。その行動値ってもうどこかで見れるの？」

「はい、もちろんです秋月様《あきづき》」

秋月の問いにこくりと一つ頷《うなず》いて、流れるような手付きで自身の端末に触れる姫路。すると次の瞬間、彼女の端末画面上に〝9〟という数字が現れた。

「――このように、既に配布されているイベント用のアプリを開くと、プロフィールの最上段に〝行動値〟という表記が出るようになっています。全二十五段階で、小さいほど良い数字なんだとか。……というわけで、皆様も一度開いていただけますか？」

「ん、りょーかーい」「えへへ、いいよー♡」

そんな姫路の言葉にほとんど同じタイミングで頷くと、浅宮《あさみや》と秋月はさっそく端末を操作し始めた。榎本《えのもと》の方は相変わらず無言だが、とはいえ異論があるというわけでもないのだろう。手早くログイン作業を終え、数秒後には全員分の行動値が出揃《でそろ》った。

【秋月乃愛《のあ》】――行動値：6
【榎本進司《しんじ》】――行動値：5
【浅宮七瀬《ななせ》】――行動値：5
【姫路白雪】――行動値：9

「…………」

チームメイトたちの端末画面を見つめながら真剣な表情で黙り込む俺。……この行動値なる数字は、基本的にその人の総合評価――すなわち等級や《決闘《ゲーム》》戦績などから算出されているらしい。そのため、同じ等級の生徒であれば大体同じくらいの数値になる。

だから当然、俺はと言えば。

【篠原緋呂斗《しのはらひろと》】――行動値：3

「！　うわ、すご……え、ヤバくない？？」

興味津々《しんしん》といった様子で対面から身を乗り出し、若干目のやり場に困る無防備な体勢で俺の端末を覗《のぞ》き込んでいた浅宮《あさみや》が、そこに刻まれている数字を見るなり目を丸くした。

「シノ、やっぱめちゃ評価されてるんだね～。うん、さっすが7ツ星！」

「そりゃどうも。……って、シノ？　何だよそれ」

「え、何だよって言われても、フツーにあだ名だけど。ダメ？」

「……いや、別に駄目ではないけど」

「ならよし」

言って、ニッと得意げな笑みを浮かべる浅宮。そんな仕草もいちいち様になる彼女を見つめながら、俺は、若干の緊張を押し隠しつつ隣に座る榎本へと意識を向ける。

「…………」

と、いうのも——何を隠そう、今みんなに晒している俺の行動値は全くもって本物なんかじゃないからだ。本来の数字は3ではなく19。《カンパニー》に頼んで表示をバグらせてもらっている、というだけで、実際は俺だけ明らかに行動値《ステータス》が低い。

そう……どうやらこのイベント、学園島《アカデミー》のシステムにアクセスして等級の情報を持ってきているわけではなく、ステータスの算出を端末内の自動処理で完結させているらしいのだ。だから俺の等級が7ツ星ではなく事実上の3ツ星扱いとなり、行動値もそれ相応に低くなってしまっている。が、しかし俺が〝偽りの7ツ星〟である以上、少なくとも見た目の上では誰より高いステータスを持っていないと辻褄が合わない。

（だから、まずはこの小細工がバレないかどうかだけど……）

内心でそんなことを呟《つぶや》きながら密《ひそ》かに全員の反応を窺《うかが》う俺。……常に好意的な秋月《あきづき》や意外と素直な浅宮はともかく、瞬間記憶能力を持つ天才生徒会長こと榎本進司《えのもとしんじ》に関しては何らかの違和感を抱いてもおかしくない。そう思って心の準備をしていた、のだが――

「……ふむ、なるほどな」

それだけ言って、彼は俺の端末画面から静かに視線を切った。……どうやら疑問には思われなかったらしい。いつものことだが、本当に《カンパニー》様様だ。

「ふぅ……」

俺の隣では、同じくホッとしたような顔の姫路《ひめじ》が微《かす》かに吐息を零《こぼ》している。そうして彼女は、小さく「さて」と呟くと、白銀の髪を揺らすようにして再び話を切り出した。

「具体的なゲームの進め方や攻略方法に関しては……いかがいたしましょうか？　細かい部分はともかく、大まかな方針くらいは決めておきたいところですが」

「賢明だな。というか、そこを話し合わないのならわざわざ集まった意味がない」

真面目《まじめ》な顔で一つ頷《うなず》きながら、榎本はそう言って姫路の言葉を引き継いだ。

「まずは些事から片付けていこう。ワイルドカード――《MTCG》からの繰り上がりで本戦に参加できるかもしれない〝六人目〟だが、既に目星は付けてある。水上真由《みなかみまゆ》。《区内選抜戦》では惜しくもメンバー入りしなかった隠れた実力者だ。彼女ならば一枚しかないワイルドカードを入手できるだけの実力はある……が、五月期交流戦のオープンゲームは例年参加者が五千を超えると聞いている。あまり期待しない方がいいだろうな」

「ま、そうだな。来てくれたらラッキーくらいに思っておけばいい」

「その通りだ。そして、《アストラル》の攻略方針としては、大きく分けて二つが考えられる。〝エリアを広げる〟ことを優先するのか、はたまた〝他のチームを脱落させる〟ことを優先するのか、という問題だ。ただ、他チームとの交戦にはスペルが必要で、スペルの入手にはエリア拡大が必須……という状況なのだから、基本的にそれらは同じ方向を向いている。あえて別のものとして捉える理由は全くない」

「ああ、俺もそう思う。……だから今決めなきゃいけない〝方針〟ってのは、どっちかっていうとチームの構成に関することだ。もしくは役職の分配、って言ってもいい」

——役職の分配。

先ほどのルール説明にもあったように、今回の《決闘《ゲーム》》には〝役職〟なる要素が登場する。分かりやすく言えばRPGにおける〝ジョブ〟やら〝クラス〟みたいなものだ。自分がどの役職を持っているかによってスペルとの相性が変わったり、登録できるアビリティが違っていたりする。そして、学園島《アカデミー》の《決闘《ゲーム》》においてアビリティとはほとんど戦術そのものであるため、これが決まらないことにはその先のことが何一つ決められない。

ちなみに、当の役職とやらを一覧で並べてみると次のような形になる。

・【司令官《コマンダー》】――チームの指示出し係。補助系、特殊系アビリティに高い適性を持つ他、情報収集系のアビリティを採用できる唯一の役職でもある。チーム内に【司令官】が存在している限り他のメンバー全員に〝行動値マイナス1〟及び〝LPプラス1〟の強化効果《バフ》が発生するが、【司令官】自身の行動値は25で固定。また、《決闘《ゲーム》》中に一度だけ、チームメンバー一人と役職を交換することが出来る。
　得意スペル（与ダメージ二倍）……なし。
　弱点スペル（被ダメージ二倍）……全攻撃スペル。
・【剣闘士《ソルジャー》】――チームの特攻隊長。加速系、攻撃系アビリティに高い適性を持つ他、交戦中は常に〝自身の行動値をマイナス1〟する強化効果《バフ》がかかる。そのため機動力や火力に優れるが、代わりに補助系、防御系のアビリティは一切採用できない。
　得意スペル（与ダメージ二倍）……《剣閃《けんせん》》
　弱点スペル（被ダメージ二倍）……《銃火》
・【魔術師《メイジ》】――チームのエリア制圧担当。攻撃系、支援系のアビリティに高い適性を持つ他、補助スペル使用時の硬直時間《クールタイム》が常に半減されるという特性を持つ。そのためアタッカーとしてもサポーターとしても立ち回れるが、行動値修正のアビリティは採用できない。

得意スペル（与ダメージ二倍）……《魔砲》

弱点スペル（被ダメージ二倍）……《剣閃《けんせん》》
・【斥候《スパイ》】――チームの隠密《おんみつ》担当。補助系、支援系のアビリティに高い適性を持ち、直接的な戦闘よりも間接的に場をかき乱すことを本職とする。そのため攻撃系や加速系のアビリティは採用できないが、唯一アビリティなしで周辺の罠《トラップ》を感知することが可能。
得意スペル（与ダメージ二倍）……《銃火》

弱点スペル（被ダメージ二倍）……《魔砲》
・【守護者《ガーディアン》】――チームの防御担当。補助系、防御系アビリティに高い適性を持ち、プレイヤーの守護だけでなく拠点防衛の要となる。常に〝被ダメージマイナス１〟の強化効果《バフ》がかかるため非常に固いが、代わりに攻撃系や加速系アビリティは一切採用できない。
得意スペル（与ダメージ二倍）……なし。

弱点スペル（被ダメージ二倍）……なし。


「…………」

端末を操作して役職一覧のページを投影展開してみせながら、俺は密《ひそ》かに姫路《ひめじ》以外の三人の様子を窺《うかが》っていた。もちろん表面上は涼しい顔をしているが……実際のところ、この役職選択というフェイズは俺にとって第一の関門と言えるくらいに重要度が高い。

というのも、

（【司令官《コマンダー》】だ――【司令官】を取らなきゃ話にならない）

――そう、そうだ。

【司令官】。チームの情報収集担当であり、自らは打たれ弱い代わりに他のメンバーを強化するという重要な役割を持つ役職。指示出しなども担当するため実質リーダーと言えるようなポジションだが、俺にとって大事なのはそんなことじゃなく、むしろ〝【司令官】の行動値は25に固定される〟というデメリットの部分だった。

いや……もちろん、行動値が大きな値になるというのはこの《決闘《ゲーム》》において純粋なマイナスだ。行動値に応じて硬直時間《クールタイム》が決まるんだから、ただの足枷《あしかせ》でしかない。

けれど、だとしても、それと引き換えに〝【司令官】だから〟という言い訳を手に入れられるのはとてつもなく大きなメリットだと言えるだろう。だって、【司令官】の行動値が低いのは当たり前なんだ。それは3ツ星だろうが7ツ星だろうが関係ない。

（逆に、【司令官】以外になろうものなら大問題なんだよな……周りはほとんど5ツ星以上だってのに、俺だけ3ツ星の行動値《ステータス》でイベントに参加することになる。そうなれば、一

瞬で〝嘘《うそ》〟がバレたっておかしくない）

頭の中でそんなことを考えながら、ごくりと小さく唾を呑《の》む俺。

それと、ついでに言えば……そういった保身的な意味合いだけでなく、本気で五月期交流戦を攻略するという観点から見たとしても【司令官】になるべきはやはり俺だった。だって俺なら、情報系のアビリティを使っているという体で《カンパニー》の助力を常に借りられる。そのアドバンテージは、きっと果てしなく大きい。

だからとにかく、ここで【司令官《コマンダー》】を取るのは俺が勝つための絶対条件、なのだった。

（……まあ、多分大丈夫だと思うけどな）

本音半分、祈り半分くらいの割合でそんな予測を思い浮かべてみる。……重要な役職には違いないが、とはいえ【司令官】というのはあくまでも地味なサポート役だ。脱落しやすいうえに戦闘向きでもないんだから、このまま待っていれば回ってくるだろう。

「ええっと……？」

耳の辺りに垂れた金糸をさらりと指で搔《か》き上げながら、浅宮《あさみや》が画面を覗《のぞ》き込んできた。

「ウチは、まあ順当に【剣闘士《ソルジャー》】だよね。運動神経も動体視力もめちゃ自信あるから、とにかく切り込んでいって殲滅《せんめつ》する係！　素の行動値もじゅーぶん高めだけど、アビリティ使ってもうちょい極めるのもアリかも」

「うん、確かに。じゃあ乃愛《のあ》は……うーん、乃愛ちゃん英明《えいめい》のエースだけど、でも【司令官】はちょっとパスかなぁ。あんまり面白くな――じゃなくて、乃愛には向いてなさそうだし。……だから、やっぱり【斥候《スパイ》】かな。こっそり罠《わな》張って隠密《おんみつ》、とか、乃愛の得意分野だもん♪　えへへ、いっぱい大活躍しちゃうよ～♡」

浅宮に続いて秋月《あきづき》もさくっと役職を決めていく。姫路《ひめじ》は今のところ澄まし顔で口を噤《つぐ》んでいるが、昨日の打ち合わせ通りなら、俺が【司令官】を確定させた後に【守護者《ガーディアン》】を取ってくれるはずだ。であれば、さっさと進めてしまって構わないだろう。

「それじゃあ、俺は――」

「――【司令官】」

「「……え？」」

瞬間、俺の発言を遮るように紡がれた端的な台詞《せりふ》に、虚を突かれた俺と姫路は揃《そろ》って顔を持ち上げた。声の主は――当然と言えば当然ながら――榎本進司《えのもとしんじ》、その人だ。

「僕は【司令官】を希望する。もしやとは思うが、篠原《しのはら》もそうなのか？」

（お、おいおいおいおいおいマジかよこいつ⁉）

探るような視線を向けられ、内心激しい動揺を覚える俺。が、しかしそんなものを表に出すわけにはいかない。榎本の様子を窺《うかが》いながら、平然とした口調で言葉を返す。

「ま、そうだな。……ちなみに、アンタはどうして【司令官】をやりたいんだ？」

「アンタじゃない、榎本だ。年上には敬語を使え篠原。……それに、どうしても何もあるものか。【司令官】というのはこの中で一番重要な役職だ。まともな【司令官《コマンダー》】がいなければ《アストラル》を勝ち抜くことなど絶対に不可能だろう」

「いや……だけど、その理屈なら俺がやっても同じだろ？」

「だから敬語を使えと言っている。それに、同じではないぞ？　【司令官】の行動値は25で固定されるのだから、僕よりも元の値が小さい篠原《しのはら》の方が大きな損害《マイナス》を被《こうむ》ることになる。加えて、【司令官】の役目である情報収集に他チームの戦力分析、マッピングに指示出し……というのは、どれもこれも僕の得意分野だ。【司令官】には最適だろう」

「へえ。……なら、俺は向いてないって？　アンタが俺をどう評価してるのかは知らないけど、事実として俺は色付き星《ユニークスター》所持者かつ7ツ星のランカーだ。情報収集やら分析やらを大事にするなら、そこに強力なアビリティを割ける俺の方がどう考えても適任だろ」

「さあ、それはどうだろうな。7ツ星だからと言って――あるいは色付き星所持者だからと言って、その人物が必ずしも優秀とは限らない。その点、僕なら間違いなく優秀だ。僕自身のことだからよく知っている。理解してくれたか、転校生？　あと敬語」

「…………」

榎本《えのもと》と主張をぶつけ合いながら、密《ひそ》かに思考を巡らせる俺。

何というか――恐れていたことが本当に起きてしまった、という感じだった。【司令官】争いの対立候補。おそらく、榎本は等級云々《うんぬん》というより本当の意味での実力主義者なのだろう。俺が7ツ星だというのは分かっていても、それだけの理由で特別扱いをする気はない。自分の能力を正当に評価しているからこそ、そう簡単に譲ったりはしない。

「ええ～……」

そんなやり取りに対し、彼の隣に座る浅宮《あさみや》は至極不満げな顔で頬杖《ほおづえ》を突いている。

「何ピリピリしてんの進司《しんじ》？　せっかくこう言ってくれてるんだからシノが【司令官】でいいじゃん。てかウチ、進司の命令で動くとかフツーに嫌《ヤ》なんですけど」

「嫌だとか嫌じゃないとか、そんな次元の話はしていない。単純に向き不向きの問題だ」

「それで7ツ星のシノより進司の方が向いてるってこと？　思い上がりすぎじゃん？」

「……なら、七瀬《ななせ》は僕よりも篠原の方が良い、と？」

「え、当たり前でしょ」

一瞬の躊躇《ためら》いもなく言い切り、俺に向けて「よろしく～」と明るい笑みを向けてくる浅宮。姫路《ひめじ》は確実に俺の側に回ってくれるだろうからこのまま多数決にでも持ち込めばまず間違いなく押し切れるが、しかし、それではあまり意味がない。

（姫路も言ってたけど……俺は、このイベントで敵も味方もまとめて騙す必要がある。んで、騙《だま》すってのは、要するに信じさせるってことだ。俺が自分よりも遥《はる》かに上の存在だって――本物だって認めさせる。そうしないと、多分こいつはまともに機能してくれない）

強力なことには変わりないが、その分とんでもなく扱いづらい手札《カード》になってしまうだろう。疑念の目は日に日に強くなり、いずれ俺の〝嘘《うそ》〟までバレかねない。

と、いうわけで。

「……なあ、榎本《えのもと》」

「肝心の〝先輩〟が抜けているが、何だ篠原《しのはら》」

「だったらさ、こうしないか？　ルールにも書いてあるけど、【司令官《コマンダー》】はゲーム中に一回だけ〝交換〟することが出来る。だから、最初は俺に【司令官】を譲ってくれよ。で、それでもアンタのお眼鏡に叶《かな》わなければ、どっかのタイミングで返してやる」

「……ふむ。それなら最初は僕が、と言いたいところだが……しかし、譲歩には譲歩で応えるのが筋というものか」

了承した、と呟《つぶや》いて、小さく首を縦に振る榎本。

そうして彼は、深い藍色の瞳を俺に向けて落ち着いた声音でこう言った。

「なら、条件は――そうだな、三日目終了時点で【司令官】を三人脱落させること。もしも達成できなければ、四日目からは僕に【司令官】を譲ってもらう。これでどうだ？」

「……待ってください、榎本様」

そんな榎本の提案に一早く反応したのは、俺ではなく姫路《ひめじ》の方だった。彼女は――少し離れた位置からではあるものの――透明な声音で榎本に疑問を投げ掛ける。

「その条件は、少し不公平ではありませんか？　もしもチームメイトである貴方《あなた》がご主人様への協力を拒んだり、足を引っ張ったりということがあれば……」

「姫路白雪《しらゆき》くん、か。敬語は素晴らしいが、どうやら一つ勘違いをしているようだ」

「え……勘違い、ですか？」

「そうだ。それも、前提からして大幅に間違っている。……僕は、ただ勝ちたいだけなんだよ。英明《えいめい》学園の生徒会長としてこのイベントに負けたくないだけだ。篠原のことを個人的に嫌っているというような事実はないし、仮にあったとしても関係ない」

　そこで一旦言葉を止め、榎本は静かに息を吐き出す。

「知っての通り、この島には学校ランキングというものがある。星獲《と》りシステムの総まとめとして年に一度決定される、最も分かりやすい学園同士の序列だ。そこで、僕たち英明は、ここ数年ずっと序列五位に留《とど》まっている。……平たく言えば、僕はその序列を引き上げたいと思っているんだよ。昨年は、叶うどころか、僕らの失態のせいで危うく六位に転落するところだった。けれど今年は7ツ星《篠原》がいる。可能性は充分にある。故に、僕が意図的に篠原の妨害をするようなことは絶対にない——と、ここに断言させてもらおう」

「……なるほど。それは、失礼いたしました」

　洗練された所作で頭を下げ、それきり大人しく引き下がる姫路。実際、榎本の表情は真剣そのものだ。どう見てもその場しのぎで言っているような雰囲気じゃない。生徒会長として、選抜チームの一員として、本気で英明を勝たせようとしている。

――だから、

「OK、分かった。それでいい」

俺は、挑むような視線を向けてくる榎本《えのもと》に対し、ニヤリと笑ってこう返した。

「イベント三日目が終わるまでに【司令官《コマンダー》】を三人ぶっ倒す。もしそれが出来なかったら速攻でアンタに【司令官】の座を明け渡して――ついでに、一生敬語で喋ってやるよ」

「…………そうか、楽しみだ」

ほんの少しだけ口角を持ち上げ、怒りとも笑みともつかない表情でポツリと零《こぼ》す榎本。

こうして、イベント前の作戦会議は何とも不穏な雰囲気のままに幕を閉じた。

♯

「ってわけで……助けてください、加賀谷《かがや》さん！」

「ま、また大見得《おおみえ》張ってきたねヒロきゅん!?!?」

その日の夜。

寮の一階にある豪華なリビングの中で、俺は対面に座るジャージ姿の女性にほとんど土下座せんばかりの勢いで頭を下げていた。

加賀谷さん――俺たちよりも少しだけ年上（多分）なその女性は、姫路《ひめじ》と同じく補佐チーム《カンパニー》の一員だ。いつも眠そうだしジャージだし髪はボサボサ、という残念美人だが、ＰＣ関係だけは異様に強く、これまでも散々お世話になっている。

「ええっと……それで、何だったたっけ？」

そんな加賀谷さんは、寝癖の付いた頭に手を遣《や》りながら心を落ち着かせるように呟《つぶや》く。

「相変わらずの学園島《アカデミー》最強として五月期交流戦に参加して、６ツ星だらけのチームメイトに嘘《うそ》がバレないよう完璧な【司令官】ムーブをこなしつつ、三日目が終わるまでに他チームのリーダー格を三人倒して、その上で危険度ＭＡＸな例の《影武者《ドッペルゲンガー》》に備えるの？」

「……そうっすね」

「ひ、ヒロきゅんの人使いが荒い件……」

ぐはあ、と致命傷レベルの擬音を口に出しつつテーブルに突っ伏す加賀谷さん。……確かに、こうして一つ一つを並べてみるとなかなかに無理ゲーだ。チームメイト――主に榎本を騙《だま》すための行動を取りつつ、確実に何かを仕掛けてくるであろう《影武者》の対策もしなきゃいけない。もちろん、《決闘《ゲーム》》に勝たなきゃいけないのは前提として、だ。

と、そこでふと一つの疑問を思い出し、俺は静かに顔を上げた。

「っていうか……そもそも、《カンパニー》の補佐っていつも通りに出来るんですか？今回のイベント、零番区のどこだかを借り切ってやるって話でしたけど」

「んぇ？　ああ、それなら――」

「それなら心配せずとも大丈夫ですよ、ご主人様」

加賀谷《かがや》さんの返答を途中で遮るように、キッチンから戻ってきた姫路《ひめじ》がコトンと俺の目の前にカップを置いた。同じく加賀谷さんの側にも配膳を済ませてから、彼女は銀のトレイを胸元に抱いて続ける。

「確かに零番区の該当箇所——開発特区はイベントの貸し切り申請がされているようですが、周辺の区域《エリア》に関しては通常通り開放されています。《カンパニー》は元々遠隔での支援《サポート》が主ですし……それに、わたしは参加者《プレイヤー》として現場に入ることが出来ますので」

「そーそー、そんな感じ。いつでも対応できるように待機してるから、おねーさんの声が聞きたくなったら気軽にイヤホン繋《つな》いでくれていいよん」

「……あ、はい。一応覚えておきます」

いつも眠そうな声をしているから睡眠導入にはちょうどいいかもしれない。

「ともかく、この辺で改めて情報を整理しておくか。まず、今回の《決闘《ゲーム》》——《アストラル》は、乱戦方式の〝陣取りゲーム〟だ。フィールド上の拠点を取ることで自軍のエリアを拡大して、同時に他のチームを薙《な》ぎ倒せるよう戦力も充実させていく」

「はい、そういうことになりますね」

「で、ルールを見る限り、肝になりそうな要素は大きく分けて三つだな。アクション後の硬直時間《クールタイム》を決める行動値と、アビリティの選定やスペルの相性なんかに関《かか》わる役職。そして、最後の一つが投票システム——だ」

真《ま》っ直《す》ぐにこちらを見つめる姫路の碧《あお》い瞳を覗《のぞ》き込みつつ、俺は静かに呟《つぶや》いた。

投票システム、というのは、つい先ほど《ライブラ》から告知された追加ルールの名称だ。基本的には名前の通り。五月期交流戦に参加していない全ての高校生に〝投票権〟が与えられ、イベントの優勝予想をするのだという。

そして――ここからが問題なのだが――この投票というのはいつでも自由に対象が変更できて、かつ得票の割合が該当チームの行動値に影響するんだそうだ。簡単に言えば、視聴者からの票を集めれば集めるほど有利に立ち回れるシステム、ということだろう。

俺にとっては都合が良さそうな、もとい、色々と利用できそうな仕様。

「けど……多分、この仕様が大きく関わってくるのはゲームの後半だ。前半は、それこそ役職とかアビリティを上手《うま》く組み込めてるかどうかでほとんど勝負が決まると思う」

「そう、ですね。得票率が強化効果《バフ》になるのであれば、最初はどの生徒も自分が所属する学園に投票するはずです。ですので、初めのうちはあまり差が出ないかと」

「そういうことだ。ってわけで、今は役職の方に話を移すけど……俺が選んだ【司令官《コマンダー》】ってのは、他のチームの情報を抜いたりフィールドを探索して地図を広げたり、そうやって手に入れた情報を使ってチームメイトに指示出ししたりするような役職だ。だから、もちろんアビリティもそういう系統のモノを入れる必要がある」

「はい。いわゆるサーチャー、サポーターのようなポジションですね。戦闘能力は低めですが、情報戦という意味では欠かせない存在です。全役職中で唯一情報系のアビリティを採用できる、という強みもありますので、定番の候補としては《偵察》や《情報奪取》、《心理学》……他には《周辺探査》なども有力ですね」

「だな、さっき調べてみたときもその辺のアビリティが上位に出てきた。……でも、俺の等級でまともに【司令官《コマンダー》】の役割を果たそうとしたら、全部のスロットをそれで埋めなきゃいけなくなる。いや、多分そこまでやっても他の連中からは見劣りする」

そう……学園島《アカデミー》における〝等級〟というのは、それだけ大きなものなんだ。例えば6ツ星ランカーならたった一枠のアビリティで実行可能なことでも、俺なら二枠、あるいは三枠の下位アビリティを使って無理やりその効果を再現しなきゃいけない。そうなれば他のアビリティが一切組み込めないことになり、戦力が大きく低下する。

だから、俺が使うのは——〝イカサマ〟だ。

「……加賀谷《かがや》さん」

「うむ。イベントが始まったらおねーさんたち《カンパニー》が五月期交流戦のサーバーにこっそりアクセスして、ヒロきゅんが手に入れるはずだった情報をその都度拝借してくる。で、それをリアルタイムでヒロきゅんに流す……って、ことでいいんだよね？」

「はい、そんな感じです。……いけますか？」

「まーね。大元のサーバーに潜れればついでに《影武者《ドッペルゲンガー》》ちゃんの動向もチェック出来そうだし、それくらいなら全然問題ないよん。《区内選抜戦》以来おっきな事件もなかったから、大体十日ぶりにおねーさんの本気を見れる大チャンス！」

「……ふふ、それは楽しみです。たまには働かないと解雇されてしまいますしね」

「え、ええっ!?　おねーさんだって毎日ヒロきゅんの遠隔サポートしてるのに!?」

「それに対する報酬はわたしの手料理で支払われていますので」

「まさかの現物支給!?　うぅ～……ヒロきゅん、おねーさんのこと養って……」

がーん、と大袈裟《おおげさ》に天を仰ぎ、捨てられた子犬のような目でウルウルとこちらを見つめてくる加賀谷さん（あざとい）。そんな彼女を見ながらくすりと笑って「もちろん冗談ですが」と囁《ささや》いた姫路《ひめじ》は、そのまま俺の方に身体《からだ》を向けて小さく首を傾《かし》げてみせる。

「では、【司令官】としての役割は《カンパニー》の協力で補うとして……実際のアビリティ構成はいかがいたしましょうか、ご主人様？」

「……うーん。そこなんだよな、問題は」

白銀の髪をさらりと揺らした姫路の問いかけに、俺は静かに右手を口元へ遣《や》った。

「かなりの長期戦になると思うから、採用するアビリティは柔軟性の高さで選んでいいと思う。で、そういう条件なら、一つは間違いなく藍の星の専用アビリティ――《†漆黒の翼†》だろうな。演出を自由自在に操れるアビリティ。フィールドが拡張現実《AR》で構築されてるなら実質世界そのものにも干渉できるわけだし、相当便利に使えるはずだ」

「なるほど、言われてみれば確かに強力ですね。では、続いて二枠目ですが……そうですね、《区内選抜戦》の際にご主人様が報酬として手に入れた翠《みどり》の星はどうでしょうか？」

「え？　……でも、あれは赤の星の能力と一緒でアビリティじゃないよな？　どっちかっていうとプログラムの類《たぐい》だし、っていうか倉橋《くらはし》が改造してるから超違法なんじゃゃ……」

「はい。ですが、その効果だけを抽出してアビリティに落とし込むことなら可能です。言うなれば《行動予測》のアビリティですね。もちろん、性能は落とさざるを得ませんが」

「ああ……そういうことか。確かに、それが出来るなら普通にアリだな。秋月《あきづき》ほど自由自在に使いこなすのはさすがに無理だろうけど、だとしても対榎本《えのもと》の武器になる」

言って、小さく頷《うなず》く俺。……味方に対する〝武器〟を用意しないといけない状況、というのがそもそも意味不明だが、それで榎本《あいつ》が俺のことを信用してくれるようになるなら見返りとしては充分だ。単純に効果も強力だし、採用しない手はないだろう。

そこで、手元のPCに何やら打ち込んでいた加賀谷《かがや》さんが「んー」と小さく呟《つぶや》いた。

「色付き星《ユニークスター》の特殊アビリティ二つ、っていうのは、今のヒロきゅんからしたらまあ当然の選び方だよね。……でも、難しいのはもう一枠じゃない？」

「ですね。……ま、そこはもう少し考えてみようと思います。まだ時間はありますし」

「ん、おっけー。これぱっかりは雑に決めちゃうわけにもいかないしね。うちのアビリティ担当くんは超優秀だから、日曜の夜とかにオリジナルアビリティの製作お願いされても多分どうにか出来ちゃうよん」

『えっ』

「……驚かれてますけど？」

「大丈夫大丈夫。稲村《いなむら》くん、アレだから。ただ自己評価低いだけだから」

適当な口調でそう言ってひらひらと手を振る加賀谷さん。反面、稲村というらしいイヤホン越しの男性は『まあ頑張りますけど……徹夜かなあ……』と実に悲壮感溢《あふ》れる声でボソボソと呟いている。……なるべく早めにお願いすることにしよう。

「えっと……それで、姫路《ひめじ》の方はどうなんだ？　持ち込むアビリティの選定とか」

「そうですね、わたしは概《おおむ》ね決まっています」

澄んだ碧《あお》い瞳を俺に向け、こくりと首を縦に振る姫路。

「《影武者《ドッペルゲンガー》》が何をしてくるか分からない状況、という前提もありますので、まずは定番の防御アビリティである《干渉無効》。そして行動値や得票率など〝数字〟に絡む要素が多いことから、汎用性の高い《数値管理》。……と、ここまでは順当に【守護者《ガーディアン》】らしく組んでみましたが、最後の一つがとっておきです」

「とっておき？」

「はい。その名も《入れ替え》アビリティ——チームメンバー同士のアビリティを一つだけ交換できる、という効果の補助アビリティです。使い方によってはかなり強力なのですが、チーム戦でしか使えないため認知度が低く、今のところ違法アビリティとしての認定は受けていません。……どうでしょう？　色々と面白いことが出来ると思いませんか？」

「……確かに」

くすっと悪戯《いたずら》っぽい顔で微笑《ほほえ》む姫路《ひめじ》に釣られ、俺も少しだけ口角を上げる。実際、交換《トレード》というのはかなり魅力的な案だ。組み合わせ次第で戦略の幅が無限に広がることになる。

「まあ——とはいえ《入れ替え》アビリティは非常に高価ですので、実物を購入するのではなく稲村《いなむら》さんに調整してもらおうと思っていますが」

『あ、姫路さんまで僕に仕事を振ってくるんですね……や、その、光栄ですけど』

だんだん可哀想《かわいそう》になってきたが、面倒なので触れないでおくことにする。

と、まあ、とにもかくにも……これで、俺や姫路のアビリティに関してはほぼほぼ確定だ。後はもう、実際に《決闘《ゲーム》》が始まってみないことには何も分からない。

（初めての大規模イベントだし、謎の《影武者《ドッペルゲンガー》》は絡んでくるし、チームメイトも騙《だま》さなきゃいけないしで、正直不安がないとは言えないけど……）

唐突な心細さに襲われ、心の中でそんな弱音を零《こぼ》す俺。

と——その瞬間、俺の内心を見透かしたのかどうかは知らないが、目の前にいた姫路が突然そっと俺の手を取ってきた。メイド服の手袋越しに温かくて柔らかな感触が伝わってくる。すっと至近距離に寄せられた碧《あお》の瞳が優しく俺を見つめてくる。

そして、

「――大丈夫ですよ、ご主人様」

白銀の髪をふわりと微《かす》かに揺らしながら、彼女は俺の耳元でこう囁《ささや》いた。

「もう、前回のようなことはありません。どんな状況でも、何があっても……わたしがご主人様のお傍にいますので」

「っ……」

ほんのりと熱を帯びた声音。鼓膜を撫《な》でる吐息。どちらのものかも分からない心音。

何か気の利いた答えを返そうと必死で頭をフル回転させる俺だった、が――

「あ、あの～……一応、一応ね？　おねーさんもここにいるんだけど」

『……同じく』

「「っ!!」」

《カンパニー》両名の照れたような反応で二人とも我に返り、ぱっと慌てて手を離した。

＃＃

『ふうん……なるほどね』

《カンパニー》との打ち合わせが終わり、自室に戻った少し後。

ベッドに腰掛けた俺は、端末を使って彩園寺《さいおんじ》と連絡を取っていた。

五月期交流戦は学区対抗型のイベントであるため、期間中は他チームのメンバーと連絡を取ることが禁止されている。もちろん現地で直接やり取りするなら話は別だが、他学区のメンバー同士が喋《しゃべ》っていたらどうしても目立ってしまうし、そもそも俺と彩園寺《さいおんじ》は最初から対立関係。下手したら相談どころかろくに会話すら出来ないかもしれない……というわけで、イベントが始まる前に一度話しておくことにしたのだった。

『それじゃ、要は最初から決まってた通り、ってことでいいのね？　対《影武者》《ドッペルゲンガー》に関してだけは裏でこっそり協力して、それ以外は普通に〝敵〟として参加する。で、もしどっちかが六位以下になりそうな状況だったら、そこはその都度考える』

「ああ、そんな感じだ」

彩園寺の言葉にラフな口調で答える俺。

「俺たちにとっては、イベントそのものより《影武者》との《決闘》《ゲーム》の方が難易度も危険度も高めだからな。だから、協力するのはそこだけでいい……っていうか、イベント本編に関してはちゃんと敵対してなきゃ逆にマズい。下手に手を組むのは逆効果だろ」

『ま、それもそうね。……ふふっ、それじゃあ負かし過ぎない程度に遠慮なく勝たせてもらうわ。桜花《おうか》学園の名誉もあるし、英明《えいめい》にだけは絶対負けてあげないんだから』

「はいはい、言ってろ。後で泣いても知らねえぞ」

口元を緩めながら端末越しに煽《あお》り合う俺たち。……《影武者》というイレギュラー要素の介入はあるものの、それはそれ、というやつだ。俺は学園島《アカデミー》最強の7ツ星として、彩園寺は桜花の絶対的エースとして、お互い負けるわけにはいかない。五位以内に入らなきゃいけないのは当然、というか前提として、可能な限り上位に食い込む義務がある。

「……ま、とにかく、状況としてはそんな感じだよ」

　ぼふん、と背中からベッドに倒れ込みつつ、俺は大きく伸びをして続ける。

「《影武者》に関しては一つだけ対策を思い付いてるけど……正直、これ以上は《決闘《ゲーム》》が始まってくれないことにはどうしようもないからな。臨機応変に立ち回るしかない」

『そう、ね。……はあ。それにしても、ちょっと憂鬱だわ。桜花のメンバー、みんなあたしのことキラキラした目で見てくるんだもの。気疲れするったらないわ』

「？　……そんなの、お前くらいの有名人ならいつものことじゃないのか？」

『そうだけど、いつもは学校にいる間だけじゃない。それが、イベント中は朝も昼も夜もずーっと一緒にいるのよ？　一人になれるのなんて多分寝るときだけだわ。しかも、あんたと喋ることも出来なさそうだし……』

「…………」

『……って、べ、別にあんたと会えないのが辛《つら》いってわけじゃないからね!?　ただ溜《た》まった愚痴を聞いてもらえないのが困るってだけ！　か、勘違いしないで欲しいわ！』

「いや、何も言ってないから」

苦笑交じりにそう呟《つぶや》く。俺だって愚痴会が開けなくなるのはかなりキツイが、しかしそんな贅沢《ぜいたく》なことを言っていられる場合でもない。《影武者《ドッペルゲンガー》》との《決闘《ゲーム》》に負けてしまえば彩園寺《さいおんじ》は偽物《にせもの》に取って代わられ、共犯関係である俺たちは揃《そろ》って社会的な死《バッドエンド》を迎える。

だから、

「負けるなよ——彩園寺。俺のためにも、さ」

『っ……ふ、ふん。そう思うなら、ちゃんと守って欲しいのだけど？』

「……？　何だよ、らしくないな。もしかして眠いのか？」

『違うわよ！』

　俺の真っ当な疑問に何故《なぜ》か怒りと不満の混じった反応を返してくる彩園寺。彼女はその後も『もう……』などとぶつぶつ呟いていたが、やがて余裕の笑みを取り戻して一言。

『冗談よ——ふふん、当たり前でしょ？　《女帝》はそう簡単に負けたりしないわ』

　自信満々の声音でそう言った。

♭♭♭

『——もしもし？』

『そう、俺だ。篠原《しのはら》だ』

『あのさ。ちょっと、協力して欲しいことがあるんだけど——』

第二章　大規模決闘《アストラル》――開幕

liar liar

＃

『お集まりの皆様っ、こんにちにゃー!!　今回の五月期交流戦で運営チームのお手伝いをさせていただく《ライブラ》の風見鈴蘭《かざみすずらん》にゃ！　さてさて、今日は五月八日の月曜日！　見ての通り天気はからっからの快晴にゃ！　ちょっと暑いくらいだにゃ！　でもでも、どうか安心して欲しいにゃ――今日からの五日間はただ暑いだけじゃなくて、火傷《やけど》するくらい熱い熱いゲームをお届けさせていただくにゃ!!　最初からエンジン全開のフルスロットルにゃから、みんなしっかり付いてくるのにゃー！！！』


――週明け、月曜日の朝。時刻にして午前九時ちょうど。

司会を務める《ライブラ》風見の号令と共に、《アストラル》は華々しく幕を開けた。

「ん……っと」

少し前に零番区の開発特区へと案内されていた俺たちは、一拍置いてぐるりと辺りを見渡してみる。……が、特に何かが変わっている様子はなさそうだ。眼前に広がっているのは先ほどまでと同じく何の変哲もない広大な更地。例のＰＶとは似ても似つかない。

不審に思ってパチパチと目を瞬かせ――ようとした、その瞬間。

「わぁ……！」

すぐ近くにいた秋月《あきづき》が誰より早く歓声を上げた。瞳をキラキラと輝かせんばかりの勢いだが、しかしそうなるのも分からないではない。何せ、冗談でも比喩でも何でもなく、目の前の景色が一瞬にしてガラリと別物に切り替わったんだから。

「すごいすごいっ、ほんとに異世界みたい！」

「だね～。あんまし期待してなかったけど、もしかして結構クオリティ高め？」

はしゃぐ秋月に追従するように、浅宮《あさみや》も楽しげな様子で辺りを見回している。それに倣《なら》って、というわけじゃないが、俺も改めて周囲を確認してみることにした。

（おお……）

全体的なイメージとしては、やはり〝電脳世界〟という感じだろうか。どこまでも続く青と白の無機質な空間。けれど全く何もないというわけではなく、ところどころに頂点の見えない柱らしきものが立っていたり、おもむろに半透明の壁が展開されていたりする。

が……とはいえ、もちろん秋月の言っているようにどこぞの異世界に紛れ込んだというわけじゃない。五月期交流戦の参加者全員に配布されている専用アプリ――こいつが《決闘《ゲーム》》の開始と共に勝手に起動し、プレイヤーの視界を塗り替えているらしい。

（だから……要は〝実際の世界に追加要素を書き加えてる〟ってことなんだよな。ポ○モ

ンGOとかそういう感じで）

　そうやって、ただの更地はSFさながらの電脳空間に姿を変え、方々に設置された《ライブラ》の撮影機材はどことなくサイバーチックな柱や壁に見えているというわけだ。通常の世界と同じ見た目をしているのは、俺たちプレイヤーくらいのものだろう。

「……すごい、ですね」

　と、不意に微《かす》かな呟《つぶや》きが聞こえて左隣を見てみれば、身体《からだ》の前で両手を揃《そろ》えた姫路《ひめじ》がぽーっとした顔で周囲に視線を遣《や》っているのが分かった。この雰囲気と臨場感に圧倒されているのか、無意識のうちに感想が零《こぼ》れてしまったようだ。

　そんな彼女の邪魔をするのも悪いかと思い、俺は一人で探索に出ようとする――と、その直前、踏み出そうとしていた足の近くに白いラインが引かれているのに気が付いた。俺と姫路を囲むようにして描かれた六角形のライン。そして、六角形の各辺はすぐ隣にある別の六角形と共有されており、それが延々と連なって蜂の巣状の盤面を構築している。

「――どうやら、これがこの《決闘《ゲーム》》における〝マス〟のようだな」

　少し離れた位置に立っていた榎本《えのもと》が、右足でタンッと地面を叩《たた》きながら口を開いた。

「一辺の長さが約三メートル、面積にすれば二十平方メートルと少し……そんな正六角形《マス》が敷き詰められて、このフィールド全体を形成している。喩《たと》えるなら、チェスや将棋で使う盤面《ボード》のようなものだな。まあ、そちらは六角形ではなく四角形だが」

「ああ。でも、その喩《たと》えでいうならオセロの方が合ってるかもしれないぜ？　何せ、このマスをどれだけ持ってるか、ってのがそのまま〝勢力〟に当たるんだから」

「ふむ、確かに一理あるな。それと――」

言いながら、榎本《えのもと》はスッと右手を持ち上げて俺の後ろを指差してみせた。それに従って素直に視線を動かすと、そこには少しばかり奇妙な光景が広がっている。

「……え？　なんか、光ってない？」

同じくその現象を目《ま》の当たりにし、不思議そうにポツリと呟《つぶや》く浅宮《あさみや》。

そう――彼女の言う通り、榎本が指差したそのマスは他のマスと違ってほんのりとした光を発していた。それも白やオレンジといった定番の色ではなく、微《かす》かに青みがかった緑色。ちょうど俺の持つ〝翠《みどり》の星〟のような色合いだ。

俺たちのリアクションが落ち着くのを待ってから、榎本は緩く腕を組みつつ続けた。

「その一マスだけが最初から背景とは異なる色を持っていた。そして《アストラル》のルールによれば、自軍の制圧下にある〝領域〟はチームカラーに染まるらしい――つまり英《えい》明《めい》のチームカラーは翠色で、そのマスは既に僕たちのエリアになっているということだ」

「ふーん……って、あれ？　でも、チームのエリアって〝占拠した拠点に囲まれた部分のマス〟とかじゃなかったっけ？」

「その通りだ。すなわち、そのマスに英明の〝拠点〟があるのだろう。そして〝拠点に囲まれた部分〟という認識は確かに正しいが、当の拠点を一つしか持っていない状況ではそもそも囲むも何もない。故に、拠点直下の一マスのみが僕たちの支配下に置かれている」

「……じゃあ、何でそもそもウチらの拠点があるの？　誰も取ってなくない？」

「少しは自分でも考えたらどうなんだ、七瀬《ななせ》。……いいか？　この《決闘《ゲーム》》の敗北条件には〝エリアを全て失った場合〟というものがある。もしも拠点が一つもない状態で《アストラル》が始まってしまったら、その瞬間に全チームが敗北してしまうだろうが」

やれやれと肩を竦《すく》めながらどこか挑発的に呟く榎本。

「……む……」

途中までは真面目《まじめ》に話を聞いていた浅宮だったが、やがてブラウスの下から露出させた腰に右手を当ててぷいっと不満げに視線を逸《そ》らした。そうして、刺々《とげとげ》しい声音で一言。

「意味は分かったけど、進司《しんじ》の言い方がウザいから0点で」

「……ふん、逃げたな馬鹿め」

「逃げてないし！」

（ったく……）

ゲームが始まってもなお口論を続ける二人を放置して、俺は改めて翠色に染め上げられたマスへと視線を移すことにした。中心部にはここが拠点であることを示すのであろう大きな旗《フラッグ》が立てられており、よく見ればそこには英明の校章が刻まれている。

「えと、今は一マスしか持ってないから、もしもこの拠点を他のチームに取られたらその瞬間に乃愛《のあ》たちの負け……ってことだよね？」

隣のマスからちょこんと顔を出してきた秋月《あきづき》の問いに「ああ」と頷《うなず》きを返す俺。

「そういうことになるな。だから、早いところ別の拠点を取ってエリアを広げておかなきゃいけない。ちなみに、拠点を取るっていうのは〝占拠〟コマンド——例のイベント専用アプリから実行できるアクションだ。そいつを使うと拠点に校章が刻まれて、自分たちの支配下に置けるらしい」

「なるほど……では、そうですね。せっかくですし、一度試してみませんか？」

そう言って、姫路《ひめじ》は白銀の髪を揺らすように小さく首を傾《かし》げてみせた。……確かに、既に《決闘《ゲーム》》が始まっているのに推測だけで話を進めるのはどう考えてもナンセンスだ。

拠点の制圧——本来なら【司令官《コマンダー》】である俺が周囲を探索し、まだ占拠されていない拠点を探すというのが《アストラル》の基本路線なのだろうが、チュートリアルということなのかあるいは偶然の産物か、最初の拠点から見える位置にもう一つ大きな旗が立っていた。こちらはどこの校章が刻まれているわけでもない、いわば中立《ニュートラル》の拠点だ。

そんな場所へと足を向けながら、俺は端末を片手に姫路へ指示を出すことにする。

「いいか、姫路？　イベント専用アプリを開くと、トップページに〝アクション〟って項目がある。まずはそれをタップしてくれ」

「はい。仰せのままに、ご主人様」

「わ……♡　えへへ、何かいけないコト始めるみたいでドキドキするね、緋呂斗《ひろと》くん♡」

「しねえよ。何でだよ」

秋月の妄言を一蹴しつつ呆《あき》れたように首を振る俺。たったこれくらいのことでドキドキしていたら、俺は姫路とまともに顔も合わせられない。

「ってわけで、続けるぞ――姫路、その画面を開いたままもう少しだけ拠点に近付いてみてくれるか？　そうすると、自動的に〝占拠〟のコマンドが出てくるはずなんだけど」

「はい。……あ、出ましたね。このコマンドを拠点に使用すれば良いのですか？」

「ああ、そんな感じだ。別のチームの拠点を奪う場合は《中和》っていう補助スペルが必要になるみたいだけど、そうじゃなければコマンド一つで制圧できる」

一通りの説明を口にしながら、俺は詳細ルールを元にその場でさっと右手を横に振ってみることにした。すると、その動作に端末内のイベント専用アプリが反応し、俺の視界をジャックするようにして英明《えいめい》の現在情報を表示してくれる。〝サイトモード〟というらしいその機能によれば、英明のメンバーは五人生存で、チームカラーは翠《みどり》。そして勢力の欄には〝所持エリア：1マス〟との記載があった。

「それでは、行きます――――〝占拠〟」

そして……姫路が涼やかな宣言と共に実行キーを押したその瞬間、拠点を示す大旗に微《かす》かな光が灯《とも》り始めた。英明《えいめい》のチームカラーである翠《みどり》の光。しかしそれは一気に広がるわけじゃなく、ゆっくりと時間をかけて浸透していく。伝染していく。

そうして一分と少しが経《た》った頃、旗全体が完全に翠に染まり、その表面に大きく英明の校章が浮き上がる――と同時、目の前にある新たな拠点と、最初から持っていた一つ目の拠点がまるで共鳴するように光を放ち、一瞬後にはそれら二ヶ所を結び付けるように鮮やかな翠色のラインが浮かび上がった。次いで、そのラインに触れている全てのマスが一斉に翠で上書きされる。

「…………」

少し圧倒されながら視界に映るチーム情報を確認してみれば、勢力の欄は早くも〝所持エリア：15マス〟に修正されていた。基本ルールにあった通り、拠点と拠点に挟まれた一直線上のマスが全て英明のエリアに変わった、というわけだ。

(拠点が一ヶ所なら直下のマスだけが、二ヶ所ならそれに挟まれた直線状のマスが、三ヶ所以上なら三角形やら四角形やら、とにかく全部の拠点を頂点にする多角形の内側がそのチームのエリアになる……か。まあ、とりあえずこれで即死はなくなったな)

頭の中で《決闘《ゲーム》》のルールを振り返りながら、小さく首を横に振る俺。

「ま、占拠に関しては大体今みたいな感じだ。やること自体はそう難しくない。……ちなみに姫路《ひめじ》、拠点が占拠されるまでの間、端末の表示はどうなってた？」

「硬直時間《クールタイム》、と出ていました。試しに登録しているアビリティを二つほど使用してみましたが、どちらも見事に弾《はじ》かれてしまいましたね」

「やっぱり、か。占拠のコマンドを使うとその瞬間に硬直時間が始まって、全アクションが使用不可になる。で、その硬直が解けるのと同時に占拠の方も完了する……と」

「なるほど、そういう仕様だったのですね。ということは、該当のコマンドを使用している間は完全に無防備になってしまうわけですか」

「ああ。だから、拠点を占拠するときは全員で誰か一人を護衛する形になると思う」

碧《あお》い瞳を見つめ返しながら思案口調で呟《つぶや》く俺。

この《決闘《ゲーム》》において、アビリティの使用やスペルの発現、そして拠点の制圧は全てノーコストで実行できる行動《アクション》だ。ただしその代わり、アクションを実行したプレイヤーには各々の持つ行動値に応じた硬直時間が課されることになる。だから、ある意味〝時間がコストになっている〟と言っても良いだろう。

「確か、姫路の行動値は9だったよな？　いや、【司令官《コマンダー》】がいるから実質8か？」

「はい。そして先ほど画面に表示されていた硬直時間は〝八十秒〟でしたので、拠点の占拠にかかる時間《コスト》は行動値の十倍、ということかと」

「十倍、か……」

姫路の補足に得心して一つ頷《うなず》く。……行動値の十倍、ということは、俺以外のメンバーなら誰がやっても一分前後。今は《決闘《ゲーム》》の開始直後だからまだいいが、敵チームが襲ってくるかもしれない状況下でそれだけの硬直を食らうのは少し怖い。と。

「――いいや、それだけならまだマシな方だ」

浅宮《あさみや》との口喧嘩《くちげんか》に一段落ついたのか、不意に榎本《えのもと》がこちらへ口を挟んできた。

「拠点の制圧に関しては、しっかりと周囲の警戒が出来ていれば何の問題もない。が、懸念すべきはむしろその他のアクションだ。例えば〝アビリティの使用〟について――《アストラル》ではアビリティにも硬直時間《クールタイム》が設定されているのだから、一度アビリティを使ったらその硬直が解けるまでは他のアクションを行うことが出来ない。つまり、攻めようとしたせいで咄嗟《とっさ》の回避が間に合わなくなる可能性もあるわけだ。そのケアを怠れば、最悪の場合逃げることも出来ずに詰むぞ」

「……まあ、それは確かに」

あらゆるアクションで硬直時間が発生する、というのは、要するにそういうことだ。たとえ敵陣のド真ん中であったとしても、硬直が解けない限りは防御も何も使えない。

「それじゃ、まずは硬直時間の長さを調べなきゃな。基本的には行動値の通りだと思うけど、今の〝占拠〟みたいに一定の倍率がかかるアクションもあるはずだし」

「はいはーい！　それじゃ、英明《えいめい》のスーパーエースこと乃愛《のあ》ちゃんが実演してあげる♪」

そんな俺の言葉を受けて、秋月《あきづき》が飛び跳ねるように元気よく返事をした。そうしてトンっと軽やかな足取りで俺と同じマスに移動してくると、上目遣いでこう囁《ささや》く。

「《数値管理》——えへへ、緋呂斗《ひろと》くんから乃愛への好感度をMAXにしちゃうね♡」

「……あのな秋月、それじゃアビリティの実演にならないだろ」

「えぇ～、何でよ緋呂斗くんの意地悪——って、はっ⁉　乃愛分かっちゃったかも！　今の、ひょっとして〝好感度なんて最初からMAXだからこれ以上増えないよ〟っていう粋なプロポーズの言葉なんじゃ——」

「ない」

「がっくり。……むぅ、いいもん。いつか乃愛の魅力で本当にメロメロにしちゃうから」

あざとく唇を尖《とが》らせながらさっと片手で端末を操作する秋月。こんなやり取りをしながらも実際にアビリティは使っていたらしく、画面にはカウントが表示されている。

「えっとね……うん、今ので五秒の硬直時間が入ってたみたいだよ。【司令官《コマンダー》】の補正も入れると乃愛の行動値は5になるから、行動値の数字そのまま、ってことかな？」

「そうみたいだな。占拠の硬直と比べるとかなり短く感じるけど……こっちは交戦中も発生する、ってことを考えれば意外とシビアなのかもしれない」

「そだね、確かに大変そう。……えへへ♡　でもでも、乃愛が硬直してる間は緋呂斗くんに付きっ切りで護ってもらえる、って考えたら結構嬉《うれ》しいかも……きゃ♡」

再び身体《からだ》を寄せてきた秋月《あきづき》が蕩《とろ》けるような声音でそんな言葉を囁《ささや》いてくるが、まともに取り合っていると照れてしまう——じゃなくて、調子に乗らせてしまうので全て無視。

「ま、基本情報としてはこんなところか……」

秋月の猛攻から意識を逸《そ》らすためにも、俺は改めて状況の整理を始める。……《アストラル》のゲームフィールドは無数の六角形マスで構築されており、各所に点在する拠点を取ることでそれらに囲まれた全てのマスを自軍の制圧下に置くことが出来る。ただし、この行為——〝占拠〟は硬直時間《クールタイム》の発生を伴うアクションであり、完了するまでに行動値の十倍という時間がかかってしまう。

（そして、その〝硬直時間〟ってのは全部のアクションに共通する概念で、例えば《数値管理》を使った場合はちょうど行動値の分だけ硬直が発生する、と）

そこまで思考を巡らせた……瞬間、だった。

『——ヒロきゅん、ヒロきゅん。一応ご報告、なんだけど……榎本《えのもと》くん、だっけ？　あの子、さっきから何か言いたげな顔でずーっとヒロきゅんのこと見つめてるよ。もしかしたら、何か見落としてるのかも……？』

（……え？）

イヤホンの向こうの加賀谷《かがや》さんから突然そんな忠告を受け、俺はちらりと榎本に視線を遣《や》った。……確かに、険しい顔でこちらを観察しているのが見て取れる。まるで俺が何か重要なことを説明し損ねていて、それに気付くかどうか黙って見定めているかのようだ。

「………」

焦《あせ》りながらも思考を回す。この時点で気付いていないといけないもの……？　そんなものあるか？　スペル云々《うんぬん》に関してはまだ話題にも上がっていないし、エリアや拠点についてならこれで必要十分だ。他に思い当たることは何もない。

（くそ……本当はもう少し温存しときたかったんだけど、仕方ないか）

そんなわけで、俺は一つの奥の手を使うことにした。翠《みどり》の星の効果を落とし込んだ特殊アビリティ、《行動予測》——ゲーム中に三回までしか使えないらしいその効力で、榎本が何を言おうとしているのかを盗み見る。…………ああ、なるほど。そういうことか。

「——それと、もう一つ……だ」

涼しい顔でそう言って、俺はコツコツと足を進め始めた。あえてチームメイトの視線を集めるようにしながら、つい先ほどまで立っていた中立エリアではなく翠に染まった英明《えいめい》の領域《エリア》へと移動する。そんな風に、なるべく自然な動作で《行動予測》の硬直時間を消費しきってから、改めて別のアビリティ——《†漆黒の翼†》を使用する。

そして、その直後、微《かす》かに口元を緩めながらすっと端末を掲げてみせた。

「硬直時間、二十三秒——俺の行動値は元々25のはずだけど、今は23になってる」

「あれ、ホントだ……え、何でなんで？　どうなってんの？」

「《アストラル》の基本ルールでは明言されてなかったけど、この手のゲームは大抵自分のエリアにいた方が有利に立ち回れるんだよ。で、この《決闘《ゲーム》》における〝有利〟ってのは、要するに行動値にマイナスの修正が入るってことだ。具体的には〝自エリア内にいる限り行動値マイナス2〟って感じだな。……まあ、俺の行動値で見るとそれくらい誤差みたいなもんだけど、例えば浅宮《あさみや》の行動値が5から3になるのは全然違うだろ？　だから、なるべくエリアを広げておいた方が交戦の時も優位に立てるってわけだ」

「あーね、なるほどなるほど……うん、ばっちし理解。……ねえ、やっぱりシノの方が進《しん》司《じ》より頭良いんじゃん？　ってか進司マジで要らない。消費税とかと同じレベル」

「やれやれ、だ。今のところ何の役にも立っていない七瀬《ななせ》に文句を言われるとはな」

「は⁉　立ってっし！　いるだけでも目のほよーになってるから‼」

「見飽きた」

「うざ！」

どうにかして自分の方を見させようとする浅宮と、両目を瞑《つぶ》ってそれを回避する榎本《えのもと》。そうやってしばらく取っ組み合っていた二人だったが……やがて解放された榎本は、丁寧な手付きで襟元を整えながら、俺の方を見てポツリとこんな言葉を口にした。

「……ふむ。どうやら、口先だけのポンコツというわけではなさそうだな」

（うわ、こっわ……）

案の定こちらを観察していたらしいチームメイトに、俺は改めて気を引き締め直した。

＃

《アストラル》は月曜から金曜までの五日間に渡って開催されるが、全ての日程が午前九時から十二時までの〝前半〟と、十四時から十七時までの〝後半〟に分割されている。

そして、そのうち一日目の前半はルールや基本事項の確認をしているだけであっという間に過ぎ去ってしまい、現在は昼休みを挟んで後半戦へと移行していた。

およそ二時間ぶりの《決闘《ゲーム》》再開、ということで、さっと右手を振ってサイトモードを立ち上げる――前半のラストで三つ目の拠点を確保できたこともあり、エリア所持数は現在のところ45マスだ。序盤にしてはなかなかのペースに思えるが……しかし、今注目すべきはそこじゃなかった。勢力の欄の一つ下、スペル所持数と題された項目だ。

「――スペルってのは、基本的にどれも〝拠点〟から手に入れられる」

端末の画面を投影展開しながら、俺は静かな口調でそう切り出した。

「今日の前半で〝拠点を取る＝エリアの拡大〟って話は出てたけど、拠点の役割はそれだけじゃない。っていうのも、《アストラル》では十五分に一回、各拠点から一枚ずつスペルが補給されるんだ。持ってる拠点が一つなら一回の補給で一枚、二つなら二枚……って具合に、拠点を取る度に一回あたりのスペル入手量がどんどん増えてくことになる」

「ふうん……じゃ、拠点を取れないと永遠にスペルなしなんだ？　めちゃ鬼畜じゃん」

「いや、最初の拠点があるから0ってことはないぞ。まあ一つじゃキツいとは思うけど」

「あ、そっか確かに……シノ、マジ天才じゃん？　進司《しんじ》と違って教え方も優しいし」

煽《あお》るように言いながらちらりと榎本《えのもと》に視線を遣《や》る浅宮《あさみや》。……が、しかし当の榎本は、どちらかと言えば俺の〝監視〟と〝観察〟に意識を割いているようだ。じっとこちらに向けられる目は険しく、はっきり言って尋常じゃなく居心地が悪い。

だけど、それでも――騙し切らなきゃ始まらない。

「……こほん」

だから俺は、小さな咳払《せきばら》いを挟んでからもう一度端末に手を遣った。

「で、だ。それも踏まえて、なんだけど――実はついさっき、俺の《情報統制Ｅｘ》アビリティでこの辺りを探索してみたんだ。とりあえずは半径70マスくらいの情報しかないけど、拠点の位置もマッピングしてあるから方針は大分立てやすくなると思う」

言って、チームメンバー全員にマップ情報を転送する俺。《アストラル》のフィールドマップは手に入れた情報に応じて勝手に広がっていくという仕様らしく、最初は全くの白紙だったものの、現在は左下の辺りが少しだけ見えるようになっている。

「…………」

実は、７ツ星相当の《情報統制》アビリティで調べた――否、イヤホンの向こうの加賀谷さんに抜いてきてもらった情報はもう少し広い範囲にまで渡っていたのだが、あまり飛ばし過ぎると逆に疑われかねないだろう。ペース配分はしっかりと考えるべきだ。

「えへへ、さっすが緋呂斗《ひろと》くん♡」

甘い声音で言いながら、後ろ手を組んだ秋月《あきづき》が上目遣いに俺の目を覗《のぞ》き込んできた。

「じゃあ、まずはこの拠点を増やす方向で進めていく、って感じでいいのかな？」

「そういうことになるな。全体的な配置としてはランダムなんだろうけど、とりあえず北と東に二ヶ所ずつ拠点があるのは現状の地図からも確認できる。だから、まずはこのどっちかを目指すってのが無難な——」

「——いや、違うな。北はない。向かうなら東一択だ」

と……その時、順当に思えた俺の提案は榎本によって一蹴された。どうして、という視線を向けてみると、彼は怜悧《れいり》な瞳で俺を見ながら淡々とした口調で告げる。

「どうしてもこうしてもあるものか。篠原《しのはら》はランダムと言ったが、この周辺マップを見る限り、拠点同士の位置はそれなりに均等なバランスを保っている。おそらく、イベント映えするように配置が調整されているのだろう。そして、その前提と思考のクセを踏まえればマップ外の拠点に関しても大まかな位置は予測できる。篠原のマップに写っていない部分で最も近い拠点は東方面だ——故に、まずはそちらへ向かうのが最善だと思うが？」

「…………」

（いや合ってるけど何で分かるんだよ怖えなコイツ!?）

まだチームメイトには見せていない部分の地図情報を思い出しながらこっそりと頬《ほお》を引き攣《つ》らせる俺。……榎本進司《えのもとしんじ》。〝千里眼〟の二つ名を持つ6ツ星生徒会長。思考回路がバグり過ぎて、もはや常人ではついていけない域にまで達しているようだ。

けれど、俺はそんな驚愕《きょうがく》などおくびにも出さず、当たり前のような顔で頷《うなず》いてみせる。

「ま、そうだな。確定ってわけじゃないけど、その可能性が一番高い。だから、とりあえず向かうのは東として――話を戻すぞ？　さっきも言った通り、スペルってのは十五分おきに各拠点から排出される。けど、実はこの状態だとまだ使えない」

「使えない……？　え、そんなことある？　意味なくない？」

「この状態だと、って言っただろ。……いいか？　拠点から排出されたスペルはまずチームスロットって場所に入る。それを〝使える〟ようにするためには、チームスロットから個人スロットに――つまり自分の端末に移し替える必要がある、ってわけだ」

昼休みのうちにしっかり読み込んできた（姫路《ひめじ》に叩《たた》き込まれたともいう）詳細ルールを元に、スペル周りの仕様について説明していく。まあ要するに、チームスロットというのは全員がアクセス出来る共有の〝倉庫〟みたいなものだ。実際にそのスペルを使いたいのなら、倉庫ではなく〝手札〟――個人スロットに持っておかなきゃいけない。

「む……？」

　と、そこで、右手の人差し指を頰に当てた秋月《あきづき》がこてりと小さく首を傾《かし》げた。

「でもさ、緋呂斗《ひろと》くん。チームスロットから個人スロットにスペルを移せるなら、どっちに入ってても同じことだよね？　だったら全部チームスロットに残したままでもいいような……それとも、スペルの移動もアクション扱いになっちゃうとか？」

「いや、そうじゃない。そうじゃなくて、そもそも交戦中はチームスロットへのアクセスが出来なくなるみたいだ。交戦中に使えるのはその交戦が始まった時点で個人スロットに入ってたスペルだけ。で、その個人スロットには拠点数の三倍までスペルを入れられるらしい。……だから、とにかく手札には常に気を配っとかないとな」

「ふむふむ、なるほど……ま、でもまだどんなスペルがあるかも分かんないし、最初は適当に選んじゃっていいよね♪　えへへ、乃愛《のあ》はこれにしよ～♡」

「え、乃愛ちズルいんだけど！　ウチも選ぶ！」

　そう言って早速スペルを物色し始めた秋月たちに続き、俺や姫路も改めてチームスロットにアクセスしてみることにする。……こちらも昼休みのうちに予習済みだが、《アストラル》に登場するスペルは全部で八種類だ。それらの効果を一覧で表してみると、大体こんな感じになる。


【基本攻撃スペル】

《剣閃《けんせん》》――範囲3メートル（約1マス）の攻撃を放つ。基本ダメージ1。

《銃火》――範囲10メートル（約3マス）の攻撃を放つ。基本ダメージ1。

《魔砲》――範囲20メートル（約5マス）の攻撃を放つ。基本ダメージ1。

【特殊攻撃スペル】
《罠《わな》》――対象のマスに罠を設置する。起動条件は〝他チームのメンバーが該当のマスに踏み入る〟こと。ダメージ及び追加効果は設置時のスペル消費枚数に応じて変動する。

【補助スペル】

《隠密《おんみつ》》――プレイヤー一人の姿を一時的に見えなくする。

《防壁》――プレイヤー一人は一時的にあらゆるダメージを受けなくなる。

《解除》――一度だけ硬直時間《クールタイム》をスキップする（このスペルは硬直時間中でも使用可）。

《中和》――対象のマスを中立マスに戻すことが出来る。中立エリアで使用した場合、そのマスは自チームのエリアになる。


「ん……」

スペルの一覧を眺めながら、俺は静かに右手を口元へ遣《や》った。……補助の方はひとまず置いておくとして、重要なのはやはり攻撃手段だろう。《アストラル》では〝スペル以外の行動でダメージを与えることが出来ない〟と明言されているため、必然的に攻撃スペルの重要度は高くなっている。枚数もそうだし、あとは役職との兼ね合いなんかもそうだ。

（【剣闘士《ソルジャー》】は剣が得意で銃に弱い、【魔術師《メイジ》】は魔法が得意で剣に弱い、【斥候《スパイ》】は銃が得意で魔法に弱い……要するに、ここが三竦みになってるんだよな）

だからこそ、交戦の際は一刻も早く相手の情報を読み解き、スペルの配分や役割分担をミスなくこなす必要があるのだろう。プレイヤーのLPは5だから通常の攻撃スペルなら五回当てなきゃ倒せないが、それが得意スペルなら2ダメージになり、さらに相手の弱点を突いていれば4ダメージにまで上昇する。全ての攻撃に硬直時間が課されることになるこの《決闘《ゲーム》》において、行動回数を減らせるというのは非常に大きい。

まあ……【司令官《コマンダー》】には得意スペルなどないし、逆にあらゆるスペルが弱点なのだが。

「…………」

「ねえねえ緋呂斗《ひろと》くん、スペルの硬直時間ってアビリティだとどれくらいなのかな？」

「ん？　あ、ああ、そうだな。基本は行動値通りだと思うけど……いや、違うか。攻撃スペル三種で射程が違うから、多分硬直の長さも変わるんだ。試しておいた方が良《い》いな」

「え、じゃあウチ！　ウチやりたい！」

俺と秋月《あきづき》の会話を聞きつけ、真っ先に手を上げたのは浅宮《あさみや》だった。彼女はニッと可憐《かれん》で好戦的な笑みを浮かべると、胸の辺りまで持ち上げた端末を真っ直《ま す》ぐ榎本《えのもと》の方に向ける。

「試しに進司《しんじ》斬ってみるね～」

「……おい、待て七瀬《ななせ》。それでもし僕が死んだらどうするつもりだ」

「大丈夫だって。根拠とかないけど、うん。まー大丈夫大丈夫」

「大丈夫なわけがあるか……剣を得意スペルとする【剣闘士《ソルジャー》】が、よりにもよって剣が弱点の【魔術師《メイジ》】相手に試し切りだと？　良くて瀕死《ひんし》、ダメージ増加のアビリティも使っているなら一発ＫＯだ。ふざけているのか？」

「え～……何、そんなに嫌《や》なの？　可愛《かわい》い女の子に殺されるとかごほーびじゃん？」

「そのロジックの正当性はともかくとして、少なくとも七瀬では前提が成り立たない」

「こいつやっぱ殺す」

「「…………」」

何度目ともつかない言い争いを始める二人を遠巻きに眺めつつ、呆《あき》れと苦笑の中間みたいな表情で顔を見合わせる俺と秋月《あきづき》。……って、ん？

「なあ秋月、姫路《ひめじ》はどこに――」

「……だーれだ？」

瞬間――ふわり、と優しい感触と共に、目元に何かが押し付けられた。それなのに、俺の目には何も見えない。まるで後ろからそっと抱きしめられているような柔らかさを感じ

るのに、耳には微《かす》かに甘い吐息がかかっているのに、誰の姿も捉えられない。

けれど、いくら見えないとはいえさすがに分かった。

「姫路《ひめじ》、だよな……？」

「……ふふっ、はい」

返事と共につっと身体《からだ》を離し、改めて俺の前に姿を現す姫路。彼女は少しだけ照れたように顔を赤らめながら、それでも「こほん」と咳払《せきばら》いを挟んで平然と告げる。

「試し撃ち、ということで、さっそく【隠密《おんみつ》】のスペルを使ってみました。発生した硬直《クール》時間《タイム》は十六秒……行動値の二倍ですね。おそらく、補助スペルは一律でこの時間なのでしょう。……まあ、念のため他の補助スペルも試しておきたいところですが」

「あ、あー……なるほど、そういう」

「？　……あの、ご主人様。わたし、もしかして何か間違えましたか……？」

「い、いや、違う。そうじゃない。むしろ、間違ってたのは俺の方だ」

「え？」

「ふわぁ、白雪《しらゆき》ちゃん大胆……♡　えへへ、なんか乃愛《のあ》まで照れちゃった♡」

「え？　え？」

興奮口調の秋月《あきづき》にぎゅーっと抱きつかれて困惑の声を発する姫路。……いつもクールな彼女だけに、こうして混乱している姿というのは少し新鮮な感じがした。

が、まあ、ともかく——そんなこんなで、俺たちはスペルの試運転を進めていった。攻撃スペルの硬直に関しては読み通りで、剣が行動値の一倍、銃が二倍、魔法が三倍の時間を課せられるらしい。単純に、射程が長いほどロスが大きいと思っておけばいいだろう。

そういった諸々《もろもろ》の仕様を順調に読み解き、その後は順当にエリアを拡大していった俺たち。……けれど結局、一日目はどこのチームとぶつかることもなかった。《カンパニー》から貰《もら》っている周辺情報を踏まえれば、おそらく初交戦は明日になる。

「…………」

現時点での英明《えいめい》の勢力としては、制圧下に置いたエリアが合計で175マス。拠点の数は五つ目を数えたところだ。おかげでスペルの収集効率はかなり上がっているが、榎本《えのもと》との勝負を考えると初日で【司令官《コマンダー》】を一人も倒せなかったのは少し痛い。それに、例の偽物《にせもの》——《影武者《ドッペルゲンガー》》が全く動いていないのも不可解だ。彼女は何度か《ライブラ》の中継に映ったようだが、特に何をするでもなくエリアを広げていただけらしい。

（少しの焦《あせ》りも感じない、とは言えないけど……まあ、今日はどのチームも交戦に入らなかったみたいだし、チュートリアルみたいなもんだろ。本番は明日から、だな——）

ふう、と短く息を吐き出すと共に、《アストラル》の一日目は静かに終わりを告げた。

＃

──四季島《しきしま》グランドホテル。

それが、今回の五月期交流戦本戦にて参加者全員が宿泊するホテルの名称だ。

《アストラル》が行われている開発特区の程近くにあり、学園島《アカデミー》零番区の保有するリゾートエリアの一角でもある。六階建ての豪華な建物で、表にはプールやテニスコートなんかもあるようだ。こんな贅沢《ぜいたく》なホテルを百人やそこらの高校生だけで貸し切りにする、というのは、ここが学園島《アカデミー》でなければまず有り得ないくらいの所業だろう。

ホテル自体の構造としては、まず一階にフロントやエントランス、それから大浴場にレストラン。そして二階にカラオケルームや遊戯室、室内運動場……といったレジャー系の施設が並び、客室は三階以上に設置されているらしい。ちなみに、イベント参加者の食事については全て一階レストランにて提供されることになっているが、売店やらルームサービスの利用もオールフリーだそうだ。至れり尽くせりとはこのことだろう。

「ふぅ……」

ともかく──イベント初日の午後六時ごろ、フィールドから戻ってきた俺たちは五人揃《そろ》って一階のレストランに足を踏み入れていた。

「ふーん、結構集まってるじゃん？」

堂々とした足取りで先陣を切る浅宮《あさみや》がそんな声を発したのと同時、軽く二十を超える数の視線が一斉にこちらへ向けられる。その反応はどれもこれも似たようなものだ。驚愕《きょうがく》に目を見開くか、あるいはピリッとした警戒の空気を纏《まと》い始めるか……そして同時に、ひそひそと囁《ささや》くような声まで漏れ聞こえてくる。

「英明《えいめい》だ……」「うわ、篠原緋呂斗《しのはらひろと》？　ほ、本物か？」「当たり前だろ。……ったく、ようやく学園島《アカデミー》最強サマのお出ましだぜ」「いや、篠原だけじゃないぞ英明は。〝千里眼〟榎本《えのもと》と〝金色の夜叉《こんじきのやしゃ》〟浅宮《あそこ》までいる」「つ、強《つえ》え……マジ強すぎだろ……」

「あれあれ？　英明には小悪魔可愛《かわい》い超エース・乃愛《のあ》ちゃんもいるんだけど♡」

「「「うっ!?」」」

ちょこんと俺の後ろから顔を出すなりあざとい笑顔でそう言い放った秋月《あきづき》に、噂《うわさ》をしていた他学区の生徒——主に男子生徒だ——のうち数名が胸を抑えてテーブルに顔を突っ伏した。その異様な光景を見つめながら、俺は秋月にジト目を向ける。

「何やらかしたんだよ、お前」

「えへへー、何のこと？　乃愛、ちょっと忘れちゃった♡」

「……いや、まあ大体分かるけど……」

いつのことかは知らないが、何かのイベントで鉢合わせた際に秋月の（小）悪魔的手腕で骨抜きにされた経験でもあるのだろう。可愛い笑顔に篭絡《ろうらく》されて最終的に何もかも持っていかれる、ということで、彼女にトラウマを抱える男子生徒は少なくないと聞く。

が、まあそれは一旦置いておくとして。

「……ふふっ。大人気ですね、ご主人様」

「いや、人気とかじゃないだろ、この反応は……思いっきり警戒されてるだけだ」

すっと顔を寄せてきた姫路《ひめじ》の囁《ささや》きに同じく小声で反論する俺。……まあ、7ツ星を偽っている以上、淡白な反応をされるよりずっとマシだというのは確かだが。

と——その時、

「——ふ、ふわぁ、英明《えいめい》ッス！　凄《すご》いッス！　やっぱりオーラ半端ないッス!!」

俺が曖昧に首を振りつつ視線を彷徨《さまよ》わせていると、不意に一際騒がしい歓声が耳朶《じだ》を打った。その発信元は、少し離れたテーブルから俺たちに熱烈な視線を送ってきている黒髪の少女だ。口にしている内容は他のざわめきと大して変わらないが、警戒の色が一切感じられずただ騒いでいるだけ、というのが特徴的と言えば特徴的だろう。

けれど、俺がその少女に気を取られたのにはもう一つ別の理由があった。それも、彼女自身のことではなく、その隣によく見知った人物が座っていたからだ——綺麗《きれい》で豪奢《ごうしゃ》な赤の長髪、大きくて意思の強い紅玉《ルビー》の瞳。三番区桜花《おうか》学園のテーブルに座る彼女・彩園寺更《さいおんじさら》紗《さ》は、胸元で腕を組みながら微《かす》かな笑みを浮かべてこちらを見つめている。不敵かつ挑発的かつ余裕に溢《あふ》れるその仕草は、まさに《女帝》の風格だ。

「………………」

そんな彩園寺に視線を投げ返しながら、俺はそっと右手を口元へ遣《や》った。

（ん……どうするかな。いつものパフォーマンス的にはここで喧嘩《けんか》を売りに行く方が自然な気もするけど、イベント初日からっていうのは露骨すぎるか？　いや、でも……）

刹那の間にぐるぐると思考を巡らせる俺。

そうして、結局リスクの方が高いと踏んで首を横に振ろうとした――その瞬間、

「――やあ。久し振りだな？　篠原緋呂斗《しのはらひろと》……、ククッ」

俺の背後から、聞き覚えのある独特な声が投げ掛けられた。

それとほぼ同時、革靴の高い足音がカッ、カッと規則的に俺の鼓膜を叩《たた》き始める。足音の主は優雅な足取りで俺たちを追い越すと、その場でゆっくりとこちらを振り返り、全身を包む漆黒のマントをばさりと大きく払ってみせる。

その顔には当然、覚えがあった。

「……久我崎《くがさき》、晴嵐《せいらん》」

「ククッ……フルネームで記憶してくれていたとは光栄だ、学園島《アカデミー》最強」

俺が絞り出すようにその名を告げると、彼――久我崎はニヤリと口角を持ち上げた。

「まずは改めて礼を言おう。今回のイベントにのこのこ姿を現してくれたこと、僕に再戦《リベンジ》の機会を与えてくれたこと。そのどちらも、貴様にしか出来ないことだ」

「知るかよ。俺がここにいるのは別にお前のためじゃない」

「ククッ、理由などは全くどうでもいい。僕はただ、貴様ともう一度戦いたいというだけ

だ――ああ、僕がどれだけこの日を待ち望んでいたことか。《我流二十七式遊戯》で負けたあの日から、あの瞬間から、僕は貴様を忘れたことなど一度たりともなかったぞ？」

「へえ、そりゃどうも。お前が男じゃなければちょっとは嬉《うれ》しかったかもしれないな」

「笑止！　ククッ、余裕をかましていられるのも今のうちだ。篠原緋呂斗《しのはらひろと》は、英明《えいめい》学園は僕ら音羽《おとわ》が確実に仕留める――楽しみにしているが良い！」

格好を付けるように右手を顔の前に持ち上げつつ、久我崎《くがさき》はフロア中に聞こえるような大声でそんな啖呵《たんか》を切ってきた。そうして再びばさっとマントを翻《ひるがえ》し、高らかな哄笑《こうしょう》と共にレストランの奥へと消えていく。

その背を静かに見送りながら、両手を身体《からだ》の前で揃《そろ》えた姫路《ひめじ》がポツリと小さく呟《つぶや》いた。

「八番区音羽学園……普段は〝個〟の力ばかりが目立ち、学校ランキングでは昨年十位に留《とど》まっていますが、今回は参加者の全てが久我崎様を筆頭とした《我流聖騎士団》の正規メンバーで構成されています。久我崎様はああ見えて突き抜けたカリスマ性を持つ方ですし、総じてチームとしての危険度はかなり上位に入ってくるかと」

「……ま、そうだろうな」

冷静沈着な従者《メイド》の分析に、ゆっくりと首を振りつつ嘆息する俺。

そうして俺たちは、遅ればせながら英明のテーブルへと移動することにした。

ビュッフェ形式というのは、非常に性格が表れる食事方法だと思う。

テーブルに着いてから三十分ほど、俺たちは適当に雑談を交わしながら食事を堪能していた。とはいえ、その様子は人によって全然違う。俺なんかは割とバランスを考えてしまうタイプだが、例えば秋月《あきづき》はサラダとパスタしか取ってきていない（あざとい）し、榎本《えのもと》はサンドイッチしか選ばないから何事かと思えばもう片方の手で電子書籍を読んでいる。

そして反対に、隣のギャルはお皿いっぱいに色んなものを乗せており、さらにはSNS用としてお洒落《しゃれ》に盛った二皿目まで用意し始めたほどだった。……まあそちらは写真を撮るなり速攻で食べ尽くしていたが、一ミリも残さない辺り好感が持てると言っていい。

「ご主人様、こちらをどうぞ」

ちなみに姫路はと言えば、俺の隣でコーヒーを注いでくれている。最初は俺と同じくバランス重視の皿を作っていたのだが、それを食べ終えてからはずっとこんな調子だ。

「ほあ〜」

そんな様子を見ながら、対面に座る浅宮《あさみや》が謎の歓声を上げている。

「ゆきりんガチでメイドじゃん。やば、ちょっと羨ましくなってきたかも」

「羨ましい……ですか？」

「うん！　だってゆきりん超可愛《かわい》いし！　ウチなら三秒で骨抜きにされる自信ある!!」

「……えと、その、骨抜きになられると困ってしまいますので……遠慮しておきます」

「困った顔も可愛《かわい》いとかマジ天使じゃん……あーでも、シノくらい強くて頼れる人になら仕えたくなる気持ちも分かんなくはないかなぁ。それに引き換え……」

気怠《けだる》げに頬杖《ほおづえ》を突きながらちらりと隣の榎本《えのもと》を見遣《みや》る浅宮《あさみや》。……が、当の榎本は読んでいる本に夢中になっているらしく、ピクリとも反応を示さない。浅宮はそれに対してむっとした表情を浮かべていたが、やがて諦めたように「はぁ……」と聞こえよがしな溜《た》め息《いき》を吐《つ》くと、それから逆サイドに座る秋月《あきづき》の方へと身体《からだ》を向け直した。

その視線が秋月の前の皿で止まる。

「って……え、乃愛《のあ》ち乃愛ち、それって後でお腹《なか》空かないの？　草しかなくない？？」

「ん～、全然？　乃愛ちゃん元々少食だし、それにパスタもちゃんと食べてるもん。っていうか、むしろみゃーちゃんの方こそ食事制限とかしてるのかと思ってた」

「いやー、ウチはどっちかってゆーと運動するタイプだからね。食べないとすぐバテちゃうし、ってゆーかウチ食べるの好きだし」

「むぅ……さすがみゃーちゃん、三年有数のモテ女子……まあ一番は乃愛だけど♡」

「出た。ウチ乃愛ちのそういうとこ結構好き～」

秋月の熱い自画自賛に対し、にぱっと裏表のない純粋な笑みを浮かべてみせる浅宮。互いに我の強そうな二人だが、意外にも相性は悪くないようだ。

「………」

そんなチームメイトたちの会話を聞くとはなしに聞きながら、俺は、もう一度ホール内に視線を巡らせていた。……こうしてみると、俺と同じくちらちらと他テーブルの様子を窺《うかが》っているような連中が何人かいるのが見て取れる。選抜メンバーだけが集められた交流戦だから、顔触れを見るだけである程度の戦力が推測できてしまうのだろう。

（まあ、俺は誰が誰だかほとんど知らないけど……）

ぼやくように内心で溜め息を吐く俺。やはり、どうしても知識が足りない――が、そんなことを思った瞬間、不意に制服のズボンをちょんちょんと引かれた。導かれるままに隣を見遣れば、姫路《ひめじ》が澄んだ瞳をこちらへ向けて何やらこくんと頷《うなず》いている。

ああ、とすぐに合点がいった。

「なあ姫路――この中で注目プレイヤーを挙げてくれって言ったら、お前は誰を選ぶ？」

「……ふむ、そうですね」

俺の問いに、姫路はそう言って少しだけ口元を緩ませた。向かいの席の三人もその話題には興味を引かれたのか、女子陣だけでなく榎本までもが本を読む手を止めている。

それに対してこほん、と一つ咳払《せきばら》いを挟んでから、姫路は静かな声音で続けた。

「では、僭越《せんえつ》ながら――まず、純粋な知名度という観点から言えば、やはり圧倒的なのは彩園寺更紗様でしょう。三番区桜花《おうか》学園二年、通称《女帝》。あらゆるゲームジャンルを得意とする元７ツ星の〝天才〟です。また、チームとしての強さにも定評がありますね。

桜花学園《おうか》は学校ランキングでもトップ争いの常連で、特に、昨年は7ツ星プレイヤーを輩出したこともあり貫禄《かんろく》の序列一位でした。……ちなみに、今回のメンバーはほぼ全員が《女帝》の側近――いわゆる〝親衛隊〟の面々で固められているんだとか」

「へえ……そりゃ厄介だな（あいつ、可哀想《かわいそう》に……）」

真面目《まじめ》な顔で相槌《あいづち》を打ちながら心の中では彩園寺《さいおんじ》に両手を合わせる俺。おそらくチームワークを意識した構成なんだろうが、あいつの立場を考えればやり辛《づら》いことこの上ないだろう。常に〝完璧なお嬢様〟を求められ続けるわけだから、安息の地がどこにもない。

「……じゃあ、例えばさっきから騒いでるあの黒髪とかも側近なのか？」

「はい、そうですね。飛鳥萌々《あすかもも》様――彼女は、元々別の学区の中等部に通っていたのですが、《女帝》彩園寺更紗《さらさ》様に憧れて高等部から桜花学園に編入した、というなかなかの経歴を持つ方です。ああ見えてかなりの実力者なんですよ？　まだ一年生ですが、この時期でなんと4ツ星です。ＳＴＯＣＫでは既に〝超新星〟というあだ名が浸透しているとか」

「ええ……」

思わず引き気味の反応をしてしまう。まさかあいつが、という感じだが……まあ、よく考えてみれば当たり前の話だ。全学区総出の大規模《決闘《ゲーム》》なんだから、3ツ星以下の低ランカーなんて（俺くらいしか）この場にいない。

「………」

「続いて、別の学区へ話を移しますと……そうですね、先ほどご主人様に啖呵《たんか》を切ってきた久我崎晴嵐《くがさきせいらん》様もピックアップに値します。八番区音羽《おとわ》学園の三年生にして、等級は5ツ星。何度負けても《女帝》に挑み続けるその姿から、付いた二つ名は〝不死鳥〟です」

「……ああ、そいつは俺もよく知ってる」

「はい。ですので、説明はこれくらいにしておこうかと」

彩園寺更紗と久我崎晴嵐。俺にとっても因縁のある二人の紹介を簡単に済ませると、姫《ひめ》路《じ》はほんの少し身体《からだ》を動かして奥のテーブルへと視線を向けた。そこでは、三人ほどの男子生徒が何やら話し込んでいる……が、中でも一人、異彩というか威圧感というか、ともかく何かしらのオーラを放っている黒髪オールバックのイケメンが目に留まる。

「ここから先は、ご主人様にとって今回が初めての接触になる相手です――まずは七番区森羅《しんら》高等学校。非常に好戦的な校風で、昨年の学校ランキングでは数年ぶりの序列三位にランクインしました。そして、特に注目すべきプレイヤーはあちらの霧谷凍夜《きりがやとうや》様。徹底的に勝ちにこだわるゲームスタイルを基本とし、粗野《ワイルド》で横暴な風貌からも見て取れるように、何でもアリを信条としています。〝絶対君主〟の二つ名を持つ6ツ星ランカーですね」

「……絶対君主？」

「ああ」

鸚鵡《おうむ》返しな俺の問いにぶっきらぼうながら頷《うなず》いてみせたのは、姫路ではなく榎本《えのもと》だ。

「何でも、奴《やつ》と《決闘《ゲーム》》をすると手数やら戦術やら言葉やら暴力やらで徹底的に打ちのめされて、ほとんど再起不能なレベルで負かされるんだそうだ。多少は誇張も入っているのだろうが、実際、奴と《決闘》をした直後に島を去った人間を僕は何人か知っている」

（は……？　な、何だそれ!?）

耳を疑うようなエピソードだった。どこまで事実なのかは分からないが、あの榎本進司《えのもとしんじ》にここまで言わせるというだけで充分すぎるくらいとんでもない。

俺がダラダラと冷や汗を掻《か》いていると、対面の浅宮《あさみや》が「はいはーい」と手を上げる。

「そーいえばウチ、かなり前に《決闘《ゲーム》》挑まれたことあるよ。進司がやめとけってうるさいから後回しにしてたら、なんか向こうが勝手に取り下げてくれたけど」

「……ふん、まさか七瀬《ななせ》が申請を受けるつもりだったとは思いもしなかったがな。英明《えいめい》の星をみすみす他所《よそ》へ流してどうする、馬鹿め」

「まあそーだけど……って、バカじゃないし！　ウチが勝ってたかもしんないじゃん！」

バンッ、とテーブルを叩《たた》く浅宮に対し、榎本は〝まるで信じられない〟という顔で何度か首を横に振った。そうして、気を取り直すようにして再び俺に視線を向ける。

「七瀬の戯言《たわごと》はともかく、続けるぞ――霧谷《きりがや》のテーブルから二つ右、女子生徒ばかりが集まっているテーブルがあるだろう」

「？　ああ」

「その中の一人……真ん中に座っているポニーテールの女子は要注意だ。枢木千梨《くるるぎせんり》、十六番区栗花落《つゆり》女子学園の実質リーダー。学年としては二年生だが等級は5ツ星で、昨年は入学当初からイベント戦に出突っ張りだった。個人の経験値という意味ではこの中でも群を抜いているはずだ」

「ん……なるほどな。まあ、それだけならまだ対処しやすいような気がするけど――」

「いいや、それはないな。……僕から言わせてもらえば、アレは一種の化け物だ。もしこのイベント中に彼女と出会ってしまったなら、可能な限り逃走することをお勧めする」

「……は？　それは、どういう……」

「そのくらい凶悪な力を持っているのです、彼女は」

俺の困惑気味な反応に対し、助け舟を出すような形で姫路《ひめじ》が静かに口を挟んできた。

「榎本様の仰《おつしや》る通り、枢木様は昨年開催された全てのイベント戦に参加しています。そして、去年の五月期交流戦――まさにこのイベントにて枢木様は見事な勝利を収めているのですが、その際に彼女が手に入れてしまったアビリティ、というのが大問題でした」

「大問題、っていうと……？」

「はい。その名も《一射一殺《ワンショット・キル》》――特定条件下において、他プレイヤーを一撃で葬り去ることの出来るアビリティです。例えば今回の《決闘《ゲーム》》なら、何かしらの攻撃スペルに効果を付与することで、相性も何も関係なく一発でＬＰ５を削り切ることが出来ます」

「………詐張ではなく、事実です。このアビリティを獲得してからというもの、栗花落《つゆり》女子は常に〝アビリティの発動条件を達成できるよう〟チームを組み、あとは枢木《くるるぎ》様がひたすら敵を殲滅《せんめつ》する、というスタイルで数多《あまた》のイベント戦を勝ち抜いてきました。狂暴すぎるその強さから、付いたあだ名が《鬼神の巫女《みこ》》――彼女の活躍で、二年前まで十五位以内にも入ったことがなかった栗花落女子のランキングは、たった一年で序列九位まで上がりました。この上がり幅は、過去に例がありません」

話しているのが姫路《ひめじ》でなければいっそ信じられないくらいの内容だが、他でもない彼女が言うのだから全て本当のことなのだろう。あまりの衝撃に声が出ない。

姫路は白銀の髪をさらりと揺らしながら続ける。

「ですので、ことチーム戦のイベントにおいて、栗花落女子の姿を見たら〝逃げろ〟というのはそう間違った判断ではないのです。多人数戦における栗花落の勝率は少し異常なほどですし、そこだけ見れば、枢木様の実力はかの《女帝》にも匹敵します。……というわけで、ご主人様。彼女に関しては本当に警戒した方が良いですよ。下手をすれば、英明《えいめい》や桜花《おうか》でさえも食われます」

（お、おいおいおい……とんでもないな、マジで）

姫路の補足に思わずぎゅっと拳を握る俺。視線の先の枢木は何というか剣道でもやっていそうな雰囲気の真面目《まじめ》女子、という感じで、傍《はた》から見ている限りは普通に可愛《かわい》い部類なのだが……これだけ色々と聞いてしまうと、もはや恐怖しか感じない。

「……ん？」

と――俺がそんなことを考えたのとほぼ同時、当の枢木がすっと席を立つのが見て取れた。正面から見ると少し童顔な気もする彼女は、コツコツと靴を鳴らしながら真《ま》っ直《す》ぐこちらへ近付いてくると、あろうことか俺の、目、の、前、で、足を止める。

そして、何故《なぜ》か腰に差している木刀に手を遣《や》りながら、挑むような声音でこう言った。

「お褒めに与《あずか》り光栄だよ、学園島《アカデミー》最強。……でも、ちょっと行儀が良くないんじゃないかな？　陰口でこそないかもしれないけど、そうやってコソコソ人の噂話《うわさばなし》をするなんて」

（!?　こ、怖い怖い怖い!?　てか何で帯刀してんのコイツ!?）

座っている俺を見下すようにしながら、鋭い眼光で俺のことを睨《にら》み付けてくる枢木。その迫力に思わず委縮してしまいそうになるものの、もちろんそんな反応を表に出すようなことはなく、代わりに俺は小さく肩を竦《すく》めてみせる。

「ああ、気に障《さわ》ったなら悪かったよ。転校してきたばっかりだから他学区の面子《めんつ》がよく分からなくてな。今はちょうどお前の活躍っぷりを聞いてたところだ」

「なるほど、それは失礼した。……しかし、だとすると余計に厄介だな。聞けば君は、対戦相手のわずかな情報を分析することで絶対的な勝ち筋を作り出す《次元超越《ブレイクスルー》》の才を持

っているらしいじゃないか。確か、五歳の頃にアメリカの大学を卒業し、その後とある機関に招聘《しょうへい》されて非道な能力開発を受けたという話だけど……」

「……待て、枢木《くるるぎ》。そいつは一体、誰の……いや、どこで手に入れた情報だ？」

「？　もちろん《ライブラ》の記事だけど？」

（あ、あの野郎……！）

　平然とした顔をしながらも、内心では《ライブラ》――もとい風見《かざみ》の所業にひくひくと頬《ほお》を引き攣《つ》らせる俺。……どうやら、俺が彼女を〝とんでもないやつ〟だと認識しているのと全く同じように、彼女の方も思いっきり俺を危険視しているらしい。

　眼前の枢木は、静かに一度首を振ってから続ける。

「まあいい。……君がどれだけ絶対的な強さを持っていようと、チーム戦なら私は負けない。《アストラル》の勝者になるのは私たち栗花落《つゆり》女子学園だ――それに、そちらの構成も大概穴だらけに見えるしね」

　意味深な口調でそんなことを言いながら、ちらりと視線を横に投げる枢木。そこには榎《えの》本《もと》と浅宮《あさみや》の姿があり、どちらもそれぞれに警戒の眼差《まなざ》しを向けている。

　枢木は、そんな二人を見て「ふっ……」と口元を緩めると、

「――では、手合わせ出来るのを楽しみにしているよ」

　最後にそれだけ言い残して、来たときと全く同じ歩調でテーブルへと戻っていった。

「「「………」」」

しばらくの間、誰も何も言うことが出来なかった。……枢木千梨《せんり》。《鬼神の巫女《みこ》》。一撃必殺を代名詞とし、こと多人数戦においては〝会ったら逃げろ〟が鉄則の化け物――もちろん、俺自身はまだ戦ったことがないから実感なんて湧かないが、それでも彼女からは確かに〝何か〟を感じた。あいつは、ヤバい。間違いなく厄介な敵になる。

「……枢木様に関しては、これ以上申し上げるまでもなさそうですね」

そして、少し後、沈んだ空気を上書きするように姫路《ひめじ》がそっと口を開いた。

「というわけで、最後のご紹介になりますが――今回の《決闘《ゲーム》》において最注目のプレイヤーと言えば、やはり十二番区聖城《せいじょう》学園のメンバーとして参加している彼女でしょう。《影武者《ドッペルゲンガー》》。あの《女帝》に喧嘩《けんか》を売り、あろうことかご主人様をも巻き込んだ不届き者。どう考えても〝偽物《にせもの》〟は彼女に決まっているのですが、それでも支持者はいるようですね」

「ん……まあ、そりゃな」

本音を言えばもちろん不満だが、そんな内心は欠片《かけら》も出さずに頷《うなず》く。発言の真偽はともかく、面白がって《影武者》に乗る連中が出てくるのは何ら不思議なことじゃない。

そこで、ふとフロアの壁面に目を遣《や》ってみると、装飾に交じって埋め込まれたスクリーンの中で風見が〝今日《ここ》のハイライト〟を紹介しているのが窺《うかが》えた。目立ちたがり屋な彼女のことだから直接ホールに来ても良さそうなものだが、と一瞬思ったが、今回の《ライブラ》は審判だけでなく《アストラル》の運営補助《サポート》も兼ねているため参加者とは直接関《かか》われないようになっているんだろう。まあともかく、《影武者《ドッペルゲンガー》》はその映像の中でも当然のようにピックアップされており、彩園寺《さいおんじ》と同じ紅玉《ルビー》の瞳でこちらをじっと見つめている。

それを見て、榎本《えのもと》が静かに呟《つぶや》いた。

「そういえば、篠原《しのはら》はアレに目を付けられているんだったな」

「ああ。ま、でも安心してくれよ。チームメイトに迷惑をかけるつもりはないから」

「…………ふん」

そんな俺の返答に一瞬何かしら反論しかけたように見えたが、結局榎本は何も言わずに鼻を鳴らした。それに対して浅宮《あさみや》が「また進司《しんじ》がシノに絡んでる！」と憤慨し、秋月《あきづき》は「緋呂斗《ひろと》くんにならいくら迷惑かけられてもいいよ♡」と謎のアピールをしてくる。

そして、そんな中……しばらく黙っていた姫路《ひめじ》は、注目プレイヤー紹介のラストを締め括《くく》るかのように、俺の耳元へそっと口を寄せると微《かす》かな声で囁《ささや》いた。

「まあ——当然、言うまでもなく、5ツ星や6ツ星程度の有象無象《うぞうむぞう》がいくら集まったところで、一番強いのはご主人様なのですが」

他学区のメンバー紹介も一通り終わり、そろそろ部屋へ戻ろうという段になった。

時刻としてはまだ八時過ぎだが、大規模イベントの初日ということもあってそれなりに疲れが溜《た》まっている。さっさと風呂に入って寝たい、というのが正直なところだ。

だった、のだが……

「それじゃ、部屋分けとかどうしよっか？」

秋月のこの一言によって、腰を上げかけていた面々が再び深く座り直すことになった。

そう——部屋分け、である。五月期交流戦はホテル一棟を借り切っているが故に、参加者にはかなり贅沢《ぜいたく》な使い方が許可されている。もっと具体的なことを言えば、一チームあたりの部屋数が特に決められていないのだ。この後フロントに行って五人分の部屋を借りるわけだが、その分け方は自由であり、極論一人一部屋でも構わないらしい。

ぱっと席を立ち、俺の隣に回り込んできながら、秋月はあざとい笑みを浮かべる。

「えへへ……乃愛《のあ》は緋呂斗くんと一緒がいいな♡」

ほんのりと頬《ほお》を赤らめつつ、ちょん、と袖を摘《つま》んでくる秋月。……以前より照れが見えるようになったとはいえ、そのあざと可愛《かわい》さは健在だ。すぐ隣から上目遣いにこちらを覗《のぞ》き込まれると、角度的に制服の胸元が見えてしまいそうになる。

「あのな、秋月——」

「……乃愛じゃダメ？」

「っ……」

蠱惑的《こわくてき》に動く唇に見惚《みと》れそうになり、俺は秋月から視線を逸《そ》らすことにした。そうして思考を切り替える目的で対面の二人に目を遣《や》れば、榎本《えのもと》がやれやれと肩を竦《すく》めている。

「ふん……くだらない茶番だな。どうせ寝るだけなのだから部屋割りなどどうでもいいだろう。少なくとも、僕には〝七瀬《ななせ》と違う部屋〟以外の希望は特にない」

「茶番とか言いながらちゃっかり希望出してんじゃん！　ってかウチ以外なら誰でも、って何女子と一緒の部屋になってもいいみたいなこと言ってんの!?」

「……そんなことは言っていないが」

「いーや言ったね！　透けて見えたね！　進司《しんじ》のドエロ！　むっつりスケベ！」

半ば揚げ足取りに近い気もするが、むっとした表情で榎本に噛《か》み付く浅宮《あさみや》。そんな二人を見つめながら、姫路《ひめじ》がこてりと小さく首を傾《かし》げる。

「ん……ですが、わたしとご主人様が同室になるのは最初から決まっていますので、秋月《あきづき》様がこちらに来るのであれば必然的にお二人は同じ部屋になるのでは？」

「待って無理有り得ないから！　し、進司と一緒の部屋に泊まるとか超ハズい……じゃなくて、せーり的に無理だし！　それならまだウチ一人の方がいいんだけど!?」

「同感だ。こんな寝相の悪い女と一緒に寝られるか」

「それ小学校の時の話じゃん！」

「小学校の時は一緒に寝てたんだ……」

わわ、と照れたような声を漏らした秋月が、まるで熱を冷ますみたいにぴとっと両手を頬《ほお》に当てる（あざとい）。それから彼女は、妙にとろんとした瞳を俺へと向けてきた。

「えへへ……緋呂斗《ひろと》くん、緋呂斗くん。乃愛《のあ》のこと、抱き枕みたいにしていいよ♡」

「いえ、そのような大役を秋月様に任せるわけにはいきません。枕が必要ならわたしが」

何故《なぜ》か両側からくいくいと袖を引かれ、究極の二択を迫られる俺。内心ではとっくに悶《もだ》え死にそうになっているが、少なくとも表面上は冷静さを保ちつつどうやって話を着地させるか悩んでいる、と――

「っ……！」

ダンダンダンッと荒々しい足音と共に、一人の少女が勢いよく俺に近付いてきた。豪奢《ごうしゃ》な長髪を靡《なび》かせる彼女は俺の目の前に思いきり手を突くと、紅玉《ルビー》の瞳をジトっとこちらへ向けながらいかにも不満げな口調で言う。

「……無知な貴方《あなた》に教えてあげる。いい？　当たり前すぎて本来なら言うまでもないことなのだけど、男子フロアと女子フロアは別の階だから。もちろん男女混合の部屋なんて作れないし、端末感知のセンサーがあるから異性のフロアには入ることすら出来ないわ」

「あ、あー……なるほど、そうなのか」

「そうなのっ！」

頬をひくひくとさせながらそんなことを言ってくる彩園寺《さいおんじ》。それに対し、俺は答える代わりにそっと肩を竦めて反省の意を示すことにする。

「ふん……もう、油断も隙もないんだから……」

桜花《おうか》のメンバーと合流して去っていく彩園寺《さいおんじ》はその後も何やら呟《つぶや》いていたが、小声過ぎてよく聞き取れなかった。

「……何にしても、これで部屋は決まりだな」

言って、静かに席を立つ榎本《えのもと》。……まあ、学園島《アカデミー》の公認イベントなんだから、男女混合はさすがにNGだろう。ちなみに秋月《あきづき》は分かった上でやっていたらしく、あざとく舌を覗《のぞ》かせて俺から手を離している。意外にも最後まで抵抗していたのは姫路《ひめじ》だったが、浅宮《あさみや》から「一緒にお風呂いこ！」と誘われてパッと（ミリ単位で）表情を明るくしていた。

（い、いつの間にか仲良くなってる……さすがギャル……）

圧倒的コミュ力強者・浅宮に微《かす》かな驚きと称賛を送る俺。

と、まあ、そんなこんなで——俺たちは、揃《そろ》ってレストランホールを後にした。

＃

俺と榎本が泊まることになったのは五階の513号室だった。

四季島《しきしま》グランドホテルは三階以上が全て客室になっているのだが、五月期交流戦の期間中は三階と四階が女子フロア、五階と六階が男子フロアという具合に区分けされているらしい。そして、異性が寝泊まりするフロアに入ることはセンサーで封じられている。

そんな風にセキュリティ万全なこのホテルだが、部屋に関しては特に変わったところもなかった。ただ単純に綺麗《きれい》で広い。ふかふかのベッドがあって、ゆったりとくつろげるようなスペースがあって、大きなテレビや冷蔵庫なんかも置いてある。

（まあ、本当は一人部屋の方が良かったんだけど……）

ベッドサイドのテーブルに端末を置きながらこっそりとそんなことを思う俺。……《カンパニー》への指示出しや姫路との連携、という意味で、俺と榎本が同室だと色々な制限が生まれてしまうことは間違いないだろう。けれど、あの場で一人部屋を希望するという行動自体が若干不審なものになってしまうため、そこは妥協せざるを得なかった。

姫路によれば、彩園寺なんかは例の親衛隊メンバーが同室の権利を奪い合った結果、何だかんだで一人部屋に落ち着いたらしいが……まあ、その辺りはもう割り切るしかない。

「…………」

当の榎本はと言えば、さっきからベッドのヘッドボードに背中を預けて黙々と電子書籍を読んでいる。既に風呂も済ませており、その格好は無難な黒のジャージ姿だ。

ふと気になって訊《き》いてみる。

「なあ榎本。それ、さっきから何読んでるんだ？　随分熱中してるみたいだけど」

「だから敬語を使え篠原《しのはら》。もし知らないというのなら僕が一から叩《たた》き込んでやる。……それと、今読んでいるのは人気の大衆小説だ。いわゆるライトノベルだな」

「ライトノベル？　へえ、ちょっと意外だな。てっきり学術書とか読んでるものかと」

「何を言っているんだ。学術書では暇潰しにならないだろう？」

「？　そういうもんか？」

「ああ。情報が羅列されているだけの文章データなど一目見れば終わりなのだから、ものの数分で読み終わってしまう。けれどその点、小説は違う。物語とは単に情報を読み取るためのものではなく、想像を膨らませて楽しむものだからな」

「……なるほど」

想像以上に真っ当な――同時に化け物じみた答えが返ってきて、俺はばふっと仰向《あおむ》けに寝転がりながら適当な相槌《あいづち》を打つことにした。分厚い本がすぐに読み終わると言われても全く共感できないし、そもそも学術書は暇潰しで読むようなものじゃない。

そんなことを考えながら軽く目を閉じていると、今度は榎本《えのもと》の方から話し掛けてきた。

「篠原《しのはら》。まさかとは思うが、そのまま寝るつもりか？　まだ風呂に入っていないだろう」

「ああ、分かってるよ。ちょっと休んだら行くつもりだ」

「そうか？　ならいいが……」

言って、それきり端末へ視線を戻す榎本。……ぶっきらぼうな性格だし、加えて《アストラル》では【司令官《コマンダー》】争いで対立しているからどうしてもこんなやり取りになってしまうが、別にこいつは悪いやつじゃない。むしろ、どちらかと言えば良《い》いやつの部類だ。

（まあ……たとえそうだとしても、今回は容赦なく騙されてもらうけどな）

瞼《まぶた》の裏を見つめながらぼんやりとそんなことを思う俺。

そうしている間にだんだんと眠気が訪れ……俺は、いつしか意識を手放していた。


「……ヤバい、今何時だ」

次に目が覚めたのは深夜だった。

時刻で言うなら午前一時を回ったところだ。榎本と話していたのが確か十時頃だったから、実に三時間ほど寝落ちしていたことになる。いつの間にか部屋の電気は落とされ、榎本はぐっすりと眠り、俺の身体《からだ》には申し訳程度に布団が掛けられていた。

「いや、良いやつかよ榎本」

ポツリと零《こぼ》しながらベッドを降りて立ち上がり、んーっと小さく伸びをする。

寝落ちとはいえ三時間しっかり寝たおかげか、ひとまず眠気らしい眠気はなくなっていた。そして同時に、まだ風呂に入っていなかったことを思い出す。最低限シャワーくらいは浴びておきたいところだが……あまりうるさくして榎本を起こしてしまうのも悪いか。

「まあ、シャワーなら明日の朝にでも——って、いや」

そこでふとあることを思い出し、俺はそっと右手を口元へ遣《や》った。……そういえば、このホテルには大浴場があったはずだ。それも二十四時間いつでも開放されており、朝風呂から深夜風呂まで何でもござれの神仕様なのだとフロントで熱弁された記憶がある。

そんなわけで、俺は各部屋備え付けのユニットバスではなく、一階の大浴場へ向かうことにした。タオルは更衣室にあるとのことだったので、持ち物は着替えと端末だけだ。さすがに時間が時間だからか、一階に辿《たど》り着くまで誰かとすれ違ったりはしなかった。

が──階段を降り切って大浴場の方へと舵《かじ》を切ろうとした、ちょうどその時だ。

「……？」

ふと目の前を誰かが横切ったような気がして、俺は小さく目を眇《すが》めた。フロアが一部消灯されているため薄暗くて分かりづらいが、今確かに誰かが………いた。

「ん、っしょ……えいっ！　あ、あれ？　届かない……んー、んー！」

「………」

先ほど俺たちが食事を取っていたレストラン。その脇に設置されたレジカウンターのさらに奥──いわゆるスタッフオンリーのスペースに入り込み、その少女は何やら一生懸命な声を発していた。どうやら手に持ったトレイを台の上に戻そうとしているらしい。

ただ……残念ながら、台の位置がそれなりに高いのと彼女の身長がそれなりに低いのとでなかなか思うようにこなせていないようだ。彼女が背伸びをする度に手に持ったトレイがぐらぐらと傾き、上に乗せられた皿が今にもぶちまけられそうになっている。

「こ、こうなったら、秘められし異能《チカラ》を解放して……！」

そして少女は、ついに覚悟を固めたようだ。まるで親の仇《かたき》でも見るかのように目の前の台を睨《にら》み付け、ぐっ、と華奢《きゃしゃ》な足を曲げたかと思えば勢いのままに大ジャンプを――

「待て」

「ふにゃっ!?」

――する直前、俺は彼女の手からトレイを掠《かす》め取っていた。心底びっくりしたような真ん丸の目に見つめられつつ、そいつを台へと戻してやる。

「っと。……ったく、さすがにジャンプは危ないだろ。大惨事になるところだったぞ」

「…………」

「……？　ああ、もしかして自分でやりたかったのか？　そりゃ悪かったな。俺のせいってことにしていいから今日のところは帰って寝てろ」

じっとこちらを見つめたまま何も言わない少女に手を振って、俺はさっさとその場を立ち去ろうとする。が、その直前、他でもない彼女によってぐいっと服を掴《つか》まれた。

「あ、あの……」

「……ん？　何か用か？」

「え、ぇと、その…………お礼、まだ言ってなかったから」

わずかに視線を逸《そ》らしながらそんな言葉を口にする少女。半ば強制的に向き合わされるような形になり、そこで俺は、初めてまともに彼女の顔を見た。

外見で言えば中学生くらい……だろうか。身長だけなら小学生と言われても信じられそうなほどで、全体的にかなり幼く見える。髪は黒のボブカットで、大きな瞳も透き通るような純黒。ただし、前髪が長いため右目はほとんど覆い隠されてしまっている。また、その服装はゴスロリ風味のドレスコーデだ。ゴテゴテとしているわけではなく比較的シンプルなものだが、だからこそ格好良さと可愛《かわい》らしさが絶妙に溶け合っているような……言葉を選ばず表現するなら、何とも〝中二的な〟センスを感じる。

そんな彼女はぺこりと小さく頭を下げると、左目でちら、と俺を見上げてこう言った。

「ありがとう……ござい、ます？」

「……何で疑問形なんだよ？　わざわざ引き留めておいて」

「だ、だって、この後何されるか分かんないし……迂闊《うかつ》に心開いちゃダメかな、って」

「いや警戒心凄《すご》いなお前」

反射的に突っ込みを入れてしまう俺。……何というか、先ほど彼女が一人でいた時のテンションとは凄《すさ》まじい違いだ。視線もたまにしか合わないし、合ったところですぐ逸《そ》らされる。警戒云々《うんぬん》というのもそうだが、もしかしたら単純に人見知りなのかもしれない。

ならば、と思って話題を変える。

「そういえば……お前、どうしてここにいるんだ？」

「どうして、って？　えと……それ、もしかして存在意義《レゾンデートル》的なこと？」

「残念ながらそうじゃない。……このホテルさ、今は五月期交流戦ってイベントの参加者で貸し切りになってるはずなんだ。んで、お前は見たところ中学生だろ？　なら少なくともプレイヤーってことはない。一体どういう経緯でここにいるんだと思ってな」

「あ、そっち……」

俺の問いに対し、微《かす》かにがっかりしたような雰囲気でしゅんと項垂《うなだ》れる少女。それでも彼女は、ボブカットを揺らしてこくりと一つ頷《うなず》いてくれる。

「えと、その……わたし、一応関係者なの。お姉ちゃんが《ライブラ》の人で、それで《ＭＴＣＧ》に出てくれないかってお願いされて……」

「……《ＭＴＣＧ》に？　ああ、あっちは完全に《ライブラ》が運営してるのか？」

「ん。わたしも、よく分からないけど……？」

曖昧な表情で頷く少女。あまり演技が出来るようなタイプには見えないし、おそらく詳しいことは本当に何も聞かされていないのだろう。

（そういえば、六人目のことなんてすっかり忘れてたな……）

腕を組みつつ思考に耽《ふけ》る。……《ＭＴＣＧ》の最上位報酬であるワイルドカード。そいつを手に入れると誰でも《アストラル》に参加することが出来るようになる。英明《えいめい》の場合は、榎本《えのもと》が目を付けているという水上《みなかみ》某が最有力候補らしいが……正直、期待するには不確定な要素が多すぎる。とりあえずはないものと思っておいた方が良いだろう。

「……？」

と、そこで目の前の少女の純粋無垢《むく》な視線に気付き、俺はぱたりと思考を止めた。そういえばまだ会話の途中だ。疑問も解けたことだし、そろそろ開放してやらないと。

「あー……それじゃ、色々と訊《き》いちまって悪かったな。部屋までちゃんと戻れるか？」

「ん。それは、戻れる……けど」

「けど？」

聞き返しながらもう一度視線を少女に向けてみる——と、彼女は何か言いたげな顔でじぃっと俺を見つめていた。同時にボブカットがさらりと揺れ、これまで前髪に隠されていた真紅の瞳が俺の目に……って、真紅？

「お前、それ……」

「もちろんカラコ——じゃなくて、選ばれし者だから。普通の人と違うから、だから目の色もかっこいいの。ほら見て、ちゃんとオッドアイになってるんだよ？ ……すごい？」

「……まあ、そうだな。凄《すご》いか凄くないかで言ったら凄いかもしれない」

「や、やっぱり!? うん、おにーちゃんなら分かってくれると思ってた！ あのねあのね、わたしの右目は《魔眼》だから過去も未来も千里先も見えるし、おにーちゃんが只者《ただもの》じゃない、ってこともばっちりお見通しなの！」

「へえ……そりゃ欲張りな魔眼だな。で？ その最強存在が俺に何の用だ？」

「うん！　あのね、お兄ちゃん――」

そこで一旦言葉を切ると、すーっと大きく息を吸い込んで……一言。

「――今からわたしと付き合って!!」

「…………は？」

謎の中学生、改め中二病的な諸設定を持つその少女は、純度100％を超える真っ直《ます》ぐな瞳（ただしオッドアイ）を俺に向けながら全力の声音でそう言った。

＃

少女の名前は、椎名紬《しいなつむぎ》というらしい。

別に俺の方から尋ねたわけではないのだが、彼女がどうしても喋《しゃべ》りたいという顔をしていたから仕方なく話を聞いてやることにした……というのが実際の経緯だ。会話の主導権を握られているようで若干癪《しゃく》だが、まあ名前くらい知っておいても損はないだろう。

ちなみに、自己紹介の内容はざっくりとこんな感じだった。

『ふっふっふ……わたしは椎名紬だよ。なんと、〝あの〟椎名紬だよ！』

『……どの？』

『え、知らないの⁉　うーん、この《眼《め》》で何度も世界を救ってきてるのに、まだ教科書にも載ってないのかなぁ……というか、そういうお兄ちゃんこそ何者？』

『ん？　ああ、俺は篠原《しのはら》緋呂斗《ひろと》って言って――』

『！　そ、それって〝あの〟⁉』

『……だから、さっきから指示語だけで会話を進めんな』

中二病と自尊心とを存分に拗《こじ》らせているらしい少女。……が、まあとにもかくにも名前は椎名《しいな》だ。《ライブラ》メンバー（残念ながら俺とは面識がないやつだった）の妹で、現在は中学三年生。見た目だけならもっと幼く見えるが、学年としては俺の二つ下ということになる。おそらく、性格的にはかなり人見知りをするタイプなのだろう。最初は俺の目もまともに見てくれなかったが、話しているうちにだんだんと緊張も解けてきた。

そして、それからおよそ一時間後、今現在の椎名はと言えば――

「あははは！　凄《すご》い！　お兄ちゃん強い！　超強い！　でもわたしも負けないから！　必殺ハイパーリトルブラストぉおおおお！　……あ、コマンド間違えた。ぷっ……あははははははは！」

――上がり切ったテンションでめちゃくちゃ楽しそうにはしゃぎまくっていた。

草木も眠る丑三《うしみ》つ時《どき》、俺と椎名が訪れていたのはホテル二階の遊戯室だ。いわゆる一つのゲームセンターみたいな場所で、クレーンゲームやメダルゲーム、格ゲーに音ゲーにシューティング……と、定番のゲームは一通り揃《そろ》えられている。それも、他のホテル内施設と同様、《アストラル》の参加者であれば全て無料でプレイ出来るんだそうだ。

だからつまり、彼女の〝付き合って〟という発言はこの場所を指していたことになる。

（まあ、どうせこんなことだろうとは思ったけど……）

内心で安堵《あんど》とも落胆ともつかない中途半端な呟《つぶや》きを零《こぼ》す俺。

何だかんだで既に一時間近くは連れ回されているわけだが……まあ、これだけ懐かれてこれだけ楽しんでくれるなら、さすがに悪い気はしない。

「ねえねえお兄ちゃん、次はあれ！　わたしあれがやりたい！」

そんな椎名は、相変わらずぐいぐいと遠慮なく俺の手を引きながら、もう片方の手でとあるゲームの筐体《きょうたい》を指差している。ガラスの中に積まれた沢山のぬいぐるみと、その頭上にぶら下げられた二本のアーム……すなわち、クレーンゲームというやつだ。

「……へえ？　さっきまで対戦系ばっかりだったのに、急に可愛《かわい》げが出てきたな」

「うん！　だってわたし、クレーンゲーム大すー——じゃなくて、こんなの子供騙《こどもだま》しとは思うけど、たまには息抜きも必要だから！　それに、それにこの子、偉大なわたしの使い魔に相応《ふさわ》しいと思わない!?　ね、ね、すっごくかっこいい……！」

ガラスに張り付くようにしてふわぁああと目をキラキラさせている椎名。そんな彼女の視線の先にあるのは、犬でも猫でもパンタでもなく三つ頭のケルベロスだ。地獄の番犬を使い魔にしたがるとは、この女子中学生《JC》なかなか将来有望なのかもしれない。

ともかく、椎名《しいな》は筐体《きょうたい》に端末をかざすと、さっそく慎重な手付きでプレイを開始する。

「ふっふーん……さあロイド、こっちを向いてわたしの《眼《め》》をよーく見なさい？　アナタが誰のものなのかはっきり教えてあげるから！」

「もう名前があるのか、そいつ」

「もっちろん！　だって、わたしたちがここで出会うのは《叡智《えいち》の書》で定められた運命だもん。多分古事記《こじき》とか古今和歌集《こきんわかしゅう》にもそう書いてあると思う！」

「和歌も作れるのかよ。万能だなロイド」

「でしょ？　……あ、何で落ちるの！　ねえお兄ちゃん、このアームがわたしの運命を捻《ね》じ曲げようとしてくるんだけどっ！」

「無駄に壮大な話になってきたな……ったく」

まあ見てろよ、と軽い口調で呟《つぶや》きつつ、椎名からバトンタッチを受けた俺は真《ま》っ直《す》ぐロイドと向かい合った。実のところ、クレーンゲームは昔からかなり得意な方だ。さすがに百発百中というわけにはいかないが、大抵のものは三回以内でゲットできる。

そして……今回もその例に漏れず、ちょうど三回目でケルベロスががたりと落下した。

「わ〜〜〜〜〜〜〜！　凄《すご》い凄い、お兄ちゃん凄い！　さすがこのわたしに目を付けられただけのことはあるよ！　うん、えらい！」

「そりゃどうも。ほれ、お望みのロイドだ」

「やったぁ！　お兄ちゃんありがとっ！」

子供みたいに――事実子供なのだが――純粋な笑顔で俺が渡したぬいぐるみにぎゅっと抱き着く椎名。中二病発言の目立つ彼女だが、こうしていると本当にただの中学生だ。妹っぽいというか何というか、無性に甘やかしてやりたくなる。

と……俺がそんなことを思った瞬間、使い魔を愛《め》でていた椎名が「くぁあ……」と可愛《かわい》らしい欠伸《あくび》を零《こぼ》した。ついさっきまではしゃいでいたはずなのだが、そろそろ疲れが回ってきたのだろう。ぬいぐるみを抱いていない方の手でくしくしと目を擦《こす》っている。

「ふわぁ……ねむ……」

「……いいのか？　地獄の門番ならこれくらいの時間は朝みたいなもんだろ」

「わたしは飼い主だもん……門番はこの子。それに、わたしの右目はどこにいても千里を見通せるから、夢の中でもだいじょーぶ……あれ？　右目じゃなくて左目だっけ？」

ぽわぽわとした口調でそんな言葉を紡ぐ椎名。けれど、その声は次第に小さくなっていき、やがて彼女は立ったままぽすんと俺にもたれかかって眠ってしまった。

「器用なやつ……」

華奢《きやしゃ》な身体《からだ》を支えながらポツリと呟く。……あれだけ騒いでいれば眠くなるのは当然だが、よくこんな体勢で寝られるものだ。それに、最初は目を合わせるのさえ躊躇《ためら》っていたくせに、今や完全に気を許した熟睡モードである。

「ちゃんと寝かしてやらなきゃだけど……部屋に連れて行くわけにもいかないしなあ」

椎名《しいな》がどの部屋に泊まっているのかなんて知らないし、だからと言って俺と榎本《えのもと》の部屋に連れ込むわけにもいかない。倫理的にもホテルのセキュリティ的にもアウト判定だ。

だから――俺は、少し考えた末に、彼女を負《お》ぶってとある場所へと向かうことにした。

「ね、ね、寝ちゃってる……!!?」

――四季島《しきしま》グランドホテル、一階フロント。

スタッフオンリーの札が掛けられた扉をコンコンと叩《たた》いてみると、少し遅れて出てきた制服姿の女性がカッと目を見開いてそんな叫び声を上げた。

「き、君、その子どうしたの!? もしかしてどこかで倒れてた……!?」

「え……？ や、別にそんな緊急事態には行き会ってないですよ。ちょっと前にそこのレストランで遭遇して、そのままゲーセンに付き合わされてただけです。ただこいつ、見ての通り途中で寝ちゃいまして……えっと、後のことは頼んでいいですか？」

「へ？ あ、うん、それは大丈夫だけど……ねえ君、ちょっと訊《き》いても良《い》い？」

驚いたように俺と椎名とを見比べながらポカンと口を開けている女性。彼女はそろそろと持ち上げた手で俺に背負われた椎名を指差すと、確認するような口調で続ける。

「君に、懐いたってこと……？　その子が？」

「そんなに疑われるとは思わなかったですけど……まあ、多分？」

「衝・撃・的……！」

　俺の答えを聞いて、さっきからリアクションの激しい彼女は何とも大袈裟《おおげさ》に天を仰ぐ。

　さすがに気になったので詳しく話を聞いてみれば……椎名紬《つむぎ》は、いわゆる〝引き籠《こ》もり体質〟というやつらしい。中二病と人見知りを同時に拗《こじ》らせているため人間関係の構築にかなりの難があり、基本的には誰にも心を開かない。このホテルには一昨日から泊まっているが、どのスタッフにも懐いていないため食事を受け取りにすら来てくれない、と。

「だ、だからっ……だから、もし君さえ良ければ、なんだけど！」

　そこまで言って一旦言葉を止めると、女性は懇願するような仕草で両手を合わせた。

「明日から、その子にご飯を持って行ってあげてくれないかな？　お夜食の時間……大体夜の十二時くらいに。……っていうか、今日だってちゃんと用意してたのに、椎名ちゃんてば冷めきったタイミングで取りに来るんだもん」

「あー……その、事情は分かりましたけど……」

「や、やだよね!?　面倒臭いよね!?　うぅ、それは分かるんだけど、そこを何とか……そ、そうだ！　もし引き受けてくれるなら、女子フロア——三階と四階の入場制限をこっそり解除してあげるけど、それでどう!?」

「……え?」

女性スタッフが出してきたその交換条件に、俺は思わずピクリと眉を上げた。

女子フロアへの入場制限解除——確かに、確かにそれは、椎名《しいな》へ食事を持っていくというミッションを果たすためには間違いなく必要な前提だ。入る度にアラートを鳴らされていたんじゃ話にならない。……が、

「えっと……それは、本当ですか? というか、そんなことが出来るんですか?」

「もっちろん! 私も一応ここのスタッフだから、システム上の問題はクリアだよ。君の端末だけセンサーに感知されないようにしてあげる。で、倫理上の問題に関しては……そうだなあ、もし君を特別扱いしたせいで万が一〝何か〟があった場合には——」

「場合には?」

「………私の死を以《も》って償うということで」

「絶対やめてください」

ハイライトの消えた瞳で呟《つぶや》く彼女にストレートな物言いで返す俺。……と、まあそんな冗談交じりの戯言《たわごと》はともかく。

「——分かりました、それじゃあ明日からは俺が椎名の面倒を見ます」

下心など欠片《かけら》もない純粋な打算の下に、俺は彼女の依頼を引き受けることにする。

そう――だって、女子フロアに入れるということは、すなわち姫路《ひめじ》や彩園寺《さいおんじ》とも接触を図れるようになるということだ。特に彩園寺とは《決闘《ゲーム》》内でほとんど情報交換が出来ない分、現実《リアル》でそういった機会を持てるのはとんでもなくありがたい。人見知り少女を手懐《てなず》けた結果、予想だにしなかったオマケが付いてきたような感覚だ。

さっそく部屋に戻って有効的な活用方法でも練り始めたいところだが――その前に、

（……いや、さすがに俺もそろそろ眠い……）

くぁ、と小さく欠伸《あくび》を一つ。

既に数時間後に迫っている二日目を戦い抜くためにも、少しは眠る必要がありそうだ。

【五月期交流戦《アストラル》――一日目終了】
【エリア所持数最大チーム：三番区桜花《おうか》学園（221マス）】
【支持率最大チーム：四番区英明《えいめい》学園（7・2％）】
【《ライブラ》記者コメント：ついに始まった五月期交流戦、一日目は緩やかな立ち上がりだったにゃ！　まさに嵐の前の静けさにゃ！　どのチームも着々と準備が進んでて、このまま行けば明日にはたっくさんの交戦が見られると思うから――みんな、期待して待ってるにゃ！！！】

LNN -Librarian Net News- 号外

五月期交流戦〈アストラル〉注目プレイヤー特集！

今回の大規模決闘〈アストラル〉は、カンタンに言えば、各学区の選抜チームによる陣取りゲームにゃ！以上にゃ！
細かいことは全部ルールに書いてあるから、ここでは注目プレイヤーを紹介していくにゃ！

篠原緋呂斗　四番区・英明学園・二年　七ツ星
転校初日に史上最速の七ツ星となった最注目株。ただしチームワークについては未知数。

彩園寺更紗　三番区・桜花学園・二年　六ツ星
篠原にまさかの敗北を喫した〈女帝〉だが、その圧倒的実力は健在。《影武者》との因縁も話題に。

霧谷凍夜　七番区・森羅高等学校・三年　六ツ星
勝利至上主義の〈絶対君主〉は虎視眈々とトップを狙う。どこで動くのか要注目。

枢木千梨　十六番区・栗花落女子・二年　五ツ星
「会ったら逃げろ」でお馴染みの〈鬼神の巫女〉。今回も必殺の一撃が火を吹くか。

久我崎晴嵐　八番区・音羽学園・三年　五ツ星
不屈のカリスマ〈不死鳥〉が本気に。その統率力を活かした布陣で篠原緋呂斗への逆襲を誓う。

《影武者》　十二番区・聖城学園　？？？
突如現れた“本物の彩園寺更紗”。挑発的で狡猾で、あらゆる意味で不気味な存在。

第三章　波乱と混乱

liar liar

#

『――近い、ね』

五月期交流戦《アストラル》、二日目前半。

昨日と同じくまずは拠点を増やしていくべく進軍していた俺の耳に、ふとそんな囁《ささや》き声が聞こえてきた。

相手はもちろん加賀谷《かがや》さんだ。……しかし、内容が端的すぎて何のことを言っているのかよく分からず、イヤホンを叩《たた》いて『何が？』と先を促すことにする。

『うむ。えっと……あのね、今ヒロきゅんたちが進んでる方向に別のチームのメンバーがいるんだよ。色的に十五番区、かな？　多分、このまま行くと十分もしないうちに視界に入ると思うよん』

少しだけ慎重な声音でそんなことを言う加賀谷さん。……なるほど、他チームとの初接触か。こちらが東に、向こうが西にエリアを広げているのなら、確かにいずれ衝突が発生するのは避けられない。というか、狙うべき〝拠点〟の位置がどのチームも共通であることを考えれば、進みたい方向が被《かぶ》るのはある意味当然の話だろう。

こほん、と一つ咳払《せきばら》いを挟んでから、イヤホンの向こうの加賀谷《かがや》さんは続ける。

『向こうの勢力としては——まず、人数はフルメンバーの五人。チームのスペル所持数は73枚で、エリアは85マスかな。英明《えいめい》のスペル所持数が60枚だから、戦力的には向こうの方がちょい上って感じ』

「…………」

加賀谷さんからの情報を吟味しながら静かに思考に耽《ふけ》る俺。人数は同じで、その他のリソースはやや負けている。けれど、英明《こちら》には6ツ星ランカーが三人もいるわけだから、純粋な〝交戦能力〟という意味ではどうにか互角くらいには収まるだろう。

（だったら、戦えないことはない——確かにチームワークには不安があるけど、勝てば一気にエリアを広げられるし、榎本《えのもと》との【司令官《コマンダー》】争いも進展させられる）

こうやって一つ一つの要素を並べてみれば、むしろ交戦を避けるメリットの方が少ないくらいだった。そもそも俺たちが東を目指していたのは拠点の収集効率が良いからで、もしルートを変えるとなれば必然的にその効率が落ちることになる。

というわけで、

「——みんな、ちょっと聞いてくれ」

俺は、あたかも自分で入手してきたかのように振る舞いながら、今聞いたばかりの情報をチームメイトと共有することにした。他チームのメンバーが迫っていることを告げた瞬間――加賀谷さんからの通信を聞いていた姫路《ひめじ》はともかく――榎本と浅宮《あさみや》の表情がほんの少しだけ固くなる。そして、残る秋月《あきづき》はと言えば、これでやっと戦えるとばかりにあざとい笑みを浮かべ始めた。

「えへへ……♡　ねえねえ緋呂斗《ひろと》くん、この乃愛《のあ》ちゃんが率いる最強無敵の英明学園に恐れ多くも喧嘩《けんか》を売りに来た身の程知らずって、一体どこのチームなの？」

「十五番区の茨《いばら》学園だな。去年のランキングは十四位。まあ、向こうはまだ俺たちに気付いてないはずだし、気付いたところで絶対交戦になるって決まったわけじゃないけど」

「え～？　でもでも、進路がぶつかっちゃったら交戦以外ありえないよね？」

「いや、そうでもないぞ？　条件付きの休戦協定を結べるコマンドもあるみたいだし、利害さえ一致するなら利用に共闘、見逃しなんかも充分アリだ。特に、序盤はどうしても使えるスペルが少なくなるからな。どっちも相手を仕留めきれなくて、消耗するだけ消耗して終わり……ってパターンも考えられる」

「あー、確かにそれはサイアクかも。んじゃ、シノ的にはどうにか戦わないでやり過ごしたいってカンジ？」

「ん……」

　浅宮の問いに即答はせず、ちらりと榎本の様子を窺《うかが》ってみる。が、しかし彼は相変わらず見定めるように俺を観察しているだけで、特に何かを言ってくるようなことはない。

だから、というわけでもないが。

「……いや、正直な話をすれば、俺も戦った方が良いと思ってるよ。まだ《決闘《ゲーム》》は序盤だけど、他チームとの交戦はこれからどんどん激しくなる。んで、交戦で勝ったチームは負けたチームのエリアを根こそぎ奪えるわけだから、要するに倍々ゲームの要領で一気にインフレ化が進んでいくってことだ。それについていけなくなったらどの道負ける」

「えへへ、さっすが緋呂斗《ひろと》くん♪　乃愛《のあ》たちの邪魔したらどうなっちゃうのか、十五番区の人にも優しく教えてあげないとね……♡」

「ああ。……ただ、最初はとりあえず様子見だな。茨《いばら》学園がどういう方針で《決闘《ゲーム》》を進めてるのかもまだよく分からないし、交戦に入るのは向こうの出方を窺《うかが》ってからでも遅くない。もちろん、それまでに迎撃の準備はばっちり整える必要があるけどな」

「なるほど。つまり、表面上は〝共闘するのもやぶさかではない〟と言えるような状況を作っておいて、いざ交戦となった場合には一転攻勢を仕掛けるわけですね」

「そういうことだ」

口角を上げて頷《うなず》く俺。まあ、平たく言えば〝相手に委ねる方式〟というやつだ。もし交渉を持ち掛けてくるなら内容によっては応じてやってもいいが、交戦となれば全力で叩きのめす。そのためにも、入念な事前準備は必要不可欠と言っていい。

改めてチームメンバーに視線を向け直しながら、俺は静かに言葉を継いだ。

「このタイミングで出来ることはいくつかあるけど、その中でも絶対にやっておきたいのは二つ。〝《罠《わな》》の設置〟と、それから〝各種スペルの配分〟だ」

「はい、その通りですご主人様」

　俺の言葉に傍《かたわ》らの姫路《ひめじ》がこくりと首を縦に振る。

「昨日の試し撃ちでも判明しましたが、《罠》スペルを使用した際の硬直時間《クールタイム》は〝消費枚数一枚につき行動値の五倍〟となっています。一番効力の弱い《罠》でもそれなりの硬直が発生してしまいますので、交戦中に仕掛けるのは少し無理があるでしょう」

「ああ。即効性のある《剣閃《けんせん》》やら《銃火》やらと違って、時間差で起動させるために前もってフィールド上に仕掛けておく、っていうのが《罠》スペルの基本的な使い方だからな。ピンポイントで配置してもいいし、適当にばら撒《ま》いておくだけでも全然違う」

「そうですね。《アストラル》ではフレンドリファイア――いわゆる〝味方にも戦闘ダメージを与えられるシステム〟が採用されていますが、《罠》に関しては他チームのプレイヤーが踏まない限り起動しないと明言されていますので、どんどん仕掛けてしまって良いでしょう。……ですので、どちらかと言えば重要なのはスペル配分の方です」

　白銀の髪をさらりと揺らすようにしてそんなことを言ってくる姫路。それに対して「ああ」と一つ頷くと、俺は静かに腕を組んでみせた。

「さっきも少しだけ触れたけど……序盤のうちは、特にリソース不足ってのが一番の敵になりかねないんだよな。どうしても手札が足りなくなる。例えば今の英明《えいめい》のスペル所持数は60枚だけど、そのうち《剣閃《けんせん》》は八枚で《魔砲》と《銃火》は七枚だ。プレイヤー五人を倒し切るにはちょっと心許《こころもと》ない戦力だろ」

「確かに。《アストラル》のルールによれば、通常攻撃スペルのダメージはどれもLP1つ分です。プレイヤーのLPは5が初期値となっていますので、このままでは純粋にダメージが足りません。つまり、相性や弱点まで考慮する必要がある……ということかと」

澄んだ碧《あお》の瞳で俺を見ながら上手《うま》い具合に補足を入れてくる姫路《ひめじ》。

そう、彼女の言う通りだ。この《決闘《ゲーム》》では【剣闘士《ソルジャー》】【魔術師《メイジ》】【斥候《スパイ》】という三つの役職が、それぞれ《剣閃》《魔砲》《銃火》に対応した三つ巴の関係を形成している。例えば【剣闘士】は《剣閃》が得意（与ダメージ二倍）で、反対に《銃火》が弱点（被ダメージ二倍）という感じにだ。それらの補正を活用すれば、確かにスペルの消費量は相当抑えられることだろう。

ああ、もちろんそれは正しい。正しい、が――

「……いや、それだけじゃ駄目だ」

静かに首を振りながら、俺はそんな否定を返すことにした。そうして、主に浅宮《あさみや》から向けられる訝《いぶか》しげな視線を見つめ返しつつ、幾分か真面目《まじめ》な声音で続ける。

「役職とスペルの相性云々《うんぬん》ってのも確かに大事だけど、これに関してはもっと重要なことがある。いいか？　【司令官《コマンダー》】だ——まずは【司令官】を倒さなきゃ話にならない」

——そう、そうだ。そういうことだ。

考えてみれば当然の話だろう。何しろこの《決闘《ゲーム》》では、【司令官】が生存しているだけでチームメンバー全員に強化効果《バフ》が発生する。行動値にマイナス１の修正、及びＬＰ最大値プラス１。つまり、硬直時間《クールタイム》が短くなるだけでなく、体力まで強化されることになるんだ。であれば当然、【司令官】が残っているか否かで敵一人を倒すためのスペル枚数が変わる可能性は充分にある。すなわち、一番に倒すべきはどう考えても【司令官】だ。

「……だが、篠原《しのはら》」

と、そこで、しばらく黙っていた榎本《えのもと》が静かに顔を持ち上げた。

「相手チームのメンバーのうち誰がどの役職か、というのは分かっていないのだろう？」

「そうだな。一応アビリティも使って調べてみたけど、その辺はどうも非公開領域ってやつらしい。だから、実際に相手を見て探るしかないな」

「ふむ……なるほど。では、【司令官】としての腕の見せ所、というわけか」

微《かす》かに煽《あお》るような口調で呟《つぶや》く榎本に対し、俺はニヤリと笑うことで同意を返す。……確かに、お互いの戦力が拮抗《きっこう》しており、かつどちらも満足に武器がない状況だからこそ、物を言うのは両リーダーの采配だろう。榎本に俺を〝認めさせる〟ためにも、こんなところでミスして大恥を晒《さら》すわけにはいかない。

（ってわけで……今のうちに、一つ確認しておかないとな。例のアビリティを上手《うま》く使うためにも、近くにアレがあったら困るし）

点々と配置されている柱にちらりと視線を遣《や》りながら、内心で密《ひそ》かに呟《つぶや》く俺。

そんなこんなで、俺たちは初交戦を迎え撃つための〝準備〟を開始することにした。

＃

「やあ、英明《えいめい》学園のみんな。初めまして、だね」

それから、およそ十分後――。

加賀谷《かがや》さんの予告通り、俺たちは他学区の連中との初対面を迎えていた。

とはいえ、何も一列になって待ち構えていたというわけじゃない。俺と姫路《ひめじ》が二人して最前線のマスに立ち、その右後ろと左後ろにはそれぞれ秋月《あきづき》と浅宮《あさみや》が、そしてさらにその後ろのマスには榎本《えのもと》が控えているような布陣。いわゆるダイヤモンド型の陣形だ。

対する敵陣――十五番区の方は、俺たちとは少し構図が違う。先頭に出てきているのは爽やかな印象の男子生徒一人だけで、その後ろのマスに二人ずつ、どちらも男女のペアが並んでいる。ちなみに、俺たちの足元が鮮やかな翠色《みどり》に染まっているのに対し、眼前に広がっているのは深い濃紺色のエリアだ。すなわち、ここが二チームの境界線。拠点の配置の関係か、両者の間を分断する歪《いびつ》な形の一帯だけが中立地帯となっている。

　俺の正面に立つ男は挨拶に続いて友好的な笑みを浮かべると、小さく会釈してみせた。

「ぼくたちは学園島《アカデミー》十五番区、茨《いばら》学園だ。メンバー紹介までするつもりはないけど、一応ぼくがリーダーの結川奏《ゆいかわかなで》。まさか最初に出会うチームが君の――篠原緋呂斗《しのはらひろと》くんのいる学園だとは思わなかったけど、でも、これはひょっとして運が良かったのかな？」

「へえ？　そいつはどうしてだ？」

「うん、そのことなんだけど」

　俺の言葉にテンポよく相槌《あいづち》を打ちながら、彼――結川は、ちょっと肩を竦《すく》めるような仕草と共にゆっくりと両手を掲げてみせた。いわゆるお手上げ、無抵抗のポーズ。

「実はね？　ぼくたちは、何も交戦を仕掛けに来たわけじゃないんだ。君たちと――エリアが隣り合っている君たちと、ぜひ良好な関係を築きたいなと思って」

「良好な関係、ね。……面倒だからさっさと本題に入ってくれ」

「了承した。そういうことなら、ぼくたちが求めているのは〝交渉〟……いや、もっと直接的に言うなら〝休戦協定〟かな。実のところ、ぼくたちは最初から優勝を狙っているわけじゃなくて、どうにか五位以内に滑り込めればそれで充分だと思っていてね？　出来ることならどこのチームとも事を構えたくないんだよ。何せ茨は去年の学校ランキングで序列十四位の弱小だ。高望みできる立場じゃない」

　どことなくアンニュイな口調で結川は彼らの事情をさらりと語る。そうして、改めて両手を広げると、爽やかな笑顔でこんな交渉を持ち掛けてきた。

「君たちももう知ってるとは思うけど、この《決闘《ゲーム》》には《臨時協定》ってコマンドがある。これは、簡単に言うと〝他チームと契約を結ぶ〟コマンドでね？　内容は何でもいいんだけど、例えば【英明《えいめい》学園と茨《いばら》学園はお互いのエリアに侵入しない】とか、まあそんな感じの協定を結べるんだ。破った場合のペナルティも最初に決めておけるから、口約束じゃなくちゃんと〝守らなきゃいけない〟モノになる。……どうかな？　こういう乱戦で背中を気にしなくて良くなるっていうのは、そこそこ大きいと思うけど」

「……なるほど、な」

結川《ゆいかわ》の出してきた条件を頭の中で転がしながら、そっと思考を巡らせる俺。

悪くはない、と思った。彼の言う通り、《アストラル》は一種のバトルロイヤルだ。右も左も敵しかいないんだから、いつでも全方位を警戒していなきゃいけない。それを踏まえれば、一方向だけでも常に安全を確保できるというのは非常に価値のあることだ。

（だから、問題は今の話が本気なのかどうかってところなんだけど――）

本気なのかどうか――もっと言えば、こいつが何を企んでいるのか、だ。《臨時協定》のコマンドを使えば確かに一時的な休戦や共闘なんかも可能になるが、それはもちろんお互いの利害が一致している場合に限られる。エリアが隣り合っているから協力したい？　本当に？　いくら優勝を目指していないからとはいえ、近くに厄介なチームがいるならその戦力が整い切る前に倒してしまうのがセオリーじゃないのか？

「…………」

「……うーん、ダメかな？　それとも、弱小チームの提案なんて考えるにも値しない？」

右手の人差し指で頬《ほお》を掻《か》きながら自虐気味の追撃を口にする結川。

そんな彼の瞳を改めて覗《のぞ》き込みつつ、俺は小さく首を横に振る。

「そうは言ってない。……一つ訊《き》きたいんだけどさ、もし俺がお前らの交渉に乗るって答えた場合は、お互い別の方向に進行するって解釈でいいのか？」

「うん、そんな感じ。ぼくたちはお互いのエリアを荒らさない。攻撃なんて以《もっ》ての外《ほか》だ」

「じゃあ、期限は？」

「とりあえずは明日の後半が終わるまで、かな？　そこまではお試しってことで、もし上《う》手《ま》く行きそうなら最後まで継続してもいいと思ってる。ぼくたちからしたら、英明を勝たせてワンツーフィニッシュでも全然構わないわけだからね」

（なるほど。まあ、だとしたら筋は通ってる……のか）

結川の言葉に頭の中でそんな判断を下すと、俺は〝ペナルティの内容をこちらで決めていいなら〟という条件付きで彼の要求を呑《の》むことにした。静かな足取りで目の前の中立マスへ歩み出て、端末の画面を投影展開してみせる。結川の《剣閃《けんせん》》でも届いてしまう位置取りだが、姫路《ひめじ》が隣で警戒してくれているから不意を打たれるようなことはないだろう。

そんなことを考えながら端末を操作する。……と、既に《臨時協定》とやらは発動されているらしく、先ほど結川《ゆいかわ》が言っていた通りの契約内容が画面に表示されているのが見て取れた。また、その真下には違反時のペナルティを設定する欄があり、【──上記の契約を承諾しますか？】なる文言と共に【はい／いいえ】の選択肢がチカチカと交互に点滅している。おそらく、お互いが【はい】を選ぶと契約成立、みたいな仕様なんだろう。

無難に〝エリア譲渡〟とペナルティを入れる俺の前で、結川はニコニコと笑っている。

「いやあ、それにしても、君たちが協力してくれるなんて本当に心強いよ。幸先《さいさき》が良《い》いにもほどがある。明日まで……叶《かな》うことなら最後まで、一緒に頑張っていこうじゃないか」

「ん？　ああ。別に慣れ合うつもりはないけど、せいぜい役に──」

と。

「…………え？」

俺が《臨時協定》を成立させようとしたその瞬間、ひゅっと小さな風切り音が耳朶を打った。何が起きたのか分からず一瞬眉を顰《ひそ》めるが、それとほぼ同時、結川の左後ろにいた少女が突然微《かす》かな悲鳴を上げる。反射的にそちらを向いてサイトモードを起動させてみれば、膝を突いた彼女の頭上にはいつの間にかクリスタルのような形状のＬＰ表示が浮かんでおり、そのうちの一つが粉々に砕け散っているのが見て取れた。

「えっと……？」

（な、なんっ……え、何!?　何が起きたんだよ、今……っ!?）

半ばパニックに陥るが、そんな動揺は一切表に出すことなく、俺は無言のまま後ろを振り向いてみる――と、そこには普段の三割増しで真剣な顔をした浅宮の姿があった。それも、隣の秋月《あきづき》や榎本《えのもと》とは違い、一人だけ端末を構えた臨戦態勢。……間違いなく、撃ったのは彼女だろう。茨《いばら》学園との交渉がまとまる寸前、まるでそれをぶち壊すかのように《魔砲》スペルを使用した。

だから、当然。

「ああ――――これは残念。交渉決裂、だね」

爽やかな笑顔を貼り付けたままの結川は、ノータイムで《剣閃《けんせん》》を起動しながら、いかにも愉《たの》しげな声音でそう言った。

＃

硬直時間制《クールタイム》――《アストラル》で採用されているゲームシステムは少しばかり特殊なものだ。あらゆるアクションに対し、プレイヤーの行動値に応じた〝硬直時間〟が適用される。そしてそれは、探索時よりもむしろ交戦時にこそ重要な役割を持つと言っていい。

（そもそも、迂闊に動けないんだよな……）

そう、そうだ。スペルやアビリティを一つ使うだけでも数秒の硬直時間《クールタイム》が発生してしまうわけだから、軽率に攻撃するとすぐに隙が生まれてしまうことになる。

この問題を解決するためには、チームメイトによる〝硬直時間《クールタイム》の穴埋め〟が絶対的に不可欠だ。一人が硬直時間に入っている間は、別の一人がカバーに入れば問題ない。つまり何が言いたいかというと、《アストラル》ではペア以上の戦闘が基本になる。

「……くっ……！」

現在の戦況からしてもそれは明らかだった。

俺と姫路《ひめじ》が対峙《たいじ》しているのは先ほどのリーダー格の男・結川《ゆいかわ》と、その背後からそっとこちらを覗《のぞ》いている小柄な少女。そして思いきり敵陣に突っ込んでもう一組の男女ペア＋手負いの少女に迎撃されている浅宮《あさみや》を、少し離れた位置から榎本《えのもと》がフォローしている。あまり戦闘向きでない【斥候《スパイ》】の役職を持つ秋月《あきづき》は、どちらのサポートにも回れるように《隠《おん》密《みつ》》スペルでどこかに潜んでいるようだ。

「………………」

見た目上の危険度合いで言えば、やはり濃紺色のエリアに単身で突っ込んでいる浅宮が一番マズいだろう。相手チームのエリア内ということで、おそらく行動値にプラスの修正が入ってしまっている。《電光石火》なるアビリティを採用している浅宮の行動値は全参加者の中でもトップクラスなはずだが、それでもスペルの応酬に追い付けていない。

加えて、サポート役の榎本と徹底的に呼吸が合わない、というのも大きな問題だ。

「くそっ……無闇に突っ込むな、七瀬《ななせ》！　《アストラル》は味方にも攻撃が当たる仕様なんだぞ!?　僕の攻撃で死にたいのか！」

「そんなわけないいじゃんバカ進司《しんじ》！　当たんないようにちゃんと狙えばいいでしょ!?」

「七瀬が動き回るせいでその狙いが付けられないと言っているのだろうが……！」

本来は遠距離攻撃や支援を得意とする【魔術師《メイジ》】の榎本だが、味方であるはずの浅宮に攪乱《かくらん》されてろくにスペルを使えていない。そして反対に、浅宮は榎本の制止の声なんか意にも介さず、さらに敵陣の奥深くへと切り込んでいく。

「させるかよ……ッ！」

もちろん茨《いばら》学園の方もそんなチャンスを見逃すはずはなく、スペルの硬直時間を狙った連続攻撃で一気に畳み掛けようとする――が、浅宮はあろうことか隣のマスへ転がり込むことでそれらを物理的に躱し切ると、カウンターの要領で《剣閃《けんせん》》スペルを使用した。

「せいっ！　……ね？　ほら、ウチは一人でも平気だって。進司なんかいても邪魔なだけだから、早くシノとゆきりんの方に行ってあげてよ！」

「平気なわけがあるか！　大体七瀬は――くそ、もう聞こえていないなあの馬鹿め。悪いが篠原《しのはら》、僕は七瀬の後を追う。そちらの相手は任せるぞ！」

動揺しているのか俺の方を見向きもせずにそう言い捨てて、榎本《えのもと》は浅宮《あさみや》と同じく濃紺色のエリアへと入っていった。……仲の悪さがいきなり露呈しているが、まあ、そうは言ってもあの二人は準最強の6ツ星コンビだ。役職的にも交戦能力は非常に高いし、向こうは任せてしまっていいだろう。俺たちは、とにかく目の前の敵を討つ必要がある。

「ふぅ……」

遠ざかっていく榎本の背に視線を遣《や》りながら、結川《ゆいかわ》は静かに息を吐いた。

「不意打ちとはやってくれるね……これも君の采配かな？」

「さあ、どうだろうな。お前の想像に任せるよ」

「余裕だね。さすがは学園島《アカデミー》最強だ。……だけど、君は一つのミスを犯した」

言って、微《かす》かに口元を緩める結川。彼は気取ったように髪を掻《か》き上げながら続ける。

「君も当然分かっているだろうけど、序盤の交戦というのは相手の役職を把握することが最も重要な勝ちパターンだ。相手がどの役職を持っているか分からないと貴重な攻撃スペルを無駄にしてしまいかねないからね。そして、中でも重要なのが【司令官】を見つけること——何せ、【司令官《コマンダー》】さえ倒せれば相手チーム全体のステータスを下げることが出来るんだ。ぜひ達成したいところだけど、誰が【司令官】かなんて普通は分からない」

「ああ、そうだな」

「でもこの状況は普通じゃない。……そっちのメイドさん、交渉の時も今この瞬間も、ずっと君に意識を向けてるよね。何かがあった時すぐに割って入れるよう待機してる。これって、おかしくないかな？　君は7ツ星で、アビリティは最強で、行動値だって誰よりも高いはずだ。そこまでして守らなきゃいけない理由はない」

「…………」

「あるとすれば、答えは一つ——君が【司令官】だからだよ、篠原《しのはら》緋呂斗《ひろと》くん。メイドさんの方は【守護者《ガーディアン》】かな？」

（……ご名答だよ、ったく）

得意げな顔で自らの推測を披露する彼に、俺は内心で小さく称賛の声を上げた。確かにそうだ、当たっている。こちらの役職構成は見抜かれている。

表面上は無言で黙り込む俺に対し、結川はさらに頬《ほお》を歪《ゆが》ませて続けた。

「だからミスだって言ったんだ。その情報は簡単にバラしちゃいけない。いくら君が史上最強の7ツ星だからって、ここにいるのが【司令官】と【守護者】なら殲滅《せんめつ》するのはそう難しいことじゃないからね。むしろ、向こうに【剣闘士《ソルジャー》】と【魔術師《メイジ》】が揃《そろ》っているなら早く終わらせて合流しないと」

余裕の口調でそんなことを言いながら、結川とその隣に立つ少女はゆっくりと距離を詰めてきた。それに対し、俺は俺で姫路《ひめじ》に庇《かば》ってもらいながらもジリジリと後退する。

そんな時——、

『ひ、緋呂斗《ひろと》くん、緋呂斗くんっ！』

「……秋月《あきづき》か？　どうした？」

『みゃーちゃんがちょっとピンチかも！　敵エリアの中で《罠《わな》》に嵌《は》まっちゃって、三人掛かりで囲まれて……会長が上手《うま》く逸《そ》らしてくれてるけど、だんだん押され始めてるっ！』

「っ……そうか、分かった。なら、お前もそっちの援護に回ってどうにか時間を稼いでくれ。スペルの温存なんて考えなくていい」

『う、うん……りょーかいっ！』

　普段と違ってどこか必死さを帯びた秋月の声。彼女がいればすぐに戦線が崩壊するようなことはないと信じたいが、とはいえそこは相手のエリア内だ。何をするにも少し長めの硬直時間《クールタイム》が発生してしまうわけで、もしかしたらそう長くは保《も》たない可能性もある。

「…………」

　最悪の未来が脳裏を過《よぎ》って否応《いやおう》なく焦《あせ》りを覚える――が、しかしそんな状況だからこそ思考はどんどんクリアになっていた。そっと右手を口元へ遣《や》り、静かに頭を巡らせる。

（……そもそも、浅宮がいきなり攻撃を仕掛けたのはどうしてだ？）

　そこで、まず行き当たったのはそんな疑問だった。ほとんど成立しかけていた交渉を突然ぶち壊しにかかるかのような強襲。けれど、もしあれに何かしら正当な理由があったのだとしたら――相手側に撃たれる要因があったのだとしたら、あのとき標的になった少女は遠距離攻撃スペルを得意とする【魔術師《メイジ》】か【斥候《スパイ》】である可能性が高い。《魔砲》によるダメージが1だったことを考えても、彼女は【司令官】ではないだろう。

　次に、俺と対峙《たいじ》している爽やかな男、結川奏《ゆいかわかなで》。どう見てもチームのまとめ役である彼だが、おそらくこいつも【司令官】ではないはずだ。何せ、先ほど結川自身も言っていたように、【司令官】というのは絶対に倒されちゃいけない。それを踏まえれば、交渉時に単独で前に出てくるというのはブラフにしても大胆過ぎる。

　というか、

（俺が【司令官《コマンダー》】だってバレるような行動をしたことを、結川《あいつ》はさっき〝ミス〟って言ってたけど……別に、そういうわけでもないんだよな）

　そんなことを考えながら、微《かす》かに笑みを浮かべる俺。

　いや――確かに、【司令官】を看破するというのは非常に重要な任務《ミッション》だ。それが出来るか否かでその後の戦略も大きく変わる。けれど、それはあくまでも自軍の話であって、相手側に見抜かれる分にはどうでもいいだろう。むしろ、それを利用してこちらが優位に立てるなら……【司令官】を見抜かせることで相手の動きを読みやすくなるなら、それくらい積極的に知らせてやったっていい。

（俺たちがチームを二つに分けたのを見て、向こうも二手に分かれた。で、その時点で結川は、俺と姫路《ひめじ》の役職が【司令官】と【守護者《ガーディアン》】だってことを知ってる。あいつらにとっ

て〝すぐに殲滅《せんめつ》できる〝役職——つまり、一番危険度が少ない役職だってことを)

それは、先ほどの台詞《せりふ》からも分かることだ。結川《ゆいかわ》が警戒しているのは【剣闘士《ソルジャー》】と【魔《メ》術師《イジ》】であり、その二役職はここにはいない。そういう風に分けている。

そう——要するに、これは一種の囮だったんだ。【司令官《コマンダー》】と【守護者《ガーディアン》】のペアは火力という意味では侮られやすい。逆に、【剣闘士】と【魔術師】と【斥候《スパイ》】の組み合わせなんてはっきり言って殺意の塊だ。もし結川の立場で自身のチームを二つに分けるとして、その際に【司令官】をどちらに配置するかと言われれば、答えは考えるまでもない。

(ああ——そうだよ、だからそいつが【司令官】だ)

ちらりと視線を持ち上げて、結川の陰に隠れた黒髪の少女を見ながら断定する俺。

ただ……【司令官】が判明したのはいいが、問題はどうやってそいつを倒すかだ。彼女自身の戦闘能力はそれほど高くないにしても、先ほどと同じ理屈《ロジック》で考えれば結川の方は戦闘向きの役職——【剣闘士】か【魔術師】である可能性が高い。それも、ほとんど単身で俺と姫路《ひめじ》を倒せるくらいには好戦的なアビリティ構成をしているはずだ。通常の方法で対処するのはおそらく難しい、が……そんなことは最初から知っていた。

「——《防壁》使用します」

姫路に守られながらそんな思考を巡らせて、俺たちはどんどん自エリアの内部へと逃げ込んでいくことにした。《魔砲》スペルの射程に入らないように、かつ引き離し過ぎてしまわないように、準備の段階でとある事実が判明している区画に二人を誘い込む。

そんな俺の行動を見て、結川はやれやれと肩を竦《すく》めた。

「ふっ……あからさまだね。適当に動いているようにも見えたけど、何だかんだでこの場所を目指していたことが丸分かりだよ。どうせ《罠《わな》》でも仕掛けているんだろう？」

「さあ、そいつはどうだろうな。ちょっと踏んでみれば分かるんじゃないか？」

「無駄だよ、７ツ星。ぼくたちの【斥候】は優秀でね——《視界良好Ｌｖ５》。フィールド上に設置された《罠》が全て視認できるようになる効果を全員に付与してくれている」

「……へえ」

相変わらずのアビリティ格差に内心ひくっと頬《ほお》を引き攣《つ》らせる俺。

それに対して小さく口元を緩めると、結川はそのままゆっくりと足を進めてきた。もはや勝利を確信しているかのように優雅で余裕に満ちた足取り。そして、もう一人の少女に関しても、彼の後ろから伏し目がちに近付いてくる。置いて行かれないようにパタパタと足を動かして、戦況確認のためかサイトモードを開いた——その瞬間、だった。

「あっ……」

不意に、当の少女が微《かす》かな声を発して立ち止まった。小刻みに肩を震わせる彼女の視線は虚空を見つめているようにしか見えないが、おそらくサイトモードの視界に何かが映っているんだろう。その表情がさーっと次第に青褪《あおざ》めていく。

「うん……？」

少し遅れてそのことに気が付いたんだろう。俺たちの方を警戒しながらも、結川《ゆいかわ》はちらりと後ろの少女に視線を向ける。

「どうしたんだい？　もしかして、ここまで来て怖気《おじけ》づいたとか？」

「ち、違う、そうじゃない。そうじゃなくて、これ……」

「…………え？」

少女の仕草で言わんとしていることに気付き、さっと右手を横に振ってサイトモードにアクセスする結川。彼の視界を覗《のぞ》き込むことはさすがに叶《かな》わないが、ともかくそこにはこんな表示が出ているはずだ——曰《いわ》く、

【英明《えいめい》学園が設置した《罠《わな》》が発動しました】

【対象プレイヤー二名に三十秒の硬直時間《クールタイム》（《解除》使用不可）が発生します】

スペル五枚消費の《罠》が持つ〝強制硬直〟の発動テキスト。

そんなものを物凄《すご》い形相で睨《にら》み付けながら、結川は勢いよく片手を振り下ろした。

「ど、どうなってる……!?　ふざけるな、このマスに《罠》はなかったはずだ！」

「なかった？　……いや、違うな」

対する俺は、一つ前のマスへと足を踏み出して、ニヤリと余裕の笑みを浮かべる。

「『なかった』じゃなくて、正確には『ないように見えた』んだろ？　その二つは似てる

ようでいて全然違う。何せ俺は、演出を操るアビリティ――もっと言えば、映像効果を駆使して相手に錯覚を起こさせるアビリティを持ってるんだから」

「ッ――そうか、不死鳥から奪ったアビリティ……《†漆黒の翼†》か!!」

俺の言葉に悲痛な叫び声を上げながら大きく目を見開く結川。

そう。彼が先ほど予想した通りこの場所には元々複数の《罠》が仕掛けられており、それを利用するために俺は二人をここまで誘導してきた。そして万が一にも避けられないよう色付き星《ユニークスター》の特殊アビリティ《†漆黒の翼†》で彼らの視界情報を強引に書き換え、あえて《罠》に突っ込ませることで華麗にアクションを封じてみせた――

（……だったら格好良かったんだけどな）

――と、いうのは、残念ながら全て嘘だ。

まあ、考えてみれば当然の話だろう。俺の行動値で《†漆黒の翼†》を二回も使えばそれだけで一分近い硬直時間が発生してしまう。それに引き換え、スペル五枚消費の《罠》で与えられる硬直時間はたったの三十秒だ。

すなわち《†漆黒の翼†》は単なるブラフ。

その知名度故に騙《だま》しやすいと踏んだだけで、実際そんなアビリティは使っちゃいない。

ただ、となると〝どうやって罠に嵌《は》めたのか〟という別の疑問が出てくるが――

『ヒロきゅん、ホントに演技上手《うま》いよね……あの子たちの端末に細工して、《罠》のテキストを見せてるのはおねーさんの方なのに、いつの間にかころっと騙《だま》されるとこだったよ』

……そう。

実は、もっともっと根本的な話として、そもそもあのマスには最初から《罠》なんて仕掛けられていなかった。単に《カンパニー》が彼らの端末に干渉して、コマンド一覧のスペルやアビリティの項目を暗転表示しているだけだ。《罠《わな》》の発動テキストと一緒にそんな小細工を仕掛けてもらったというだけで、本当は硬直時間など一切発生していない。

いや……もちろん、この程度の〝嘘《うそ》〟なら第三者視点で一部始終を見ているだけで簡単に見抜けてしまうだろう。バレるどころか、下手したら不正を疑われかねない。……けれど、そこにこそ俺が彼らをこの場所に誘い込んだ本当の理由があった。結川《ゆいかわ》の方は〝ここに《罠》を仕掛けているからだ〟と予想していたが、そんな素直で正当な事情じゃなく。

（――ここには、《ライブラ》がカメラを設置できるような柱が一本もないからだよ）

簡単に言えば、そういうことだった。

同時――ニヤリ、と不敵な笑みを浮かべながら少女の隣のマスへと移動し、俺は静かに端末を掲げることにする。選ぶスペルは、もちろん最も硬直の短い《剣閃《けんせん》》だ。

「じゃあな、【司令官《コマンダー》】。恨むならそっちの男を恨んでくれよ」

「あっ――」

そうして一閃《いっせん》、いや二閃――姫路《ひめじ》の《魔砲》に合わせた連撃（ラグ有り）で俺が残りの

4LPを削り切った次の瞬間には、彼女の身体《からだ》はAR世界から消えてなくなっていた。その少し後、【司令官】が消滅したことで大きく動揺した結川を姫路が冷静に処理してくれたらしく、ふぅ、と微《かす》かな吐息が耳朶《じだ》を打つ。

「――っ、はぁ………」

それを確認してから、俺は荒い息と共にぐったりとその場で座り込んだ。動悸《どうき》を落ち着かせるようにぜえぜえと肩で呼吸をしつつ、制服の裾で汗を拭う。……何というか、初戦から疲労度がとんでもないことになっていた。定番のターン制ではなく硬《ク》直《ー》時間制《ルタイム》という特殊なシステムだからこそ、気を抜ける瞬間というのが一秒もない。

「………」

カメラが回っていないのをいいことに、憂鬱な表情で溜《た》め息《いき》を吐き出す俺。

そんな俺の近くまで静かに歩み寄ってくると、姫路は優しげな声音でこう言った。

「お疲れ様です、ご主人様――ふふ、とても格好良かったですよ」

＃

結川たちとの戦闘を終えて元の場所へと戻ってみると、こちらも既に片は付いていた。茨《いば》学園《ら》の面々はとっくに姿を消しており、残っているのは英明《えいめい》の三人だけ。そして交戦の終了を示すかのように、濃紺色に染まっていたエリアが鮮やかな翠《みどり》で塗り替えられている――と、ここまではいいのだが、よく見れば少し様子がおかしかった。

「っ……」

電脳世界を模したゲームフィールドの随所にある青くて頂点の見えない柱。その中の一つに片手を突くようにして、榎本が浅宮を追い詰めている。いわゆる壁ドンのような体勢だが、榎本《えのもと》の表情は真剣そのもので、ふざけているような素振りは一切見られない。

「――どうしてあんな真似《まね》をした、七瀬《ななせ》」

そんな榎本の口からポツリと低い声が零《こぼ》れた。対する浅宮《あさみや》の方はぴったりと柱に背中を預け、微《かす》かに顔を背けるようにしている。

「自分が何をしたのか分かっているのか？　チーム戦なんだぞ、これは。七瀬一人の《決闘《ゲーム》》じゃない。先ほどの勝手な行動のせいで全員が危険に晒《さら》された」

「…………」

「いいか？　僕はまだ認めていないが、英明《えいめい》の【司令官《コマンダー》】を担っているのは現在のところ篠原《しのはら》だ。そして、その篠原は十五番区《かれら》との交渉に乗る選択をした。それに関しては僕も間違っているとは思わない。……だが、それが七瀬の独断専行によって立ち消えた」

「で、でも、勝ったじゃん……てゆーか、マジ、近いから……」

「結果論だ、馬鹿め。《アストラル》はいわゆるSLG――戦略シミュレーションゲームだぞ。ただ目の前の敵を倒せばそれでいい、ということはない。七瀬の言う通り、僕たちは確かに茨《いばら》学園に勝利した。ああ、そこだけを見れば上々の成果だ。だが、実際にどれだけ勝算があった？　無策で敵エリアに突っ込んでいく七瀬を援護していたのは誰だ？　相手方の【司令官】を下して戦況を引っ繰り返したのは？」

「……おい榎本、何もそこまで言う必要は――」

「いや、言わせせろ篠原。……僕たちは去年もこうだった。去年の五月期交流戦でも互いの足を引っ張り合って、結果として格下のチームに惨敗した。僕はもう、あの過ちを繰り返したくはない。繰り返してはいけない。遊びじゃないんだ、これは――七瀬のバカに巻き込まれると僕たちまで迷惑する」

「ッ……！」

榎本がそこまで言い切った瞬間、浅宮はぱっと左手を振るって伸ばされた腕を払い除《の》けた。そうして、涙を我慢して真っ赤になった瞳でキッと目の前の彼を睨《にら》み付ける。

「……ん、で……せっかく………のに」

「……あ？　もっとはっきり喋《しゃべ》ったらどうなんだ、七瀬」

「っ！　うっさい、進司《しんじ》のバカ！　そんなに言うならもう二度と話し掛けんな！」

絞り出すような大声を上げると、浅宮は制服を翻《ひるがえ》してくるりと榎本に背を向けた。そしてそのまま、一度も振り返ることなくどこかへ走り去ってしまう。

「あ……えっと、その…………むむ」

そんな光景を目の当《ま》たりにして最もおろおろとしていたのは秋月《あきづき》だったが、やがて彼女は浅宮《あさみや》を追いかけることに決めたようだ。「ここは乃愛《のあ》ちゃんに任せといて♡」と俺にウインク（やたらと上手《うま》くて色っぽい）だけ決めて、それからパタパタと駆けていく。

「…………」

そして──取り残された榎本《えのもと》の方はと言えば、しばらくの間微動だにせず立ち尽くしていた。まるで溜《た》まった息を吐き出すかのようにゆっくりと首を横に振り、そのまま静かに身体《からだ》をこちらへ向ける。

「……篠原《しのはら》、僕は何か間違っていたか？」

「…………」

抑えた声には未《いま》だに激情が宿っているように感じられた。

間違っているかどうか。……彼の問いかけに客観的な答えを返すなら、それはもちろんノーだろう。結果としては良い方に働いてくれたが、浅宮の行動は【司令官《コマンダー》】である俺の指示に反している。理由もなしに、というのは少し考えづらいが、どうあれこれがチーム戦であることを踏まえればかなりのマイナスだ。対して、榎本の発言には正義がある。

ただ、

「間違いだとは思わない。……けど、見たところ正解でもなさそうだな」

「……そうか」

俺の返答に重々しい相槌《あいづち》を打ってみせる榎本。

こうして、初めての交戦を損害ゼロの完全勝利で切り抜けたにも関《かか》わらず……《アストラル》の二日目前半は、何とも暗い雰囲気のままに幕を下ろした。

＃

「っと……」

前半戦の終了と共にAR世界が一時的に閉じられた少し後、俺たち英明《えいめい》学園のメンバーは四季島《しきしま》グランドホテルのエントランスまで戻ってきていた。

今回のイベントでは参加者全員に朝食と夕食がビュッフェ形式で提供されるが、昼食に関しては完全に自由ということになっている。休息の時間である朝や夜とは違って、昼休みは〝個別の作戦会議をする時間〟のようなイメージなんだろう。

実際、俺たちも昨日はそんな感じで過ごしていた。……が、今回は浅宮が完全に拗《す》ねてしまっているからそういうわけにもいかない。ホテルに着くなり「ゴメンね！」と両手を合わせた彼女は止める間もなく女子部屋へ戻ってしまい、先ほどと同じく秋月がその背を追いかけ、いつの間にか榎本もいなくなり――ということで、現在は俺と姫路《ひめじ》だけがポツンと取り残されている。

（あいつら、相性が悪いってのは聞いてたけど……）

思わず溜《た》め息《いき》を零《こぼ》しそうになる俺。……個々では非常に強力だが扱いが難しい。そんな評判は辻《つじ》や多々良《たたら》からも聞かされていたが、実際に見てみれば納得だ。ついさっきの交戦だって、あいつらが劣勢に陥った原因はそのほとんどが〝連携不足〟。協力する気が微塵《みじん》もないせいで苦戦していた、というだけで、《ライブラ》の中継を見る限りそれぞれの戦力自体は完全に相手を圧倒していた。向こうのメンバーだって４ツ星や５ツ星だらけだったにも関《かか》わらず、だ。

（チームワークは最悪だけど……まあ、何だかんだで戦えるのか？）

不安とも安堵《あんど》とも言い切れない中途半端な感情を抱えつつ茨《いばら》学園との交戦を振り返る。と……ちょうど、その時だ。

「——あら」

俺の背後から、聞き覚えのありすぎる声音が短く耳朶《じだ》を打った。それを聞いた俺は、咄嗟《とっさ》に表情を面倒そうなそれに変え、もったいぶるような仕草でゆっくりと振り返る。ほぼ同時に身体《からだ》を捻《ひね》った姫路《ひめじ》と並んで、豪奢《ごうしゃ》な赤髪を揺らすその少女と真正面から対峙《たいじ》する。

時間にしてコンマ数秒足らずのアイコンタクト。

直後、第一声に続いて話を振ってきたのは彼女——彩園寺更紗《さいおんじさらさ》の方だった。

「ふふっ……このイベントでは初めましてね、篠原《しのはら》。見たところチームメイトが揃《そろ》っていないようだけれど、もしかしてろくにコミュニケーションも取れていないのかしら？」

「いきなり出てきてご挨拶だな、彩園寺。悪いけど、俺は同じチームだからって昼休みまで拘束するほど傲慢な考えはしちゃいない。どっかのお偉いリーダー様と違ってな」

「あら、別に私は強制なんかしてないわ。単純に、リーダーが慕われているかどうかの違いだと思うのだけど。……ふふっ。まあ、転校してきたばかりの貴方《あなた》にそれを求めるのは少し可哀想《かわいそう》かもね」

「いや、それを言うならお前のとこなんて全員女子メンバーだろうが。ハッ、天下の《女帝》様だってのに実は同性からしか慕われてなかったのか？」

「桜花《おうか》のメンバー選定は全部システム管理よ。もちろん一定の基準は設けるけど、誰の意思も混ざってないわ。というか……むしろ、篠原がちゃっかり女の子のチェックをしてる辺りに身の危険を感じるのだけど？」

　手を伸ばせば届きそうな位置で腕を組みながら、そう言ってくすっと煽《あお》るような笑みを浮かべる彩園寺。対する俺は俺で、ポケットに片手を突っ込みながら口角を上げてそれに応じる。ホテルのエントランスでやり合っているから当然ちらちらと視線は感じるが、まあこのくらいの反応なら普通に慣れっこだ。

「ん……」

　煽りの応酬が一段落着いたところで、俺は少しだけ話題を変えることにする。

「それで、《決闘《ゲーム》》の調子はどうなんだよお嬢様。俺たちに勝てる算段は付いたのか？」

「何よ、私がそんなこと教えてあげるとでも思ったの？　秘密よ、秘密。今回は本気で優勝を狙ってるんだから。……というか、そういう貴方《あなた》たちこそ順調みたいじゃない？」

「おかげさまでな。何せ、こっちはお前のせいでろくでもないサブイベントに巻き込まれてるんだ。俺が負けたらお前が《影武者《ドッペルゲンガー》》に取って代わられる……こんなの、真面目《まじめ》にやらなきゃお前のファンに殺されるだろ？」

「……そうね。まあ、それに関しては罪悪感を覚えないこともないのだけれど……」

俺の発言に対し、彩園寺《さいおんじ》はそっと右手を口元へ遣《や》った。それから紅玉《ルビー》の瞳をちらりと持ち上げて、言葉を選ぶように――〝外用〟の表現に直しながら続ける。

「正直、ちょっと拍子抜けしてるわ」

「拍子抜け？　……《女帝》様にはレベルの低すぎる争いだって？」

「私を女王様キャラに仕立て上げるのは止《や》めてもらえる？　こう見えても貴方以外には結構優しいんだから。……じゃなくて、私が言いたいのは《影武者》のことよ。あの人、イベントが始まる前はあれだけ大々的に煽《あお》ってきてたのに、いざ始まってみたら何にも仕掛けてこないじゃない。昨日も今日も、ただ黙々とエリアを広げてるだけよ？　一人しかいないからその効率も悪そうだし……だから、ちょっと拍子抜けだって言ってるの」

胸の下辺りで緩く腕を組みながら小さく肩を竦《すく》める彩園寺。

まあ……確かに、彼女の言い分は分からないでもなかった。例えばこれが前回の《区内

選抜戦》なら、倉橋御門《くらはしみかど》ないし秋月乃愛《あきづきのあ》はとっくに行動を始めていた頃だ。なのに、今回の《影武者《ドッペルゲンガー》》に関してはそれがない。何というか、少し不気味なくらいだろう。

「…………」

「……、ふふっ」

真剣な顔で黙り込んだ俺に対し、彩園寺《さいおんじ》は上品な仕草でくすりと笑って続ける。

「まあでも、貴方《あなた》にとっては幸運だったんじゃないかしら？」

「幸運？」

「ええ。だって私、もし《影武者》が強敵だって分かったら、効率を無視してでも英明のエリアに乗り込んで真っ先に貴方を倒してたもの。延命できて良かったわね？」

「……何か、アレだな。急に《影武者》の方が本物なんじゃないかって気がしてきたな」

「あら、心外ね。どっちが本物の彩園寺更紗《わたし》かなんて貴方が一番よく分かってるはずなのに。……ま、ともかく《影武者》についてはそんな感じよ。貴方はせいぜい、吸収されたときに桜花《おうか》が強くなれるようエリアを広げておくことね。私以外の誰かに負けたりしたら絶対許さないんだから」

「はいはい、言われなくても分かってるっての。だけど、その過程でうっかり赤の——桜花のエリアを呑《の》み込んじまっても文句は言うなよ？」

「面白い冗談ね」

「そりゃ本音だからな」

最後まで至近距離で煽《あお》り合ってから、お互いふいっと視線を逸《そ》らして長い会話を切り上げる俺たち。この辺りは、もはや一種の様式美みたいなものだ。それが分かっているからか、最近は姫路《ひめじ》も特に口を挟んできたりはしない。俺の方も、こいつ意外とまつげ長いなとか、そんなことをぼんやり思える程度の余裕は出来てきた。

が——まあ、それはともかく。

（まだ動き始めてない偽物《にせもの》、か……確かに気になる。気になるけど、どっちにしても対処のしようがないしなあ）

表向きは不敵な笑みを浮かべながら内心でポツリと零《こぼ》す俺。……昨日の夜も今日の朝も、聖城学園《せいじょうがくえん》のテーブルには誰も座っていなかった。というか〝映像の中で彩園寺更紗《さらさ》と同じ見た目をしている〟というだけで本来の容姿は割れていないんだから、《影武者》の〝中の人〟を探すのははっきり言って不可能だろう。後手後手に回らされているようで嫌な感じだが、ともかく相手が動いてくれないことには何も出来ない。

……そう。

この時の俺はまだ、それがすぐ近くに迫っていることなんて知る由もなかったんだ。

#

――五月期交流戦《アストラル》、二日目後半。

二時間の昼休みを挟んだことで浅宮《あさみや》の機嫌は多少直り、榎本《えのもと》だけとは未《いま》だに口を利こうとしないものの、《決闘《ゲーム》》関連の指示は普通に聞き入れてくれるようになった。

英明《えいめい》の現在状況としては、まず所持エリアが184マス。拠点の数は十一に増え、スペルの総所持枚数も147枚となっている。前半で茨《いばら》学園のエリアを吸収できたため、数時間前と比べるとリソースの差は圧倒的だ。榎本との勝負という意味でも、一人目の【司令官《コマンダー》】を撃破できたのは非常に大きい。

この勢いのままに――もとい、他のチームが力を付けないうちに出来るだけ交戦を重ねておきたい、というのが正直なところだったのだが、あいにく《カンパニー》の索敵範囲に他チームの影は見つからず、俺たちは再びエリアの拡張作業に戻っていた。

「――ね、緋呂斗《ひろと》くん」

と、そこで、不意にこちらを振り返って上目遣いに口を開いたのは秋月《あきづき》だ。

「乃愛《のあ》、ちょっと思ったんだけど……エリアも結構広くなってきたし、そろそろ拠点の防衛とかしといた方がいいのかな？」

「ん？　ああ……確かに、それもそうだな」

秋月の言葉に小さく頷《うなず》きを返す俺。

拠点の防衛――まず、そもそもの前提として、《アストラル》における〝敵拠点〟というのは補助スペル《中和》を使うことで中立状態《ニュートラル》に戻すことが出来る。そして、チームの所持エリアは拠点によって指定されるわけだから、その拠点が奪われれば当然ながらエリアも狭くなってしまう。

これを防ぐための方法はいくつかあるのだが、中でも最もオーソドックスなのが【守護者《ガーディアン》】による《防壁》だった。拠点のあるマスに《防壁》を仕掛けておき、《中和》を弾《はじ》けるようにする。もちろん一枚の《防壁》で弾けるのは《中和》一枚だから何度も使われれば奪われてしまうが、《中和》を敵拠点に使った場合の硬直時間《クールタイム》はかなり長めに設定されている。追い付いて迎撃するのはそう難しいことじゃないだろう。

そこまで思考を巡らせてから、俺は一つ首を振って続ける。

「《決闘《ゲーム》》も二日目の後半だし、そろそろ交戦が連発してもおかしくない。で、そうなれば必ず漁夫の利を狙おうとする連中だって出てくるはずだ。今も一応最低限の《罠《わな》》は仕掛けてあるけど……交戦中に拠点防衛まで意識するのは難しいし、戦況が加速する前に守りを固めておくってのは確かに悪くないいな」

「だね～。てかさてかさ、それならついでに《罠》もめっちゃ追加しとかない？　ウチらの拠点に手ぇ出したヤツは絶対逃がさない、みたいな！」

「えへへ、さっすがみゃーちゃん天才♪　それじゃ、乃愛も過激に頑張っちゃうね♡」

浅宮の提案にぱっと表情を明るくし、蕩《とろ》けるような笑みを浮かべる秋月。……会話内容は物騒だが、方針としてはそれで問題ないだろう。何せ、拠点を一つ取るのと一つ守るのなら、相対的に後者の方が高価値だ。ただ攻めるだけよりずっと良い。

「…………」

榎本《えのもと》は浅宮《あさみや》との衝突が尾を引いているのか少し離れた場所に立っているが、今の会話に異論はないのだろう。特に文句を言ってくるようなこともない。

そんなわけで、俺が《決闘《ゲーム》》の進行に意識を戻そうとした——ちょうど、その時だ。

「……待ってください、ご主人様」

不意に、すぐ隣にいた姫路《ひめじ》がほんの少しだけ固い声音で俺を引き留めた。何事かとそちらを振り向いてみれば、彼女は自身の端末に視線を落としたままピタリと動きを止めている。明らかに普通でないその雰囲気に、秋月《あきづき》や浅宮だけでなく榎本までもが息を呑《の》む。

そんな中、姫路は静かに顔を持ち上げると、澄んだ碧眼《へきがん》で俺を見つめて一言。

「たった今通知が来たのですが——何やら少々、おかしなことが起こっているようです」

——姫路が見ていたのは、《ライブラ》によるイベントの中継動画だった。

《アストラル》には〝投票制度〟と呼ばれる視聴者参加型のシステムがあり、それもあって《決闘《ゲーム》》内の様子はisland tube《アイ・チューブ》上にある《ライブラ》の公式チャンネルで随時放映されている。もちろん映されているチームの不利にならないよう映像や音声には細かな処理が入っているが、それでも高い編集技術のためか臨場感はかなりのものだ。各学区のトップププレイヤーが集まる交流戦、ということで、注目度も相応に高い。

そんなわけで、俺も参考程度にちょくちょく眺めてはいたのだが……何というか、そのチャンネルが異様に盛り上がっているんだ。今日の前半まではせいぜい視聴者三万人（まあそれでも充分多いが）程度の放送だったのに、現在は軽く十万人オーバー。流れるコメントも爆速でもはや目視できないレベルになっている。

間違いなく、何かがあったとしか思えない。

「…………」

痛烈に嫌な予感を抱きながらも表面上は涼しい顔をして、俺は姫路に向けて小さく頷《うなず》いてみせることにした。配信の視聴者数が膨れ上がっているのは今から約二十分前だ。俺の反応を受けた姫路はそれよりも少し前の時刻にシークバーを合わせ、全員に見えるように画面を投影展開させる。

「……それでは、流しますね？」

「ん……おっけ、覚悟かんりょー。何があったかウチらの目で確かめてやろうじゃん」

「えへへ、どきどきどきどき……♡」

ごくりと息を呑む浅宮と、どさくさに紛れてきゅっと俺の手に指を絡めてくる秋月。それをジトっと白い目で見つめながらも、姫路は手袋越しに再生ボタンをタップした。

瞬間——画面いっぱいに映し出されたのは、今俺たちがいるのと同じ電脳世界風のゲームフィールドだ。英明《えいめい》との位置関係は不明だが、加賀谷《かがや》さんの探索《サーチ》に引っ掛かっていない以上、少なくともすぐ近くということはない。そして、画面中央に立っているのはシックな雰囲気の制服を着た五人の男女だ。

「——常夜《とこよ》学園、ですね。学園島《アカデミー》十八番区、昨年の学校ランキングでは序列十三位です」

彼らの校章を見ていた姫路《ひめじ》がすっとこちらに顔を寄せ、俺にだけ聞こえるような囁《ささや》き声でそんなことを教えてくれる。が、それ以上の補足がないところを見るに、際立って有名なプレイヤーがいるような学区ではないのだろう。

まあ、それはともかく——映像を通して見ている限り、彼らはかなり手堅く《決闘《ゲーム》》を進めているように感じられた。周囲の警戒をしながら最も近い拠点を目指し、薄紫色のエリアを広げていく。そんな、大半のチームが採用しているであろうごく一般的な方針だ。

『——なあなあ、みんな！』

と……その時、画面の中の一人がふと振り返って声を上げた。屈託のない笑顔が特徴的な彼は、軽い身振り手振りを織り交ぜながらこんな提案を口にする。

『さっきまたスペルの供給タイムがあっただろ？　そろそろチームスロットも潤ってきたことだし、ここらで一回スペルの再分配をするってのはどうだ？』

『再分配……いいかも』

『だな。俺も、せっかく【魔術師《メイジ》】なんだから《魔砲》増やしておきたいし』

「ん……？」

そんなやり取りを見つめながら、微《かす》かに疑問を抱いてそっと首を傾《かし》げる俺。……《ライ、ブラ》による音声処理が入っていない。この手の情報は公開されると不利になるから基本的には全て伏せられていたはずだが、今回に限ってはオールフリーだ。

ということは、つまり常夜学園はこの映像を公開されても不利にならない――言い換えれば、既に全滅しているということになる。

（ここから、ほんの数分で……？）

『――んじゃ、とりあえず個人持ちのスペルを全部チームスロットに戻しますか～』

俺の動揺を置き去りにするようにして、彼らはさっそく端末を操作し始めた。スペルの枚数や種類なんかはさすがに見えないが、ともかく全員が一旦手札をリセットし、役職やプレイスタイルに応じてその配分を決め直す……ということだろう。

『確か《隠密《おんみつ》》って二十枚近くあったよね？　わたし、ちょっと多めに欲しいんだけど』

『いいよ持ってけ。俺は《解除》がもらえれば何でもいいから』

『待って、配分はみんなでちゃんと話し合って――』

と。

「…………え？」

次の瞬間、island tube《アイ・チューブ》の配信画面上に現れた意味不明な変化に、俺は思わず小さな声を零《こぼ》していた。いいや、俺だけじゃない。誰もが同様にぽかんと口を開けている。

だって、

「「「《交戦開始》……？」」」

そう、そうだ——俺たちが見ている画面の中、常夜《とこよ》学園のメンバーの上にでかでかとそんなカットインが現れたんだ。それ自体はおそらく《ライブラ》が用意している演出の一つなのだろうが、しかし今出てくるのは明らかにおかしい。その証拠に、端末からはざわざわとしたノイズと共に『何が……』と素に近い風見《かざみ》の声が漏れ聞こえている。

運営補佐の彼女らでさえそうなのだから、常夜の連中が困惑するのは無理もない。

『え……？　待て、何が起こった？』

『〝交戦状態に入りました〟って出てるけど……これって、どこかのチームから攻撃を仕掛けられたり、逆にこっちから仕掛けたりしないと出ないやつだよね？』

『そのはずだ。だけど、周りに敵チームなんていないし、そもそも攻撃なんて誰も——』

『——受けてない、って？』

瞬間。

　画面の中の一人……この映像内で最初に声を発した男が、屈託のない笑顔のままそんな言葉を口にした。純粋なようでいて底の知れない不気味な表情。彼は両手を頭の後ろへ遣《や》ると、ゆったりとした動きで他の四人に近付きながら続ける。

『ったく、嫌になっちゃうよなー。せっかくのお披露目《ひろめ》だってのに狩り甲斐《がい》がないったらないぜ。あんたらさ、ちゃんとサイトモード開いて状況確認してんのか？』

『お、おい、どうした……？　お前、さっきから何を――』

『いいから状況確認だっての』

『っ……』

　ニヤニヤ笑う男に促され、常夜学園の面々はほとんど状況が呑《の》み込めていないながらもさっと右手を横に振ってサイトモードを呼び出した。すると刹那、その表情がみるみるうちに青褪《あおざ》めていく――まあ、それも無理はないだろう。何せ、彼ら四人の視界には、一様に〝行動不能〟の四文字が躍っていたんだから。

　最も早く立ち直ったリーダー格の男が震える声を張り上げる。

『こ、行動不能!?　最大効力の《罠《わな》》だと……!?　お前、いつの間に！』

『あんたらが平和ボケした会話を繰り広げてる最中に決まってんだろ？　即効性がない代わり、時間差で発動させられるから硬直を気にしなくていい、ってのが《罠》の強みだからな。んで、この《決闘《ゲーム》》における《罠》はしっかり攻撃スペルの扱いだ。あんたらがそれに掛かった瞬間、俺たちは問答無用で交戦状態に突入する』

『!! て、めえ……裏切りやがったな!?』

男の説明に、逆上した一人が大きく一歩踏み出した。そうして乱暴な手付きで端末を操作し、何かしらのスペルを起動しようとする——が。

『ないよ、一枚も。……忘れたのか? さっきチームスロットに戻したばっかりだろ』

『な……お前、まさかそこまで考えてたのか? う、嘘《うそ》だ、そんなに頭が回るやつじゃなかったはず……』

『いやいや、嘘かどうかは現状を見て考えろよ。知っての通り、一度交戦が始まったらそれが終わるまでの間はチームスロットにアクセス出来なくなる。つまりあんたらは、この交戦で一枚もスペルを使えない』

『『『………』』』

絶望して押し黙るチームメイトたちに対し、男はニヤッと頬《ほお》を歪《ゆが》めた。それから、まるで散歩でもするかのような足取りで彼らとの距離を詰めると、そのまま《剣閃《けんせん》》を起動し一閃《いっせん》——抵抗すらもさせることなく、流れるような連撃で全員を消滅させる。

そして彼は、振り仰ぐようにこちらを……《ライブラ》のカメラを見つめてこう囁《ささや》く。

『——さあ、種明かしの時間だ』

刹那、画面の中で更なる異常事態が巻き起こった。気取ったように両手を広げている彼に砂嵐のようなノイズがかかり、その姿が一切判別できなくなる。まるでジャミングされているかのように、カメラが機能しなくなる。

そうして、次にノイズが収まった時、そこにいるのは全く別の人物になっていた。

『……ふふっ』

「ッ……!?」

豪奢《ごうしゃ》な赤の長髪に、強気で不遜な紅玉《ルビー》の瞳。

去年一年間を完全無敗で駆け抜けた、元7ツ星の天才お嬢様――彩園寺更紗。

彼女は、しばらくカメラに向かって笑みを投げ掛けていたかと思えば、不意にとんとんと右足で地面を叩《たた》いてみせた。まるで『よく見ろ』とでも言わんばかりの仕草だが、そんなことをされなくても分かっている。そう、十八番区の連中が消滅した瞬間から、エリアの色が変わっているんだ――常夜《とこよ》学園の薄紫色から、聖城を表す漆黒の色に。

あまりにも鮮やかで、華麗で、一方的な制圧劇。

そんな離れ業をあろうことか単独で成し遂げた彼女は、くすりと余裕に満ちた笑みを浮かべると、画面越しにこんな言葉を投げ掛けてきた。

『ねえ――そろそろ、本当の勝負を始めましょう？』

映像はここで暗転していた。

「「「…………」」」

痛いくらいの沈黙が場を支配する。

途中から言葉を発することすら出来ず食い入るように《ライブラ》の配信を見つめていた俺は、映像が切り替わってからもしばらくの間動けずにいた。

ちなみに、《ライブラ》の配信画面は既に暗転しているが、マイクがちゃんと切れていないのかがやがやという音が漏れ続けている。時折『ど、どうなってるにゃ!?』などという怒声が聞こえてくる辺り、実況側である《ライブラ》も大いに混乱しているのだろう。

それくらい衝撃的で、予想外で、もっと言えばとんでもない光景。……だって、画面越しとはいえ、人間が別の誰かにすり替わったんだ。意味が分からない。何が起こっているのかさっぱり見当も付かない──と、言い切ってしまえればまだ良かったのかもしれないが、実はそういうわけでもないというのが最も厄介なところだった。だって彼女は、そもそも〝ニセモノ〟だ。この《決闘》《ゲーム》が始まる前から、彩園寺更紗《別の人間》と同じ見た目になるという所業を既に実現させている。

(でも……だったら、何で気付かなかったんだ……?)

心の中でポツリと呟《つぶや》く。……少し、ほんの少しだけでも頭を捻《ひね》っていれば分かることだったはずだ。《影武者》《ドッペルゲンガー》は彩園寺更紗《さいおんじさらさ》の姿になることが出来る。それは、つまるところ映像に干渉しているということだ。自分の姿を、本来のそれとは違うモノとして画面上に映し出している。

そして……もしそうだとすれば、彼女が〝なれる〟のは彩園寺だけじゃないだろう。映像の中でなら、AR世界の中でなら、彼女は誰にでも成り代わることが出来る――。

「っ…………なあ、榎本《えのもと》」

そこまで思考を巡らせた俺は、震えと動揺を隠しながら静かに顔を持ち上げた。

「アンタのことだから、参加者《プレイヤー》の顔と名前くらい全員分覚えてるよな？　さっきの男、一体いつから偽物《にせもの》だった？」

「……どう、だろうな。少なくとも見た目では一切違いが分からなかった。僕の目と記憶に誓って、昨日までの彼と今の彼に外見的な違いはない」

真面目《まじめ》な口調で断言する榎本。……彼でさえ〝分からない〟というのであれば、もはや見た目で判別を付ける方法など存在しないと言い切ってしまってもいい。

「…………」

彩園寺更紗の《影武者》――改め、誰にでもなれる《？？？《unknown》》。

それは、まるでウイルスのように、内側からチームを壊滅させる。

（くそ……くそっ、想定外だ。倉橋《くらはし》のやつ、無茶苦茶《むちゃくちゃ》やってきやがって……！）

ようやく動きを見せたかと思えば一気に《決闘《ゲーム》》を混沌《こんとん》へと叩《たた》き落した文字通りの〝悪魔〟に対し、俺は、きゅっと拳を握ると共に強く奥歯を噛《か》み締めた――。

Please tell me. Himeji san

教えて姫路さん
学校ランキングって？

学園島には、生徒のみならず、全 20 区の学校間でもランキングがあります。わたしたちが所属する四番区・英明学園は昨年度ランキング 5 位。今年は7ツ星であるご主人様の加入で注目が高まっています。

1位：桜花学園（三番区）
「絶対王者ですね。昨年は《女帝》彩園寺更紗様が7ツ星だったこともあり、納得の順位です」

2位：天音坂学園（十七番区）
「新進気鋭の学区です。まだ謎に包まれた部分も多いとか…？」

3位：森羅高等学校（七番区）
「霧谷凍夜様などを擁する非常に好戦的な校風の学校です。一度覗いてみたいものですね」

4位：彗星学園（二番区）
「学園島の黎明期から常に学校ランキングのトップ争いに絡んでいる学園です。ただ、イベント戦ではあまり目立った活躍をした記憶がありません」

5位：英明学園（四番区）
「我らが英明学園です。最強無敵のご主人様が加入いたしましたので、今年のランキングにはもっと期待が持てますね」

6位：聖城学園（十二番区）

9位：栗花落女子（十六番区）
10位：音羽学園（八番区）

13位：常夜学園（十八番区）
14位：茨学園（十五番区）

第四章　一撃必殺《ワンショット・キラー》の鬼

＃

【五月期交流戦《アストラル》二日目終了】
【エリア所持数最大チーム：三番区桜花《おうか》学園（６４２マス）】
【英明《えいめい》学園各種リソース：拠点数12、エリア所持数４０１、スペル所持数３２２】

　結局、《アストラル》二日目の後半は動揺と混乱に支配され、ほとんど惰性でエリアを広げることしか出来なかった。

　昨夜と同じ時間にAR世界から解き放たれ、俺たちは四季島《しきしま》グランドホテルのレストランホールに足を踏み入れる。……けれど、そこに流れる空気は昨日のそれとは随分違う。

「やっぱり、相当ざわついてるな……」

　フロアを見渡しながらポツリと呟《つぶや》く俺。

　が、まあそれも当たり前の話だろう——つい先ほど起こった例の事件、《影武者《ドッペルゲンガー》》の豹変と余裕に満ちた宣戦布告。あんなものを見せつけられてしまったら、もう冷静ではいられない。過ぎるくらいに明白な〝脅威〟に、誰もが真剣に対策を練っている。

「ね、緋呂斗《ひろと》くん、あそこ……」

そこで、秋月《あきづき》に促される形で奥のテーブルへと目を遣《や》ってみれば、映像の中で見た常夜《とこよ》学園の面々が生気を失ったような表情でぐったりと椅子にもたれかかっているのが分かった。その中に、一人だけ「ほんとにゴメンってみんな！　いや、別に俺が裏切ったとかじゃないんだけどさあ！」と謝り倒しているやつがいるが……まあ、あの動画を見て彼を責める人間は少数派だろう。どちらかと言えば、彼は最大の被害者だ。

『と、と……とんってもないことが起きているのにゃー!!』

そこで、ざわめきの中によく通る声が聞こえてそちらへ意識を向けてみれば、ホールに設置されたスクリーンの中で風見《かざみ》が〝今日のハイライト〟を紹介しているのが見て取れた。当然ながらというか何というか、その内容はほとんどが《影武者《ドッペルゲンガー》》についてだ。《決闘《ゲーム》》中にも見た制圧劇が何度となく流され、それを風見が大袈裟《おおげさ》なノリで実況している。

けれど、

（あれ……変だな。さっきの映像と若干違う……？）

小さく首を傾《かし》げる俺。……《決闘《ゲーム》》内で見た時は、《ライブラ》の実況なんか一切入っていなかったし、逆に動揺している風見の声が残っていたりしたはずだ。なのに今流れている映像は、そんな事実など全くなかったかのように綺麗《きれい》に編集されている。

まあ、単純に放送事故を回避しているだけかもしれないが……

（何ていうか……風見のやつ、今日はちょっとテンション低い気がするんだよな。声はいつも通りに聞こえるけど、なんか、あんまり笑ってない……？）

いくつかの違和感に、俺はそっと右手を口元へ遣る。……けれど、風見には悪いが、今は本題《イベント》以外のことに気を配っていられる余裕なんかない。《ライブラ》の取り上げ方からも分かるように、《影武者》は明らかな脅威であり障害だ。早急に対策を練る必要がある。

ともかく——そんなこんなで周囲の観察を切り上げると、俺たちは作戦会議のためにも二階の貸し会議室へと場所を移すことにした。六人掛けのガラステーブル。俺の隣に姫路《ひめじ》が腰を下ろしたところまでは昨日と同じ構図だが、対面側の榎本《えのもと》と浅宮《あさみや》が三人席の両端を陣取ったため、行き場を失くした秋月が少し迷った挙句に俺の左隣へと回り込んでくる。

「…………」

その結果、俺が真ん中に座っているはずなのに何故《なぜ》か正面には誰もいないという若干歪《いびつ》な形になってしまったが、まあそんなのは些細《ささい》な問題だろう。こほん、と咳払《せきばら》いを挟んでみんなの注目を集めながら、俺は静かに口を開く。

「今日の午後になっていきなり本性を現してきたあいつ——《影武者》のことだけど、対策云々《うんぬん》って話の前にまずはアレがどういう原理なのか理解してもらう必要がある」

「うんうん、それ！　それウチもめっちゃ気になってた！　何あれ？　何がどーなってあーなってんの？？　もしかしてバグ？？？」

「違う。……いいか、浅宮《あさみや》？　まず前提として、あいつは彩園寺更紗《さいおんじさらさ》――《女帝》のオリジナルだって主張を引っ提げてこのイベントに殴り込んできた異端者だ。《？？？》《unknown》のアカウントを持ってて、見た目は完全に《女帝》と同じ……だけど、冷静に考えてそんなこと有り得ないだろ？　あいつは彩園寺のそっくりさんでも何でもなくて、単に〝彩園寺更紗〟の声と容姿を映像で再現してるだけだ。クオリティは半端じゃなく高いけど、ARの技術力が突き抜けてれば絶対に不可能ってレベルじゃない」

「なるほど～……って、んん？　……それで？」

「だからさ、要するにあの《影武者》《ドッペルゲンガー》は、AR世界の中でなら〝本人と全く見分けが付かない〟くらいにまで容姿を似せられるってことなんだよ。ならそれは、何も《女帝》に限った話じゃないはずだ。極端な話、あいつはこの《決闘》《ゲーム》に参加してるどのプレイヤーにでも〝なる〟ことが出来る」

「あ、そっか……それじゃ、もしかしてアイツがウチとかゆきりんとかに変身するかもしれないってこと？　うわ、それって超ヤバいじゃん！」

タンッとテーブルに手を突いて思いきり腰を浮かせる浅宮。それを見た榎本《えのもと》が「だからどのチームもざわついていたのだろうが……」と呆《あき》れ交じりに呟《つぶや》いているが、聞こえなかったのか意図的に無視したのか、浅宮は少し経《た》ってからすとんと腰を下ろして続けた。

「ん～……でもさ、今の話だと〝単に見た目が同じになるだけ〟ってカンジに聞こえるけど、そーゆーことでいいの？　別に端末のコントロールを奪われるとかじゃなくて？」

「はい。その通りです、浅宮様」

気軽なようでいて意外と核心を突いたその質問に、姫路《ひめじ》がこくりと首を縦に振る。

「《影武者》はあくまでも姿を偽っているだけですので、視覚以外の方法——例えば情報感知系のアビリティ等を用いれば、直ちに偽物《にせもの》だと見抜けるはずです。……それに、いくつかの条件が揃《そろ》わない限り、そもそもあのような〝入れ替わり〟は不可能かと」

「？　どゆことゆきりん？」

「誰かのフリをするためには、その誰かが邪魔だということです。例えば、今この場にご主人様の偽物が現れたとして、皆様がそれに騙《だま》されるようなことはありませんよね？　何故《なぜ》なら、本物のご主人様がすぐ隣にいますので」

「ふんふん」

「ですが、もし仮にご主人様が一度席を外し、その後戻ってきたのが寸分違《たが》わぬ偽物だったとしたらどうでしょう？　……わたしはご主人様以外の男性に近付かれると鳥肌が立ってしまいますので間違いなく気付くと思いますが、普通は判別のしようがありません」

「な、何で急にややこしい話持ち出してきたのかは分かんないけど……うん、とりあえずゆきりんの言いたいことは理解できたかも。よーするに、アイツがウチらと入れ替われるような隙を作っちゃダメ、ってことだよね？」

「はい、そういうことになりますね」

白銀の髪をさらりと揺らしながらもう一度頷《うなず》く姫路《ひめじ》。……そう、いくら偽物《にせもの》の見た目が本物と瓜二《うりふた》つだったとしても、本人だけは絶対に騙《だま》すことが出来ない。逆に言えば、《影武者《ドッペルゲンガー》》はその場に本人がいないタイミングでしか入れ替わりを決行できないということだ。

「ってわけで——英明《えいめい》学園の方針としては、とりあえず〝チームメイトの視界から離れない〟こと、これに尽きる。ARのアプリが起動する瞬間までは間違いなく全員本物なんだから、後は単独行動さえしなければ《影武者》が割り込んでくる隙はない。《決闘《ゲーム》》内で行動するときは必ず二人以上で組んで、絶対に相手から意識を逸《そ》らさないようにする」

「えへへ、そんなの簡単だよ♪　乃愛《のあ》が緋呂斗《ひろと》くんのことずーっと見ててあげるから、緋呂斗くんも乃愛のことちゃんと見ててね♡」

「……ふむ。まあ、妥当な線だろうな。常に気を張っているとなると少々厄介だが、要は一人で先走ってどこかへ消えるような輩《やから》がいなければ問題ないというわけだ」

秋月《あきづき》が甘えたような声音で肯定全開の返事をしてくるのと同時、右斜め前に座る榎本《えのもと》がむすっと腕を組みながら棘《とげ》のある口調でそう言った。あるいは皮肉や挑発とも取れるその発言に対し、二つ隣の浅宮《あさみや》が「む……」と苛立《いらだ》ったような声を上げる。

「何それ、回りくどい言い方しちゃってさ。どーせウチに文句言いたいんでしょ？　今朝みたいに勝手な行動するな、って」

「そんなことは言っていない。今話を蒸し返したのは僕ではなく七瀬《ななせ》の方だぞ」

「絶対ウソ。だって言い方が皮肉でしかなかったもん。ガチで怒ってるときのやつ」

「……そうか。そう思うなら、少しは反省したらどうなんだ？」

「っ……、ふん」

榎本に正論をぶつけられ、片手で頬杖《ほおづえ》を突いたまますいっと視線を逸らす浅宮。彼女はしばらくそのまま口を噤《つぐ》んでいたが、やがて小さく溜《た》め息《いき》を吐《つ》くと、

「分かってるし。……進司《しんじ》はともかく、みんなに迷惑かけるのイヤだから」

不承不承といった様子ではあるもののポツリとそんなことを言った。……一応は納得してくれた、ということでいいのだろう。多分。

（まあ実際、交戦になったら〝常に視界内に〟っていうのも難しいとは思うけど……）

脳裏にはそんな感想も過《よぎ》るが、だからと言ってこれ以上の良策があるわけでもない。

とりあえずの結論が出たところで、俺たちは夕食を食いっぱぐれないためにも再び一階のレストランへと戻ることにした。時刻にして午後の八時過ぎ。先ほどよりも幾分か人がまばらになったフロアを見渡しながら、溜まった息を吐き出そうとした――瞬間、

『ね、ね、ヒロきゅん』

「……？」

『大したことじゃないかもだけど……なんかね、また見られ、て、る、よ。例の、出会っちゃい

けないポニテの子。ヒロきゅんたちのこと観察するみたいにじーっと見てる』

（え）

加賀谷《かがや》さんからの忠告を受け、思わず中途半端なところで呼吸を止めてしまう俺。

一瞬遅れてちらりと視線を遣《や》ってみれば、そこには確かに言われた通りの光景が広がっていた。十六番区栗花落《つゆり》女子学園二年、《鬼神の巫女《みこ》》枢木千梨《くるるぎせんり》。一撃必殺を代名詞とし、特に多人数戦においては《女帝》と並び立つほどに恐れられている要注意人物。

「………………」

見た目だけなら真面目《まじめ》な剣道女子、といったイメージの彼女は、俺の視線に気付いているのかいないのか、今もなお切れ長の瞳をこちらへ向け続けている。まるで威圧するように、あるいは照準を定めるように。

（……はあ。ったく、何ていうか、いきなり前途多難だな……）

今夜にでも枢木の情報を仕入れることを心に誓いつつ、俺は今度こそ溜《た》め息《いき》を吐《つ》いた。

＃

チームメンバーと別れた後、いわゆる深夜帯は、俺にとって安息の時間だ。

常に味方全員を――正確には姫路《ひめじ》以外の三人を騙《だま》し続けていなきゃいけない《アストラル》の中で、夜だけは唯一気を抜いていられる。榎本《えのもと》と同室になったのは誤算だが、とはいえあいつはただ本を読んでいるだけだ。俺が《ライブラ》の動画を見ていようがSTOCKで情報収集をしていようが、はたまた仮眠を取っていようが何の干渉もしてこない。

そんな、〝絶対に有意義に活用したい時間〟を使って、俺は――

「分かった！　それじゃあ、お兄ちゃんが勝ったらわたしに何でも命令していいよ？」

――ホテルの一室でゴスロリドレスの女子中学生《JC》にそんな言葉を投げ掛けられていた。

『ああ……もうダメだ、ヒロきゅんが性犯罪者に……うう』

とある事情で繋《つな》ぎっ放しにしているイヤホンの向こうでは加賀谷さんがわざとらしく嘆いている――が、別にそういうわけじゃない。確かに俺が座っているのは椎名《しいな》の体温がじんわり残るベッドだし、視界の端には椎名の部屋着が（来客ということで一応着替えてくれたんだろう）下着と一緒に脱ぎ捨てられているのが見えるし、あどけない表情の彼女はよく見るととんでもなく可愛《かわい》いが、だとしてもそういうわけじゃない。

「……ほえ？　どうしたの、お兄ちゃん？」

俺の目の前にいる椎名は、左手で昨日のケルベロスを抱きながら、色っぽさやら艶《なま》めかしさとは無縁の純粋すぎる表情でこちらに人差し指を突き付けている。

だから――まあ、つまり何というか。

昨夜フロントの女性に頼まれた〝椎名紬《つむぎ》へ夕食を持っていく〟なる任務を果たしに来たところ、案の定すぐには帰らせてもらえず、膨大な数の格闘ゲームに付き合わされ、ようやく解放されたと思ったら新たな条件付きで〝あと一回!〟をせがまれている……というのが、今に至るまでの簡単な経緯だった。

「ったく……」

苦笑交じりの悪態を吐《つ》きながら俺は小さく肩を竦《すく》める。

「お前、そろそろ眠くなったりしないのかよ。もうすぐ二時だぞ?」

「全然? だって由緒正しき《闇の一族》だもん! わたし、夜の方がスゴいんだよ?」

「……へえ、夜の方が」

『あー! ヒロきゅんが変な想像してる!! 通報通報!』

「っ……だ、だけどさ、昨日だってそんなこと言いながら先に寝やがっただろうが。別に重くはなかったけど、運ぶの結構大変だったんだぞ?」

「う、昨日は……その、マナがちょっと乱れてたの。わたしのせいじゃないもん」

すいっと視線を逸《そ》らし、誤魔化《ごまか》すようにケルベロスの頭(当然ながら三つある)を撫《な》で始める椎名《しいな》。やがて彼女は、ちら、と遠慮がちにオッドアイの片方を俺へと向けて、

「それより、お兄ちゃん。結局、わたしともう一回ゲームしてくれるの? それとも……それとも、本当にいや?」

ちょっとしゅんとしたような口調でそんなことを言ってくる。……上目遣いとか懇願とかそういう〝ズルい〟表情ではないのだが、ついさっきまで全身全霊ではしゃいでいた彼

女が萎《しお》れていると否応《いやおう》なしに罪悪感を覚えてしまう。もはや条件反射みたいなものだ。

「……分かったよ。じゃあ、あと一戦だけ付き合ってやる」

そんなわけで、ベッドに放り出していたコントローラーをもう一度手に取る俺。

そして――


「ううう～……お兄ちゃん強い……世界ランカー……」

……何やかんやと引っ張ったものの、ゲーム自体は俺の圧勝で終わった。

操作そのものに関しては椎名も下手ではないのだが、いかんせん派手な演出が出るたびにはしゃいでいるから全ての行動がワンテンポ遅れているし、何ならリアルタイムで詠唱してくれるため次にどの技が飛んでくるかも分かってしまう。俺も本土にいた頃はそれなりにやり込んでいた方だし、これで負けろという方が難しいだろう。

完敗した椎名は今度こそコントローラーを手放して、うーんと大きく伸びをしている。

「何で勝てないんだろうな～。ネット対戦だったら最強なのに」

「そりゃはしゃぎ過ぎだからだよ。普通にプレイしてれば多分相当強いぞ、お前」

「う……でも、そんなの楽しいんだからしょうがないもん。お昼はイベントがあるし、夜はお兄ちゃんも来てくれるから……うん。昨日までと違って、今日は百点満点だよ！」

ばふっと背中からベッドに倒れ込みつつ、ふにゃふにゃとした笑顔でそんなことを言う椎名《しいな》。ぐーっと手を伸ばし、ぬいぐるみと戯れている姿は無条件に可愛《かわい》らしい。

けれど、

(ん……? あれ、今の台詞《せりふ》、何かおかしかったような……?)

そんなものを見つめながら、俺は先ほど椎名が零《こぼ》した言葉について微《かす》かな違和感を覚えていた。……しかし、ざっと記憶を辿《たど》ってみても、それが何なのかまでは分からない。ただモヤモヤとした感じがするだけで、その正体が一向に掴《つか》めない。

と、そんな俺の内心になんて欠片《かけら》も気付くことなく、椎名がこてりと首を傾《かし》げてきた。

「それで——お兄ちゃん、命令は? わたしにして欲しいこと、何かある?」

「え? あ、ああ……うーん、そうだな」

その問いに対して、静かに頭を巡らせる俺。イヤホンの向こうの加賀谷《かがや》さんは『押し倒すなら通信切っててあげよっか?』とか何とか言っているが、当然そんなものを真に受ける必要は全くない。ここは一つ、昨日から気になっていたことを尋ねてみるとしよう。

「答えたくなければ無視してくれて構わないけど、そうじゃないなら教えてくれ。……椎名ってさ、めちゃくちゃ人見知りなんだよな? このホテルのスタッフから食事を受け取るのも嫌がるくらい。それじゃあ、普段の学校とかはどうしてるんだ?」

「え、行ってないよ?」

「え。……全く、か? 通信制とか、そういうアレでもなく?」

「うん、普通の学校《とこ》。確か、最後に行ったのは半年前……？　くらいかも」

　予想外の角度から答えが飛んできて、俺は思わず黙り込んでしまう。……が、当の椎名の様子を見ている限り、何か重い理由や暗い背景があったりするわけではないようだ。その証拠に、彼女はベッドに寝転がったまま退屈そうに足をバタバタさせている。

「だって、学校行くよりお家《うち》でゲームしてる方が楽しいんだもん……外に出ると色んな人と喋《しゃべ》らなきゃいけないし、周りに合わせなきゃいけないし」

「あー……」

「お兄ちゃんなら分かってくれると思うけど、わたし、多分人生百周目とかだからね。それくらい超天才で超最強で闇の力もいーっぱい溢《あふ》れ出てるから、義務教育なんか今さら要るわけないいんだよ。ずっとずっと楽しいことだけしてたいなぁ」

　純真な声音でなかなかにぶっ飛んだ思考を披露する椎名。微かに呆《あき》れると同時、そんなものを実行に移せる彼女の度胸と行動力には素直に感服してしまう。

　それから、感想としてはもう一つ——

「そんなに人と接したくないのに、俺といるのは良《い》いのかよ？」

「？　なんで？　そんなの良いに決まってるよ」

　俺の疑問に、椎名はまるで意味が分からないとばかりに首を傾げてみせた。そうしてむくりと上体を起こしたかと思えば、ゴスロリ衣装の両手を広げて俺に飛び掛かってくる。

「だってわたし、お兄ちゃんのこと大好きだもんっ！」

「っ!? ちょっ、おい――」

「ふぁ……くぅ……すぅ……」

「――って、いやそこで寝るのかよ!?」

子供のようにぎゅーっと抱きついてくる椎名《しいな》の身体《からだ》を支えながら、俺は虚《むな》しくそんな大声を上げた。かなりうるさかったはずだが、それでも彼女が目を覚ます気配はない。安心しきった顔ですーすーと寝息を立てている。……が、まあそれならそれで構わないか。

「……そろそろ、時間もマズいしな」

服が皺《しわ》にならないよう気を遣いつつ、慎重な手付きで椎名をベッドに寝かせる俺。あいつが寝るのは、確か四時頃だったか……急がないと。

『――うん、いいよヒロきゅん。そのままゆっくりドア開けて？』

それから、ほんの数分後――俺は、イヤホン越しの指示を聞きながら、およそ二時間もの間滞在していた椎名の部屋を今まさに抜け出そうとしていた。

（よし……）

内心で覚悟を決めてから静かにドアを押し開ける。……四季島《しきしま》グランドホテル三階、本来なら女子生徒しか入れない男子禁制のフロア。フロントスタッフとの密約でアラートこそ鳴らないようになっている俺だが、しかし誰かに見つかってしまえば大問題になるのは目に見えている。いや、下手をすれば7ツ星の評判まで地に落ちかねない――そんなわけで、《カンパニー》の力も借りて移動中の安全を確保することにしたのだった。

『えっとね……』

右耳のイヤホンからはいつも通り眠たげな加賀谷《かがや》さんの声が聞こえてくる。

『目的の318号室はそこから直進72メートル。その間、階段を二つ通るよん』

「……階段ですか。四階も女子フロアだから、どっちから来てもおかしくないですよね」

『だね、二階は共用部だし。それに、いくら深夜とはいえ、普通にどこかの部屋から人が出てくるパターンもあると思うよ？　どっちにしても、見つかったらアウトだね……』

普段より囁《ささや》き多めの声で呟《つぶや》きながらごくり、と息を呑《の》む加賀谷さん。耳元でそんなものを聞かされているせいか、はたまた女子フロアにいるせいか、微妙に変な気持ちになる。

『!!』

と――そんな不埒《ふらち》な感情を抱きかけた瞬間、加賀谷さんが声にならない悲鳴のような音を発した。咄嗟《とっさ》に俺も口を噤《つぐ》み、指先でイヤホンを叩《たた》いて詳しい情報を催促する。

『おおう……ご、ごめんねヒロきゅん、ついつい慌てちゃった。……階段上から端末反応アリ、それも二つだよ。それに、このIDの持ち主は……うわ……』

「……どうしたんですか？　まさか、都合よく《影武者《ドッペルゲンガー》》の中の人が――」

『や、その……驚かないでねヒロきゅん。二人とも――二人とも、超々可愛《かわい》いの!!』

(今その情報要るかなあ!?)

心の中で激しい突っ込みを入れる。

そうして一転――俺は、物音を立てないようにゆっくりと階段を降りることにした。しばらくその場で息を潜め、頭上の足音が二階《ここ》まで降りてこないことを確認する。それから再び三階へと戻り、今度こそ妨害されることなく318号室の前まで辿《たど》り着く。

「……ありがとうございました、加賀谷《かがや》さん。また後で繋《つな》ぎます」

ここから先の情報は《カンパニー》にすら明かせないため、俺は一言断ってから通信を切断した。それから一つだけ軽い咳払《せきばら》いを挟み、目の前の扉をコンッとノックする。

そのまま、待つこと数秒。

俺がほんの少しの焦《あせ》りを感じ始めた頃――扉の向こうから、窺《うかが》うような声がした。

「……誰? こんな時間に人を呼んだ覚えはないのだけれど……」

疑問と不安と強がりと、それから微《かす》かな期待が込められた問いかけ。

だから俺は、見えないと分かっていながらも、小さく口角を持ち上げてこう言った。

「決まってるだろ――お前の〝共犯者〟だよ、彩園寺《さいおんじ》」

#

「ど、どうぞ……」

俺が彩園寺の部屋に招き入れてもらえたのは、それから一分近く後のことだった。一分、というと微妙に間があるように聞こえるかもしれないが、実はこれでもかなり急《せ》かした方だ。来客の正体が俺だと知った彩園寺は最初『じゅ、十分待って！』と返事を寄《よ》越《こ》し、頑《かたく》なに扉を開こうとはしなかった。

けれど、十分間も女子フロアの真ん中に放置されたら動悸《どうき》で呼吸がおかしくなる——そんな俺の主張（必死）がどうにか認められ、しぶしぶ入れてもらえたというわけだ。

「…………」

通された部屋の構造自体は、まあ当たり前だが俺や榎本《えのもと》が泊まっている部屋とほとんど同じだ。まだ二日しか過ごしていないということもあり、さほど私物が散乱しているわけでもない。……だというのに、一歩立ち入っただけでどこか甘い匂いが漂っているような気がするから不思議なものだった。壁に掛けられた制服や急いでチャックだけ閉められたのであろう鞄《かばん》など、妙に生々しくてドキドキする。

「ちょ、ちょっと……あんまり見ないでよ、バカ」

俺が物珍しげに室内を見渡していると、扉の脇に立って腕を組んでいた彩園寺が少し恥ずかしそうにしながらそんなことを言ってきた。

彼女の格好はと言えば、何というか非常にラフなものだ。薄手のキャミソールに白のシヨートパンツを穿《は》き、その上からカーディガンを羽織っただけ、といった感じ。ただ、丈の関係でショートパンツはほとんど覆い隠されてしまっており、キャミソールの裾から直《じか》に艶《なま》めかしい太ももが覗《のぞ》いているように見えなくもない。

「……ね、ねえ。ねえってば」

そんな彩園寺《さいおんじ》は、まるで俺の視線から逃れるようにじりっと身体《からだ》を捩《よじ》らせた。

「いい、篠原《しのはら》？　確かに部屋を見ないでとは言ったけど、それは別にあたしの身体を見ろって意味じゃないわ。結局着替えも片付けもほとんど出来なかったし……どっちにしても恥ずかしいんだから」

「う……じゃ、じゃあ何を見ろっていうんだよ。目隠しでもすればいいのか？」

「そんなこと言ってないじゃない。えっと……そう、そうよ。そっちの窓から夜景でも見てればいいんだわ。ほら、一番区の方とかすごく綺麗《きれい》よ？」

「……そうしたいのは山々だけどな、彩園寺。今俺がそこのカーテンを開けたら、高確率で外から見える。もしそんなことになったらイベントどころじゃないくらいの大スキャンダルだろ。７ツ星転校生と天才お嬢様の熱愛発覚、ってな」

「っ！？！？　ね、熱愛……ば、ばばばばかっ！　あんたなんかとあたしが釣り合うわけないじゃないっ！」

かぁあああっと顔を真っ赤にしながらシャッと勢いよくカーテンを閉め、ぜぇはぁと荒い息を吐きつつもむっと俺を睨《にら》んでくる彩園寺。その一連の仕草が可愛《かわい》すぎて思わず頬《ほお》を緩ませそうになる俺に対し、彼女は再び腕を組んで「もう……」と小さく悪態を吐《つ》く。

「そもそもあんた、どうやって女子《こ》フロアまで来たっていうのよ……」

「ん？　ああ、実はちょっとした伝手《つて》があってさ。センサーに引っ掛からないようにしてもらってるんだ。……で、とりあえず座ってもいいか？　少し話がしたいんだけど」

「ん、そうね……いいわ。それじゃ、そっちのデスクチェアにでも座ってくれる？」

「ああ。……ちなみに、特に他意はないんだけど、何でベッドの方じゃ駄目なんだ？」

「そんなの決まってるじゃない。あんたの体温が残ってたらドキドキして眠れなく――」

「…………」

「――わ、悪い意味でね!?　あんたの体温なんかが残ってたら寝苦しくて絶対嫌な夢見るし、動悸《どうき》も激しくなって途中で飛び起きちゃうって意味なんだから！」

「いや罵声キッツいなおい!?」

怒涛《どとう》のような勢いで俺をベッドから追い払う彩園寺。どうやら突然俺が尋ねてきたことに対する混乱がまだ抜け切っていないらしく、部屋や服装だけでなく思考回路についても普段より隙が多いようだ。

もう少し弄《いじ》っていたいところだが……残念ながら、今は遊んでいられる余裕などない。

「ふう……」

だから俺は、短く息を吐きつつデスクチェアに腰を下ろすと、同時にポケットから端末を取り出すことにした。それを見て多少は冷静さを取り戻してくれたのか、彩園寺《さいおんじ》の方もベッド脇のテーブルから自身の端末を掴《つか》み上げ、くるりと身体《からだ》を翻《ひるがえ》してベッドの縁に腰掛ける。構図としては、二人して膝と膝とを突き合わせているような格好だ。角度的にどうしてもキャミソールの胸元が気になってしまうが、どうにか視線を上に固定する。

そして、

「お前も分かってるとは思うけど……俺がここに来たのは、あいつについて話すためだ」

あいつ——三人目の彩園寺更紗《さらさ》、もとい《影武者《ドッペルゲンガー》》。

彼女に対する注目は、まだ昼間の事件から半日も経《た》っていないのに異常な速度で膨れ上がっていた。ＳＴＯＣＫに匿名掲示板にisland tube《アイ・チューブ》のコメント欄、どこを覗《のぞ》いても彼女についての話題がトップスピードで流れていく。その圧倒的な奇襲ぶりを賞賛する連中、非道なやり方だと批判する連中、まだ始まったばかりだからと静観を保つ連中……などなど、スタンスとしては様々だが〝無視〟という選択肢だけは成立しそうにない。

「……ねえ篠原《しのはら》。これ、ちょっと見て」

と、そこで彩園寺が差し出してきた端末の画面に目を遣《や》れば、そこにはＳＴＯＣＫ上のとあるアカウントが表示されていた。ユーザー名は〝？・？・？《unknown》〟。数時間前に作られたばかりの新規アカウントのようで、遡ってみる限り投稿はたった一つだけだ。

『私は誰でもあって誰でもない――だからこそ、誰にでもなれる。成り代われる』

ベッドに腰掛けたまま前屈《まえかが》みになって、彩園寺は「はぁ……」と溜《た》め息《いき》を吐《つ》いた。

「誰にでもなれる、ね……全く、迷惑な話だわ。元があたしの見た目だから、アイツの話題が出る度にいちいち周りの視線がこっちに向くんだもの」

「まあ、そいつらだって別にお前の方が偽物《にせもの》だと思ってるわけじゃないだろうけど……その辺も倉橋《くらはし》の狙い通り、って感じだよな。確実に精神を削りに来てる」

「そうね。それに、やたらと演出が上手《うま》いのもムカつくわ。他のプレイヤーに擬態して仲間割れでチームを壊滅させる、なんて普通なら一方的に反感を買いそうなものなのに、ＳＴＯＣＫの投稿を見る限りアイツへの反応は完全に割れてる。叩《たた》いてる人がいないわけじゃないけど、それ以上に熱心なファンが付いてるのよ」

「だな。ＳＴＯＣＫとかisland tubeとかだと、もう《影武者《ドッペルゲンガー》》じゃなくて《百面相《カメレオン》》っていう新しい呼び名が定着し始めてるみたいだ。ホットワードにも入ってる」

「《百面相》……確かに、アイツにはぴったりの名前かもしれないわね」

神妙に頷《うなず》く彩園寺。……実際、《アストラル》のプレイヤー数は約百人だ。それを考えれば、百の貌を持つ怪物の名はまさに彼女に相応《ふさわ》しいと言えるだろう。

そう――だからつまり、彩園寺更紗の偽物という〝設定〟は、彼女にとって文字通り数ある顔の一つでしかなかったわけだ。いや、もっと言うならそれこそ隠れ蓑というやつだろう。《女帝》の立場を狙う不届き者、という分かりやすいレッテルを自身に張り付けることにより、その奥にある本当の狙いを悟られないようにしていたんだから。

「……迂闊《うかつ》、だったわね。アイツ、多分最初からこうするつもりだったんだわ」

「ああ……まあ、そうだろうな」

悔しそうに下唇を噛《か》む彩園寺《さいおんじ》に短く同意の言葉を返す俺。

意図せず空気が重くなる——が、そうなるのも仕方ないだろう。だって、今回のイベントにおいて、《百面相《カメレオン》》が選んだ戦法ははっきり言って強すぎる。《アストラル》の舞台は拡張現実……すなわち、映像と実物が交ざり合った紛い物の世界だ。前提からしてホンモノじゃないんだから、その中で《百面相》の擬態を見破るのは至難の業と言っていい。

加えて、乗っ取りにしても仲間割れにしても否応《いやおう》なく〝目立つ〟ため、彼女の支持率はこれから間違いなく伸びていく。要するに、浴びるのは称賛だろうが批判だろうがどっちだって構わないんだ。この大規模《決闘《ゲーム》》では、とにかく目立ったやつが有利になる。

「「…………」」

たった一手。

たった一手で、これほどまでに《決闘《ゲーム》》は動いた。

しかも——恐ろしいことに、《百面相》の脅威はそれだけに留まらない。

「……いい、篠原《しのはら》？　最初の一手をあれだけ派手にやったんだから、アイツはもう動く必要すらないんだわ。何もしなくても、自然と《決闘》の方から支配されに来る」

「支配されに……？　どういうことだ？」

「《百面相》みたいな存在が《決闘《ゲーム》》内にいる、っていう事実がそもそも問題なのよ」

彩園寺はそこで一旦言葉を切ると、紅玉《ルビー》の瞳で真《ま》っ直《す》ぐ俺を見つめながら続ける。

「だって、本物と見分けが付かないのよ？　みんなそれぞれに対策を練っていたようだけど、それで万全とはとても思えないわ。多分、明日からはちょっとしたことで同じチームのメンバーが信じられなくなる。疑心暗鬼に襲われて、行動がどんどん制限されて……それにこの《決闘《ゲーム》》、味方にもダメージが通っちゃう仕様なんだもの。もしかしたら、《百面相》なんかいないのに勝手に自滅するチームだって出てくるかもしれないわ」

「それは……確かに、有り得ない話じゃないよな」

言って、重々しく頷《うなず》く俺。仲間割れや同士討ちの類《たぐい》は全て有り得る、というか高確率で発生するだろう。《百面相》の衝撃は、きっとそれほどまでに大きい。

「ふぅ……」

俺の思考がそこまで辿《たど》り着いたところで、目の前の彩園寺はもう一度小さく溜《た》め息《いき》を吐《つ》いた。そうして自身の端末を太ももの上に乗せると、何度か首を横に振る。

「まあ、とりあえず……《百面相》の正体も、これからどうやって《決闘《ゲーム》》を進めていくつもりなのかもよく分からないままだし、しばらくはどうにか耐えるしかないわね。桜花《おうか》は今のところ順調だけれど、そっちはどうかしら？」

「ん……そうだな。勢力とかリソースだけを見ればそんなに悪くはないんだけど……」

「けど？」

「……実は、チームメイトの一人とちょっとした対決をしているせいで、明日までにもう二人【司令官《コマンダー》】を倒さないと役職を交換させられることになってるんだよな。んで、そうなると俺の行動値が３ツ星相当なことがバレて、《決闘《ゲーム》》の勝敗以前の問題になる」

「えっ」

「それに——多分、《百面相》の影響を一番強く受けるのは俺たちだ。致命的に相性の悪い連中がいるから、ちょっと突かれるだけで仲間割れどころか空中分解しかねない」

「ちょ、ちょっと……さらっととんでもないこと言わないでよ」

煽《あお》ろうとしたつもりが予想外の返事が返ってきた、というような口調でそう言って、動揺と心配と、それから微《かす》かな焦燥が入り混じった瞳を俺に向けてくる彩園寺《さいおんじ》。

まあ、俺たちの関係を考えれば無理もない反応だが……しかし、実際のところ、それら二つの問題に関して言えば多少の当てがないでもなかった。まだ少し詰める必要こそあるものの、成功すれば確実にどちらの問題もクリア出来る魔法の一手。そしてそれは、事と次第によっては《百面相》とも渡り合えるような秘策になり得る、かもしれない。

「……え？　ま、待って篠原《しのはら》。もしかして、もう何か思い付いてるっていうの……？」

表情から俺の内心を見透かしたのか、微かに目を見開いた彩園寺がぐいっと身を乗り出してそんなことを言ってきた。紅玉《ルビー》の瞳が近付いてくると同時に膝と膝とがこつんとぶつかるが、俺はそれを意にも介さずに――正確にはそういう風を装いながら――一つ頷《うなず》く。

「ああ。……っていうか、《百面相《カメレオン》》の愚痴を言うだけならわざわざリスクを冒してまで女子フロアに忍び込んできたりしねえよ。俺は最初からそれを相談したくてお前に会いに来たんだ。本性を現しつつある《百面相》と、その影響でめちゃくちゃにかき乱された《アストラル》――そいつをどうにかして俺たちの勝利で終わらせるための策を、な」

「ん……でも、いいの？　あたしたち、《アストラル》では一応敵同士なのだけれど」

「知ってるよ。だけど、《百面相》に関してだけは手を組める――そうだろ？」

「…………ふふっ」

そんな俺の提案に対し、彩園寺はくすりと柔らかな笑みを零《こぼ》してみせた。そうして豪奢《ごうしゃ》な赤髪をふわりと払うと、ほんの少しだけ口角を持ち上げながら……一言、

「仕方ないわね、篠原は――それじゃ、今だけ。ちょっとだけ手を組んであげるわ」

危うく見惚《みと》れそうになるくらい不敵で余裕に満ちた表情を浮かべてそう言った。

＃

五月期交流戦《アストラル》、三日目前半。

イベントの折り返しとなるこの日の《決闘《ゲーム》》は、彩園寺《さいおんじ》の予想通り混沌《こんとん》を極めていた。

三チーム、だ——三日目が始まってからたったの二時間だけで、三つものチームが《決闘《ゲーム》》から脱落していた。しかも、その原因は全てバラバラだ。《百面相《カメレオン》》に直接殲滅《せんめつ》された学区は一つだけで、もう一つの学区はその場にいない《百面相》に調和を乱され壮絶な仲間割れの末に全滅。そして最後の一つは、《擬態》アビリティ——他プレイヤーの認識を狂わせて一時的に別人に成り代わる、というアビリティで《百面相》への便乗を図ったプレイヤーにより面白いくらい簡単に脱落させられている。

まさに《百面相》大暴れといった感じの展開だ。《ライブラ》の中継に集まっている視聴者数も秒を追うごとにどんどん増えており、注目度が高まっているのがよく分かる。

加えて、そもそも〝《決闘《ゲーム》》が大きく動いた〟というのも視聴者が激増した要因の一つなんだろう。《アストラル》は、撃破したチームのリソースを奪えるというそのシステム故に、後半になればなるほど《決闘》展開がインフレしていく。つい先ほど桜花《おうか》を抜いてエリア所持率一位に躍り出た聖城《せいじょう》のマス数は、なんと英明《えいめい》の三倍だ。

だからこそ、俺たちとしてもインフレに置いて行かれないよう少しでもエリアを広げておきたいところ……だったのだが。

「……おい、七瀬《ななせ》。少し先走り過ぎだ」

午前十一時四十二分現在。チーム内の空気は、お世辞にも良いとは言えなかった。

まあ、ある程度は仕方ないんだ――《百面相》の存在を前提としている以上、チームメイトに対しても少なからず疑いの目を向ける必要がある。そもそもの話、仲間の視界から離れないようにするというのは、言葉を変えれば〝相互監視〟ということだ。決して気分の良いものじゃないだろう。

「っ……何が？」

先行して歩を進めていた浅宮《あさみや》が、榎本《えのもと》の声に反応してピタリと足を止めた。彼女はブロンドの髪を払いながら面倒《めんどう》そうに振り返ると、そっと片手を腰に添え、整った顔を不満げに歪《ゆが》めるようにして榎本のことを睨《にら》み付ける。

「別にみんなの視界から離れたりしてないじゃん。ウチが一番戦闘向きだからこーやってチームの役に立とうとしてるのに、何でそーゆーこと言うの？」

「〝今はまだ〟見える範囲にいる、というだけだろう。考えなしな七瀬のことだから、放っておけば偵察だ何だと言ってずっと先まで行ってしまう恐れがある。取り返しが付かないことになる前に予《あらかじ》め釘《くぎ》を刺しておいたまでだ」

「あっそ。でもそれ、進司《しんじ》がちゃんとついてこないから悪いんじゃん。【剣闘士《ウチ》】をサポートするのが【魔術師《進司》】の役目でしょ？　ウチにばっかり文句言わないでよ」

「…………」

浅宮の返答に無言で小さく首を振り、ゆっくりと歩みを再開する榎本。彼の進みが遅いのは【司令官《俺》】から発信しているマップ情報を逐一確認して周囲の警戒をしているからなのだが、頭に血が上っている浅宮《あさみや》はおそらくそれに気付いていない。

「あーもう、ほんとにムカついてきた……何が《百面相《カメレオン》》だし。バッカみたい」

小さく悪態を吐《つ》きながら、榎本《えのもと》に背を向けた浅宮はさらに一歩前に出る。マップどころかサイトモードすら確認せずに無心で進んでいるため移動ペースはかなり早いが、当然ながら俺たちとの距離は開く一方だ。……仕方ない。

「なあ、浅宮。《百面相》に苛立《いらだ》つのは分かるけど、もう少しだけ落ち着いてくれ。チームメンバーがある程度固まったところにいないと万が一奇襲されたときに対応できない。それに、その辺りのマスはまだ【斥候《秋月》】の罠《わな》感知も済んでないし」

「え、でも………ん、まあ確かにそーかも。ごめんシノ、忠告ありがと!」

俺の言葉に一瞬反論しかけたものの、最終的には素直に謝ってパチンと両手を合わせる浅宮。と、それを見ていた榎本が、若干不満そうに鼻を鳴らす。

「ふん……篠原《しのはら》の命令なら何でも聞くんだな、七瀬《ななせ》」

「……はあ？　何それ、嫉妬？　チーム戦なんだから【司令官《コマンダー》】の命令聞くのは当たり前じゃん。それに、進司《しんじ》よりシノの方が超頼りになるから」

「個人の感想に文句を付けるつもりはないが、僕が言いたいのはチームの輪を乱すなということだ。こんな時に意地を張ってどうする」

「意地張ってるのは進司の方じゃん！」

もはや《決闘《ゲーム》》なんてそっちのけで言い合いを始める上級生二人。やはり、ペアになると途端に強力な相互弱体化効果《デバフ》が発生するという相性の悪さは伊達《だて》じゃない。

「……いかがなさいますか、ご主人様？」

そんな二人を見かねたのか、同じマスにいた姫路《ひめじ》が吐息交じりに耳打ちしてきた。

「これ以上は《決闘《ゲーム》》の進行に影響が出ます。よろしければわたしが仲裁いたしますが」

「ん？　ああいや、それなら姫路じゃなくて俺が――」

――瞬間、

「え？」「きゃっ⁉」

驚いたような声と共に、隣の姫路が小さく肩を跳ねさせたかと思えばそのまま俺に身体《からだ》を預けてきた。白い手袋に包まれた両手が縋《すが》り付くように俺の胸元に添えられ、透き通るような白銀の髪がさらりと頬《ほお》を撫《な》で、ついでにふわりと柔らかい匂いが容赦なく鼻腔《びこう》をくすぐってくるが、しかし問題はそんなことじゃなくて。

「……暗闇……？」

そう、そうだ――ついさっきまで明るい光で満たされていたはずのＡＲ世界が、突如として漆黒の暗闇に覆い尽くされたんだ。まるで何かで蓋をされたかのように、あるいは時計の針を強引に進められたかのように、世界が闇に落とされた。

「っ、す、すみません、ご主人様……ええと、つい」

俺の呟《つぶや》きで我に返ったのか、姫路《ひめじ》は少しだけ顔を赤らめながらそそくさと俺から身体《からだ》を離した。普段はクールで無表情な彼女も、さすがにこれは驚きを隠せなかったらしい。

(可愛《かわい》い……じゃなくて、マズいな。この暗闇、もしかして……)

痛烈な悪寒を抱きながらイヤホンを叩《たた》いてみる俺。と、返事はすぐに返ってきた。

『はいはーい、呼ばれて飛び出したりはしないけどいっつも三歩後ろで控えてる加賀谷《かがや》のおねーさんだよん！　きゃー、大和撫子《やまとなでしこ》ー！』

「…………」

『……無視!?　い、一生懸命やったのに……むう、いいもんいいもん。後で白雪《しらゆき》ちゃんに慰めてもらうから！』

拗《す》ねたような口調でそんなことを言う加賀谷さん。姫路がポツリと「いえ……慰めませんが」と呟いているのが聞こえるが、それでもめげずに彼女は続ける。

『それじゃ、ここからが本題ね。おねーさんの方でちょろっと解析してみたんだけど、この現象は十中八九アビリティだよ。一番有り得そうなのは《暗幕》っていう汎用アビリティかな？　指定の範囲を真っ暗にして相手の視界を奪ったりするのに使うやつ。結構広い範囲が巻き込まれてるみたいだし、多分Ｌｖ５以上の高ランクだね』

「……ん……」

『ただ、《暗幕》は相手だけじゃなくて自分の視界も奪っちゃうから、別のアビリティと組み合わせないといまいち使い勝手が悪いはずなんだけど……その辺はどうなんだろ』

イヤホンの向こうで『ふむむ』と唸《うな》りを上げながら、さらなる情報にアクセスするためカタカタとPCのキーボードを叩いている加賀谷さん。けれど俺は、その続きを待つまでもなく、とっくに顔を引き攣らせていた。

（――ヤバい。そのアビリティは、マズすぎる）

……そう。

加賀谷さんは〝別のアビリティと組み合わせないと〟なんて言っているが、少なくともこの状況に限ってはそんなこともないだろう。だって、俺たちが昨日決めたばかりの《百面相《カメレオン》》対策は〝互いの姿を常に視界に入れておくこと〟だ。それなのに、《暗幕》によって世界が闇に覆われた今、隣にいるはずの姫路の姿すらはっきりとは見えていない。

だとすれば――これは、明らかな〝攻撃〟だ。

（《百面相》本人か、もしくはそれに便乗した他のチームかは知らないけど……）

下唇を噛《か》みながらそっと右手を口元へ遣《や》る俺。

そうこうしているうちに《暗幕》の効果時間が終了し、俺の視界にもようやく元の風景が戻ってくる……が、案の定というか何というか、その雰囲気は先ほどとは全く違っていた。視線の先で対峙《たいじ》する浅宮《あさみや》と榎本《えのもと》。気怠《けだる》そうに髪を弄《いじ》っている浅宮はともかく、榎本の方は端末を突き出した臨戦態勢を取っている。

そうして彼は、どことなく警戒交じりの声音でこう言った。

「一つ答えろ。七瀬《ななせ》の……そうだな、誕生日はいつだ？」

「は？　そんなの、七月七日だけど……それが何？」

「このタイミングで《暗幕》などが使用されれば疑いが出るに決まっている。僕たち四人は近い場所に固まっていたからお互いの輪郭くらいは見えていたが、七瀬に関しては全くと言っていいほど視認できていない。つまり、視界から外れていた」

「っ……は、はぁ!?　何それ、もしかしてウチが《百面相《カメレオン》》だって言いたいの!?　そんなの進司《しんじ》の妄想じゃん！　超言いがかりなんですけど!?」

「そこまでは言っていない。ただ、その疑いがあるから早いうちに晴らしてくれと言っているんだ。次は……ふむ、では少し細かい話になるが、去年の誕生日に七瀬が僕に――」

「覚えてないっ！　覚えてないし、答える義理もないっ！　っていうかさ、ウチが進司の視界から外れたってことは、進司だってウチの視界から外れてるんだけど！　いきなりウチのこと殺そうとしてくるし、ほんとはそっちが《百面相》なんじゃないの!?」

「!?　何を、馬鹿な……先ほども言ったが、僕は七瀬以外の全員と一緒にいた」

「だから何？　あんだけ暗ければいくらでも誤魔化《ごまか》せるじゃん、そんなの」

榎本《えのもと》の主張を鼻で笑うようにして一蹴する浅宮《あさみや》。それに対して苛立《いらだ》ったように拳を握る榎本だが、しかし彼女の指摘が完全に間違っているかと言われればそんなこともない。故に、言い返すことが出来ずにいる。

（……ああ。やっぱり、こうなるよな）

そんな二人を見ながら小さく歯噛《はが》みする俺。

そう、さっきの《暗幕》――あれは、この状況を作り出すことこそが目的だったんだろう。《百面相》が入れ替われる余地を作ることで、実際に〝それ〟が起こったかどうかなんて関係なく、いとも簡単に他チームの連携を崩すことが出来る。

「っ……僕じゃない。《百面相》は七瀬の方だ」

「ぜっっったい違うから。そーゆーこと言う進司の方が《百面相》に決まってる」

すぐにでも【魔砲】を撃てる状態を保ちながら一触即発の空気で口論を続ける二人。

けれど――幸いにもというべきか、ここで時刻が十二時を回ったため三日目の前半戦は強制的に終了を迎えた。関連アプリが全て閉じられ、仮想現実世界《AR》が解除される。妙な疲労感と共に辺りを見渡してみるが、現実世界に戻ってきたからと言って、榎本や浅宮が別の誰かに豹変《ひょうへん》しているようなことはない。

つまり、二人とも《百面相》なんかじゃなかった、ということだが――

「……っ」

そんな中、当の浅宮は俺たちを置き去りにするかのようにスタスタと歩き出した。そうして最も近くに立っていた榎本《えのもと》を片手で押し退《の》けると、強張《こわば》った声でこんなことを言う。

「どいて。……もういいよ、進司《しんじ》がそんなに言うならウチ部屋に籠ってるから。また疑われるのやだし、今日の午後は《決闘》にも参加しないことにする」

「……は？　何だそれは、ふざけるな」

「ふざけてるのはそっちでしょ？　あんなに対立するくらいなら、どう考えてもウチがいない方がスムーズに進められるじゃん。いない方がマシじゃん。……進司だってそう思ってるくせに！」

「っ……おい、七瀬《ななせ》！」

捨て台詞《ぜりふ》と共に去っていく浅宮《あさみや》を大声で呼び止めようとしていた榎本だったが、やがてその背が見えなくなった辺りで諦め、右手の甲を額に当てた。そうして小さく「上手《うま》く行かないものだな……」と呟《つぶや》くと、改めてこちらに身体《からだ》を向ける。

そして彼は、静かに言った。

「すまない、篠原《しのはら》。僕も頭を冷やしてくる。最善は尽くすが……僕と七瀬は、もしかしたら午後の《決闘《ゲーム》》には参加できないかもしれない。いいや、参加しない方が良いのかもしれない」

「…………」

沈痛な表情で語る榎本に対し、無言で思考を巡らせる俺。

まあ、元々の相性の悪さがあったため、こうなることも全く予想していなかったわけではないのだが……それでも、相当厳しい状況であることに変わりはなかった。6ツ星二人の一時的離脱。もしもそれを許してしまえば、今日の後半はたった三人で戦い抜かなきゃいけないことになる。《百面相《カメレオン》》がどう出てくるかも分からない中で、それはなかなかの無理ゲーだ。

「……少々お待ちください、榎本様」

と——そこで声を上げたのは、俺ではなく隣の姫路《ひめじ》の方だった。彼女は楚々《そそ》とした足取りで一歩前に進み出ると、澄んだ碧《あお》の瞳を真《ま》っ直《す》ぐに榎本へと向ける。

「貴方《あなた》や浅宮様が万全の状態でないことは分かります。長い目で見れば一旦イベントを離れるのも一つの手だ、ということも。ですが、お忘れですか榎本様？　ここでお二人が抜けてしまったら、ご主人様との【司令官《コマンダー》】争いが——」

「ああ、そうか。……いや、もはや勝負も何もないだろう。篠原の適性はともかく、こんなところで逃げる僕にはそもそも【司令官】など向いていなかったということだ」

悲しげな口調でそう言って、こちらもゆっくりと去っていく榎本。……どうやら、先ほどの発言を撤回するつもりは微塵《みじん》もないらしい。

「はぁ～……」

そんな二人が去っていった方向を見つめながら、秋月《あきづき》はわざとらしく溜《た》め息《いき》を吐《つ》いた。

「もう……あの二人、もうちょっと素直になればいいのにね」

「素直に、ってのは？」

「だってほら、ほんとに仲悪いならいつも一緒にいるわけないじゃん。腐れ縁とか言ってるけど、心の底では嫌がってないんだよ。……えへへ♪　でもでも、これで乃愛《のあ》と緋呂斗《ひろと》くんの二人っきりだね♡」

「……それはわざと言っていますか？　秋月様《あきづき》」

「え〜？　だって、白雪《しらゆき》ちゃんはメイドさんでしょ？　ご主人様の恋路はちゃんと応援してあげないと……きゃっ♡」

「いえ、メイドの役目はご主人様に纏《まと》わりつく羽虫の掃除ですが」

「羽虫⁉」

あざとい仕草で驚愕《きょうがく》をアピールする秋月と、澄ました顔でそれをあしらう姫路《ひめじ》。そんなやり取りをぼんやりと眺めながら、俺は去っていった二人に思いを馳《は》せることにする。

（心の底では嫌がってない、か……）

確かに、言われてみればそうなのかもしれない。そして、だとすればきっかけ次第で仲直りしてくれそうなものだが……まあ、その辺はじっくりと練っていくしかないだろう。

「ふぅ……」

——五月期交流戦《アストラル》、三日目後半。

榎本《えのもと》との約束の期限であり、同時に《百面相《カメレオン》》の影響で《決闘《ゲーム》》が大きく動くことが予想されるそのパートは……どうやら、俺たちにとって一つの正念場となりそうだ。

＃

昼休みにあたる二時間は、姫路と秋月との作戦会議に費やされた。

いや、会議というか、前もって考えていた策を二人に伝えたというのが正しいか。昨日の段階でこうなりそうだとは思っていたから、一応【剣闘士《浅宮》】と【魔術師《榎本》】が抜けた三人パーティーでの戦い方というのもシミュレートはしていた。もちろん相応の不利は強いられるが、相手が《鬼神の巫女《みこ》》のような規格外でなければ撃退くらいは出来るだろう。

結局――榎本たちは、本当に三日目後半に参加しなかった。多分、あれだけ乱された関係を修復するのに二時間という時間はあまりにも短すぎたんだろう。ブロック中の途中参加は出来ないから、二人が《決闘《ゲーム》》に復帰できるのは早くても明日の朝になる。

…………そして。

〝それ〟は、三日目の後半戦が始まってすぐに訪れた。

『んー……挟まれてる、ね』

《アストラル》三日目、午後二時十二分。

突如として耳朶《じだ》を打った加賀谷《かがや》さんの声——その内容は、俺たちの現在地からそう離れていない位置に他チームの反応があるというものだった。それも、一つだけじゃない。東に向かう俺たちを挟み込むように、南北から二つのチームが迫ってきている……と。

そのことを姫路《ひめじ》と秋月《あきづき》に伝えると、さすがの二人も揃《そろ》って表情を強張《こわば》らせた。

「わわ、タイミング悪ぅ〜……せっかくのデート気分が台無しだよ、もう」

「そのような気分ならどうぞ台無しになっていただいて構いませんが、とはいえ挟撃というのは厄介ですね。ご主人様、敵の戦力などは分かりますか？」

「ああ。まだどこの学区かまでは見えてないけど、とりあえず北から来てるのはフルメンバーの五人。拠点を十五個持ってて、所持エリアは４７７マス」

「なるほど。わたしたちよりも少し上、というわけですね。……では、南の方は？」

「そっちはどこかのチームの残党だな。二人しかいないし、多分北側の連中に便乗して動いてるんだと思う。ただ、《干渉無効》か何かのせいで戦力はちょっと見えないな」

「五人組と二人組……合わせて七人ってこと？　むぅ、それはちょっとマズいかも。ただでさえこっちはメンバーが少なくなってるのに……」

焦《あせ》りを口に出しながらあざとく頬《ほお》を膨らませる秋月。どうしてこのタイミングで、という嘆きには確かに同意だが、しかし。

「昼休みの間にもちょっと話したけど……多分、それも含めてこいつらの策略なんだと思うぜ。《決闘《ゲーム》》内の時間だけで言えば、あの《暗幕》が起こったのは今からたった三十分前だ。その時点で探知できる範囲に他のチームはいなかったから、こいつらは《暗幕》の後すぐに動き出したってことになる。そんなの、アレで俺たちの連携が崩れることを最初から予測してなきゃ──《暗幕》の仕掛け人じゃなきゃ不可能だ」

「ぁ……で、でもでも、何でそこまで読み切れちゃうのかな？　《暗幕》って言ってもただ真っ暗になるだけだし、それで仲間割れするとは限らないと思うけど……」

「ああ、まあ普通はそうだ。いくら《百面相《カメレオン》》の影がチラついてるとはいえ、一瞬視界を奪われたくらいで致命的な対立が起こるとは言い切れない。……だけどさ、あの二人の仲の悪さってのは学外でも有名な話なんだろ？　足を引っ張り合って格下のチームに惨敗した、って例もあるし、今回の参加者の中にもそれを知ってるやつがいた可能性は高い」

「あ、あぁ～……うん、それなら納得だよ」

　何とも曖昧な笑みを浮かべて小さく首を縦に振る秋月。……まあ、単なる噂《うわさ》だけでそこまで断定するのは難しいかもしれないが、例えば去年の敗戦とやらを実際に見ていたやつなら〝利用できる〟と考えてもおかしくはないだろう。それこそ、学外交流戦イベントに全参加していたような化け物なら。

（実際、枢木《あいつ》なら《百面相》の混乱に速攻で便乗してくる気がするんだよな……というか、イベント初日からやたら突っかかってくるし、あいつが《百面相》本人だって可能性もあ

る。……まあ、もしそうだとしたら悪夢だけど）

内心でポツリと呟《つぶや》く。《百面相《カメレオン》》の中の人か、あるいはそれに乗っかって俺たちを殲滅《せんめつ》しようと企《たくら》んでいる第三者。どちらにしても、強敵であることは間違いない。

「それで……えっと、どうしよ緋呂斗《ひろと》くん？」

俺との距離をさらに一歩詰めながら、秋月《あきづき》は縋《すが》り付くような上目遣いで口を開いた。

「会長とみゃーちゃんを《決闘《ゲーム》》から追い出すのが目的だったってことは、もうすぐにでも交戦が始まるってことだよね？」

「ま、そうなるな。せっかく《暗幕》が完璧にハマったんだ、榎本《えのもと》と浅宮《あさみや》が復帰してくる前に……つまりは今日中に終わらせようとしてるに決まってる」

「う……ね、ねえ、さっきの作戦でほんとに大丈夫、かな？　乃愛《のあ》と緋呂斗くんのカップルは史上最強♡だし、おまけのメイドちゃんもそこそこ使える子だけど、相手が七人っていうのは……えと、逃げた方が良くない？」

「オマケが誰なのかという点に関してはそのうち教えて差し上げますが、秋月様の意見には概《おおむ》ね同意です。リソースでも負けていますし……それに、相手は非常に狡猾ですし」

茶化《ちゃか》しながらもどこか不安そうな秋月と、口ではそれを認めながらもその実逃走なんて微塵《みじん》も考えておらず、信頼しきった碧《あお》の瞳を俺に向けてくる姫路《ひめじ》。

「ん……」

そんなものを一身に受けながら、俺は小さく声を漏らした。……二人の言う通り、この局面はかなりの崖っぷちだ。こちらの体勢は少しも整っていないのに、相手は準備万端で俺たちを狩りに来ているような状態。ここまで来ると、もはや交戦と呼ぶことさえもおこがましいだろう。きっと、これから始まるのは、ただの一方的な〝蹂躙《じゅうりん》〟だ。

……けれど。

（見方を変えれば、それほど悪い展開でもないんだよな……）

そう、そうだ——現状が最悪に近い大ピンチなのは間違いないが、しかしだからこそ俺にとっては大きなチャンスでもあった。たとえ相手が《百面相》でなかったとしても、ここで二つのチームを撃破できれば彼女と渡り合うのに充分なくらいの戦力を手に入れられる。加えて、どちらのチームにも【司令官《コマンダー》】が残ってさえいれば、榎本との勝負だってこの場でケリを付けられる。そして、もしそうなれば——榎本の〝信用〟を勝ち取ることが出来れば、あの二人を仲直りさせるのはそう難しいことじゃないだろう。要は一石三鳥というわけだ。失敗すれば何もかも失うが、上手《うま》くいけば一気に優位に立てる分水嶺《ぶんすいれい》。

だから。

ここで逃げるのだけは、絶対に有り得ない——。

「……そう、だな」

そこまで思考を進めてから、俺は小さく口元を緩めてみせた。突然の変調に姫路と秋月が仲良く顔を見合わせているのが分かるが、気にせずニヤリと言葉を継ぐ。

「それじゃあ、敵がここに来るまでの間、もう少し細かく詰めておくか――二チームまとめて返り討ちに出来る、とっておきの秘策をな」

♯

悪夢というモノには、いくつか種類があると思う。

けれど、中でもこれはとびきり性質《たち》の悪い、現実逃避したくなる類《たぐい》の夢だった。

「――こうして会うのは二日ぶりだな、学園島《アカデミー》最強」

加賀谷《かがや》さんの警告から十分ほど後……俺たちは、《アストラル》が始まってから二度目となる接敵を迎えていた。それ自体は良いのだが、問題なのはその相手だ。四人のチームメイトを後ろに従え、切れ長の鋭い眼光をこちらへ向けている黒髪ポニーテールの少女。

（よ、よりにもよってお前かよ……）

思わず声が漏れそうになってしまった。……十六番区栗花落《つゆり》女子学園二年、《鬼神の巫《み》女《こ》》枢木千梨《くるるぎせんり》。長らく低迷していた栗花落女子の学校ランキングを一年で序列九位にまで押し上げた逸材であり、榎本曰《えのもといわ》く〝戦場で会ったらまず逃げるべき〟相手《よぎ》。

が……まあ、先ほどちらりと頭を過《よぎ》ったように、辻褄が合うという意味でなら彼女がここにいるのは不思議なことでも何でもないんだ。誰もが《百面相《カメレオン》》に翻弄される中、それを利用して――あるいは《百面相》本人なのかもしれないが――他チームを潰しにかかる柔軟性の高さ、狡猾《こうかつ》さ。それに彼女なら、榎本と浅宮《あさみや》の関係だってよく知っている。

「…………」

そこまで思考を巡らせてから、俺はゆっくりと一歩前に出た。

「ご丁寧にどうも。ただ、こっちとしては是非とも全員揃《そろ》ってるタイミングでお相手してやりたかったもんだな。出迎える側だってのに欠席二人じゃ礼に欠けるだろ？」

「いや、問題ない。何せ、その二人が参加できないように仕向けたのは私だからな」

「……せっかく伏せてやったのに暴露しちまうのかよ。真面目《まじめ》なのは見た目《ルックス》だけか？」

「よく言われる。けれど、ルールの範囲内で試行錯誤を繰り返すのは《決闘《ゲーム》》の醍醐味《だいごみ》だろう？　故に、真面目は真面目でも、勝利に対して真面目なのだと思ってもらいたい」

「はいはい、そうかよ」

(落ち着いた口調でとんでもないこと言ってんな……清楚《せいそ》な戦闘狂《バーサーカー》かよ、ったく)

枢木の放つ圧倒的な〝強キャラ感〟に内心で頬《ほお》を引き攣《つ》らせる俺。

そして同時に、自身の背後へと意識を遣《や》ってみると――

「えへへ、お二人はどちら様？」

「え……あの、俺らは九番区の神楽月《かぐらづき》学園、なんすけど……え、英明《えいめい》？　しかもその向こうにいるの……《鬼神の巫女》!?」

「だからヤバいって言ったじゃん！　に、逃げなきゃ！　殺される！」

「あ、ああ――」

「へぇ～、二人とも、乃愛《のあ》に会いに来てくれたんだぁ♪　えへへ、嬉《うれ》しいな♡」

「いや、そんなこと言ってな――って、ノア？　ノアってまさか、英明《えいめい》の小悪魔……」

「でもごめんね？　気持ちは嬉しいんだけど、乃愛、好きな人がいるから……きゃっ♡」

「ぜ、全然話が通じない……」

……話している内容はともかく、俺たちの背後から迫るもう一つのチームと対峙《たいじ》しているのは秋月《あきづき》乃愛だ。彼女は俺や姫路《ひめじ》と背中合わせになって、いつも通りのあざとい笑みを浮かべている。相手は九番区の残党のようで、内訳としては５ツ星の男女が一人ずつ。こちらは例の《暗幕》に便乗して俺たちを狩ろうと近付いてきていただけらしく、折悪く巻き込まれてしまった英明ＶＳ栗花落《つゆり》という最悪のマッチアップに足を竦《すく》ませている。

そんな状況を確認してから、静かに視線を前に戻す。……と、対面の枢木《くるるぎ》が、堂々とした足取りでこちらに歩みを寄せてきた。刃《やいば》のように鋭利な眼差《まなざ》しを俺に注ぎながら、静謐《せいひつ》な雰囲気を身に纏《まと》いながら、《鬼神の巫女《みこ》》は落ち着き払った声音で告げる。

「それでは、そろそろ始めると――否、終わらせるとしようか。ここまで準備が済んでしまえば後は単純作業に近いが、さりとて一切の気は抜かず、全力で貴様を叩《たた》き潰す」

「……へえ、そいつは楽しみだ」

普段の最強演技《ロールプレイ》に加えて《ライブラ》の配信に映っていることも意識しながら、俺はまるで歓迎するかのようにそんな言葉を口にする。……相手に《一射一殺《ワンショット・キル》》があるのは分かっているが、それでも態度で呑《の》まれたらお終《しま》いだ。自分が窮地に立たされているだなんて一ミリも思っていないような余裕の表情で、俺は彼女と対峙する。

そして――最初に動いたのは、俺でも枢木でもなく秋月乃愛の方だった。

「えへへ……ちょっとだけ、ズルしちゃうね♪」

端末にキスでもするかのような仕草を挟みつつ一つのアビリティを使用する秋月。《行動予測》と題されたそれは、色付き星《ユニークスター》――翠の星の効果を落とし込んだアビリティだ。使用者の適性によって効果が変わるという特殊な性質を持っており、その適性がカンストしている彼女ならいっそ心を読むレベルで凶悪な性能を引き出せることが分かっている。けれど、当の翠《みどり》の星は《区内選抜戦》を通して秋月から俺に渡っている。ならどうして彼女が未《いま》だに《行動予測》を使えるのか、といえば――

「では……ご主人様、後はお任せいたします」

――それは、姫路が採用している《入れ替え》アビリティの影響だった。

俺と秋月のアビリティを一つだけ入れ替えることで最強の〝小悪魔〟を復活させた姫路は、俺の耳元で囁《ささや》くようにそう言うと、そのままくるりと身体《からだ》を翻《ひるがえ》して秋月の背中を追い始めた。まさかたまたま居合わせただけの自分たちの方に二人も戦力を割かれるとは思っていなかったんだろう、秋月《あきづき》と対面していた九番区の連中が泡を食って逃げていく。

そんな光景を目《ま》の当たりにして、枢木《くるるぎ》は静かに呟《つぶや》いた。

「……貴様、正気か？　この私に対して、単独で……？」

訝《いぶか》しむように放たれる疑問の言葉――だが、まあそれもそのはずだろう。何せ英明《えいめい》側の人員はたったの三人。そのうち二人を九番区の迎撃に割いてしまえば、当然栗花落女子の方は俺一人で対処しなきゃいけないということになる。

そういった事情を鑑みてか、サイトモードに表示されている投票数も若干ながら変動し始めていた。現在交戦中の三チームに絞ってみれば、まず神楽月《かぐらづき》が最低値で、次に二倍の差を付けて英明。そして、さらに二倍の差で栗花落《つゆり》が一番の支持を受けている。ただでさえ戦闘向きじゃない【司令官《コマンダー》】を持つ俺なのに、あらゆるリソースで負けている。

けれど、

（……そんなことは、最初から分かってるんだよ）

俺は、数メートル先に立つ枢木に小さく笑みを浮かべてみせると、そのまま一歩前に出た。全ての攻撃スペルが《一射一殺《ワンショット・キル》》になる彼女との交戦では常にお互いの距離を一定以上に保ち続けなきゃいけないはずなのに、そんなことをまるで意識していないかのような行動。あまりにも自然過ぎたせいか、栗花落女子の誰もが咄嗟《とっさ》に反応できない。

いや――違う、一人いるか。

「それ以上動くな」

身体《からだ》の正面に端末を構え、鋭利な声音で俺を制止したのは、当然ながら枢木千梨《せんり》だ。

「この状況が理解できていないのか？　貴様は一人、私たちは五人だ。戦場こそ中立地帯だが、各種リソースも全て私たちが勝《まさ》っている。いくら貴様が学園島《アカデミー》最強だとしても、これだけの差を覆《くつがえ》すのは不可能だと思うが？」

「いや、そうでもないぜ？　お前たち五人くらいなら、俺一人でも充分だ」

「っ……、何？」

　その返事がよほど予想外のものだったんだろう。枢木は小さく目を見開いて、それからポニーテールを揺らしつつじっと考え込むように俯《うつむ》いた。それをいいことに、俺は――五対一という絶望的な構図にも関《かか》わらず――不敵な表情で彼女を煽《あお》る。

「ハッ……何だよ、こんな優勢なのに動くことも出来ないのか？　どのスペルだって一撃必殺になるんだから、遠巻きに《魔砲》でも使ってればそれだけで勝てるじゃねえか」

「…………」

「それか、剣道少女らしく《剣閃《けんせん》》でトドメを刺すのがお好みか？　そりゃ俺だって《防壁》の一枚や二枚は持ってるけど、それも無限に続くわけじゃない。試しにやってみればいいじゃねえか――ま、この《決闘》に未練がないなら、だけどな」

　口角を吊《つ》り上げながら意味深な台詞《せりふ》を繰り返す俺。

……正直な話をしておこう。

今俺が喋《しゃべ》っているのは、最初から最後までデタラメでありはったりだ——何となくそれっぽいことを言ってはいるが、別に今の俺を攻撃したところで何か面白いことが起こるというわけじゃない。普通にダメージを受けて、そのまま普通に負けるだろう。故に今この瞬間も、真《ま》っ直《す》ぐ立てているのが不思議なくらい心臓は悲鳴を上げている。

けれどそれでも、俺には一つの確信があった。

（姫路《ひめじ》の話では、枢木《くるるぎ》の《一射一殺《ワンショット・キル》》には何かしらの発動条件があるらしい。で、栗花落《つゆり》はこれまでどのイベントでも、その条件とやらが成立するようにチームを組んでる……つまり、一撃必殺が発動するにはチームメイトの協力が必須になる）

それは、過去のイベントからも明らかだ。昨日のうちに《鬼神の巫女《みこ》》に関するデータは一通り当たってみたが、どの《決闘《ゲーム》》でも〝条件〟はチームメイトに絡んでいた。

そして——もちろん元来の考え方もあるのだろうが——だからこそ、彼女はチーム全体の利益を第一に考えようとするだろう。一人で突っ立っているだけの俺なんか本来なら単独でも倒せるはずなのに、俺の発言や態度からどうしても〝罠《わな》の可能性〟を連想してしまうせいで迂闊《うかつ》に手を出すことが出来なくなっている。だって、一撃必殺の攻撃を持つ《鬼神の巫女》を前にしてこんな余裕を保てるやつが存在するか？　いるとしたら、それにはどんな前提が必要だ？　ああ、やっぱりどう考えても罠だ。細かいことはよく分からないが、目の前にいるのは学園島《アカデミー》最強。今攻撃するのは絶対にマズい――

（――とか何とか考えてるんだろ？）

逡巡《しゅんじゅん》の窺《うかが》える枢木の表情を見つめながら、俺はほんの少しだけ笑みを深くした。そうしてタイミングを見計らいつつ、静かに腕を持ち上げて、

（いいぜ、ならその妄想に溺れてろ。……マジで、頼むから！）

――パチン、と思いきり気取った仕草で指を鳴らす。

と……その刹那、たんっと短い音がしたかと思えば、枢木の隣に立っていた少女が突然ぐらりとバランスを崩した。それと同時、サイトモードに映る情報から彼女のLPが2だけ削れているのを見て取った俺は、畳み掛けるように《魔砲》を使用して彼女を瀕死《ひんし》の状態にまで追い込む。すると、次の瞬間、一発目の硬直時間《クールタイム》が解けたのか再び見えざる襲撃者が牙を剥《む》き、トドメを刺された少女はほんの一瞬でAR世界から消滅する。

その演出が完全に収まるのを見届けてから、俺はニヤリと笑みを浮かべてみせた。

「一人目撃破、だ。……《魔砲》が効いてたみたいだし、役職は【斥候《スパイ》】辺りか？」

「きっ……さまぁあああああああああ！」

仲間が倒されたことで激昂《げきこう》する枢木。そんな彼女の攻撃範囲から逃れるように、この作戦の肝だった姫路が急ぎ足で俺のいるマスまで戻ってきた。

「ふぅ――ただいま戻りました、ご主人様」

「ああ。……よくやった、姫路《ひめじ》」

——そう、そうだ。

タネを明かせば、彼女は最初から秋月の援護になんて回ってはいなかった。というかそもそも、《行動予測》を手にした秋月《あきづき》なら格下二人くらい余裕で相手できるだろう。栗花落《つゆり》と英明《えいめい》の戦力差を考えても、姫路が俺のサポートに入るべきなのは明白だ。けれど、だからと言って、俺たち二人が普通に待ち構えていても勝ちの目はほとんど生まれないだろう。茨《いばら》学園の結川《ゆいかわ》も言っていたが、【司令官《コマンダー》】と【守護者《ガーディアン》】というのは最も火力に欠ける組み合わせなんだ。まともに戦ったら多分一人も倒せずに終わってしまう。

……だから、俺たちは一計を案じた。

南から迫る神楽月《かぐらづき》を秋月が一手に引き受け、本命の栗花落は俺と姫路で対処する。ただし姫路は、秋月の側に回る〝フリ〟をすることで一時的に枢木《くるるぎ》のマークから外れ、その後すぐに《隠密《おんみつ》》を使ってこちらへ戻ってくる。そうして俺の合図と同時に不意打ちでスペルを使い、最速で誰か一人を落とし切る——と、まあ流れとしてはこんな感じだ。

「……っ……」

姫路が姿を現したことでおおよその状況にも見当が付けられたんだろう、枢木は悔しげに顔を歪《ゆが》めながら、先ほどよりも数段鋭利な視線をぶつけてきている。

（さて……問題はこれで〝条件〟が崩れたかどうかだけど）

そんなものを真っ向から見つめ返しながら、内心で静かに呟《つぶや》く俺。……いくらか調べてはみたのだが、枢木の《一射一殺《ワンショット・キル》》は《決闘《ゲーム》》内容によって発動条件が異なるらしい。故に、今の一人を倒したことで状況が変わったのかどうか、傍目《はため》には判断が付かない。

と――その時だ。

「ご主人様、危ないです……っ！」

突如ゆらりと枢木の腕が持ち上げられ、そのまま流れるような挙動で《魔砲》スペルが放たれた。条件が達成されているのなら一撃で俺のLPを根こそぎ持っていくような攻撃だが、どうにか姫路の《防壁》が間に合ってくれる。

いや、間に合った……の、だが。

「っ⁉」

直撃の瞬間、声にならない悲鳴のような音を発する姫路。……が、まあそうなるのも無理はないだろう。だって、確かに《防壁》が間に合っていたにも関《かか》わらず、彼女の頭上に表示されたクリスタル状のLPが一気に四つも砕け散ったんだから。

「……ふむ、さすがに《防壁》の上からでは仕留めきれないか」

抜刀した直後のような体勢で呟いてから、まるで刀を鞘《さや》に納めるかのようにスッと端末を腰のポケットに戻す枢木。単にスペルを使用しているというだけなのに、達人による居合切りのようなモーションを幻視した。

（《防壁》があるのにLPほとんど持ってくとか、どうなってんだよ……!?）

あくまでも冷静な表情を浮かべながら、内心でそんな文句を言う。

おそらく、だが……《防壁》は、そのテキストこそ〝受けるダメージを0にする〟となっているものの、実際の処理としては〝被ダメージを大幅に減らす〟効果になっているんだろう。そして反対に、枢木《くるるぎ》の《一射一殺《ワンショット・キル》》は超大量のダメージだ。本来は矛盾するはずのそれらが正面からぶつかり合い、その結果、姫路《ひめじ》が瀕死《ひんし》の状態にまで追い込まれた。

圧倒的な暴力。防御すらも許さない《鬼神の巫女《みこ》》。

「っ……」

そんなギリギリの戦況を把握しながらも、俺は動揺など微塵《みじん》も見せることなくマスからマスへと移動し続けていた。移動というか平たく言えば逃走なのだが、ただ逃げているというわけじゃない。可能な限りランダムに、全身全霊で枢木との距離を保ち続ける。

そして……その変化は、ゆっくりとフィールド上に現れ始めた。

「む……？」

ほんの一瞬だけ足を止め、その場で視線を巡らせながら小さく眉を顰《ひそ》める枢木。が、それもそのはずだろう。何せ――全てというわけじゃないが――俺が立ち入ったマスのいくつかが鮮やかな翠に染まっているんだ。その数、既に二十は下らない。

そんなものを見て、枢木は面倒《めんどう》そうに吐き捨てた。

「小癪《こしゃく》な……《中和》スペルを使って部分的に自エリアを作り出し、貴様らにとって有利な戦場を構築しようとしているのか」

「さあ、どうだろうな。もしかしたら別の思惑があるのかもしれないぜ？」

「別の？　……いや、貴様と問答するつもりはない。時間稼ぎはもうたくさんだ」

不服そうに呟《つぶや》くと共に歩みを再開する枢木。

有利な戦場――確かに、中立マスで埋め尽くされた戦場に一部分だけでも自軍のエリアを作り出すことが出来れば、それは立ち回りという意味で非常に重要な拠点《ポイント》となる。そういった目的で《中和》を使うのは普通にアリだし、理屈としては何も間違っていない。

だけど、それでも、彼女の推測には大きな誤解が二つあった。

（俺たちにとって有利な戦場、ね。……馬鹿言え、たとえこの辺一帯が全部英明のエリアだったとしても、俺とお前の戦力差は覆らねえよ）

――そう。だからこそ、俺が狙っているのは戦場の構築などでは有り得ない。

枢木から逃げ惑いながらバラ撒《ま》いていた翠《みどり》のマス――あれは、無作為に配置しているように見せかけて、実はとある規則性を持っていたんだ。普通に考えれば、一方的に不利な状況を押し付けられる敵エリアになんて誰も入りたくはない。そんな心理を利用して、俺は栗花落の連中を南の方へと誘導していた。

（このまま行けば、誘導自体は上手《うま》く行く。……けど、マズいな。枢木の《一射一殺》がまだ解除できてない。この辺りでもう一人くらい削っておきたいところだけど……）

いつ飛んでくるかも分からない必殺の攻撃を警戒しながら高速で思考を巡らせる俺。

と――そんな時、不意に涼やかな声音が耳朵《じだ》を打った。

「ご主人様、少しよろしいですか？」

「……どうした？」

「わたしに一つ考えがあります。今すぐにでも実行できて、上手《うま》く行けば栗花落《つゆり》女子のメンバーを一人落とせるかもしれない手――ですが、必ずしも成功するとは限りません。もし失敗すれば、わたしは《アストラル》から脱落してしまうでしょう。……その上で、ここはわたしに任せていただけないでしょうか。信じて、いただけないでしょうか」

背後の枢木《くるるぎ》たちから意識を逸《そ》らさないまま、姫路《ひめじ》は静かに言葉を続ける。その声色はほとんどいつも通りに聞こえるが、逆に無理して平静を保っているようにも感じられて。

だから、というわけじゃないのだが。

「当たり前だろ――この島に来てから、俺がお前を信じなかったことなんて一度もない」

「ぁ……はい、ありがとうございます」

俺の返事を聞いてふっと柔らかな笑みを零《こぼ》すと、姫路はその場でくるりとターンを決めた。後ろから迫る栗花落女子の面々に身体《からだ》ごと向き直り、綺麗《きれい》な礼をしてみせる。

そうして一言、

「と、いうわけで――枢木様、並びに十六番区栗花落女子学園の皆様。あなた方にはこの場で足踏みしていていただきます。平たく言えば、ここから先へは行かせません」

「……ほう？」

視線の先で、枢木が可笑《おか》しそうに口元を歪《ゆが》めたのが見えた。

「まさかとは思うが、私を馬鹿にしているのか？　同じ手《ブラフ》を二度も使ってくるとはな」

「いえ、そのようなつもりはありません。……ありませんが、もしこれがブラフだと思うなら、実際に撃ってみればいいのではありませんか？　それで全て解決です」

「なるほど、ではそうしよう」

よほど気が立っていたのだろう。姫路の発言から一秒と経《た》たないうちに、枢木は端末を構えて何かしらのスペルを利用した。姫路と枢木の距離から考えておそらく《魔砲》だろうとは思うが、まあスペルの種類なんて関係ない。《一射一殺《ワンショット・キル》》が有効になっている限り枢木の攻撃は全て必殺の一撃になる。

「っ――」

着弾の瞬間、姫路は後ろから見ていてもはっきり分かるくらいぎゅっと身体を強張《こわば》らせていた。意味がないと分かっているからなのか、《防壁》を使う素振りもない。まさか囮《おとり》にでもなろうとしているのかと、俺が最悪の想像をした――その時、だった。

「…………何？」

ポツリ、と、困惑で彩られた枢木《くるるぎ》の声が耳朶《じだ》を打つ。

が、まあ、それもそのはずだろう――何せ、彼女の放った攻撃スペルが姫路《ひめじ》を貫いたように見えたその瞬間、LPを根こそぎ持っていかれたのは姫路ではなく、他でもない栗花落のメンバーだったんだから。最後まで役職の分からなかった彼女はポカンとした顔のまましばらく固まり、何かしらの言葉を発する前にAR世界から消滅する。

その様子を最後まで見ていた枢木の視線が、ゆっくりと姫路を捕捉した。

「貴様……今、何をした？　異常な挙動に思えたが……」

「異常とは心外ですね。わたしが使用したのはただの《数値管理》です」

「……馬鹿な」

「馬鹿ではありません。……いいですか？　《アストラル》の攻撃スペルは、どれも〝対象の座標に存在するプレイヤーに既定のダメージを与える〟という効果を持つプログラムです。要するに全て数字であり、物理的な銃弾や砲撃が飛んでいるわけではありません」

「？　ああ、それはそうだ」

「であれば、話は簡単です。攻撃者の座標と標的の座標、スペル使用のタイミング、そして狙いを移し替えたい座標――これらを全て演算できれば、《数値管理》で該当の座標を置き換えることによりその攻撃の着弾点を捻じ曲げることが出来ると思いませんか？」

「――――」

呆《ほう》けたように固まる枢木。……まあ、無理もないだろう。確かに、姫路の言っていることは間違っていない。強力すぎる枢木の攻撃を逆手に取った絶妙な一手――ただ、当然ながら相当なギャンブルだ。少しでも演算をミスしていれば失敗するだけだし、しかも、あまりにもタイミングがシビアだから加賀谷《かがや》さんの協力すら望めない。故に、今の一撃は《カンパニー》リーダーである姫路が端末一台でこなしたものだ。

「…………」

やがて、どうにか動揺から立ち直ったらしく、枢木が鋭い視線を投げ掛けてくる。

「計算外だ。……貴様、何者だ？」

「わたしですか？　……そうですね」

そんな問いかけに対し、姫路はほんの一瞬だけちらりと俺を見つめると、

「わたしは、メイドです。それも、学園島《アカデミー》最強の――篠原緋呂斗様の専属メイドですよ」

ふわり、と笑ってそう言った。

♭

「…………くそ」

枢木千梨《せんり》は、苛立《いらだ》っていた。

当たり前だ。あんな気取った態度の男に煽《あお》られ続けて穏やかでいられるはずがない。お

付きのメイドにも一杯食わされるし、展開としては散々だ。

現在、栗花落《つゆり》女子の生存者は自身を含めて三人。《アストラル》における《一射一殺《ワンショット・キル》》の発動条件は〝交戦に参加している自チームのメンバー数が相手チーム以上であること〟及び〝アビリティ使用者の行動値が3以上であること〟だから、あと一人でも落とされると条件が崩れることになる。強化《バフ》アビリティを持っていた【守護者《ガーディアン》】もやられてしまったから、行動値の方もギリギリだ。

(想定外の苦戦だが……)

静かに思考に耽《ふけ》る。……先ほどの《数値管理》には驚かされたが、知っていれば対処は出来る。あのメイドのLPは残り1なんだから、わざわざ《一射一殺》を使う必要なんてないわけだ。どんな攻撃でも守らなきゃいけないわけで、そうなれば必ず隙が生まれる。

(故に、勝てる……《中和》が鬱陶しいが、リソースを切らせていると思えば悪くない)

篠原緋呂斗《しのはらひろと》が生成している翠《みどり》色のエリアを避けるようにして追撃する。本音を言えば無視したいところだが、今英明《えいめい》のエリアに入ると行動値が下がり、《一射一殺》の発動条件から外れてしまう。よって、導かれるままに南の方へと足を向けるしかない。

(ん……？　そういえばヤツは何故南に向かっているんだ？　こちらに何があると——)

そんな初歩的な部分に枢木《くるるぎ》が始めて疑問を抱いた、瞬間だった。

＃

カッ――と大きな音がして、枢木の隣のマスが勢いよく爆発した。

「なっ……!?」

驚愕《きょうがく》の声を上げながらも瞬時に《防壁》を展開する枢木を置き去りにして、彼女の隣で端末を開こうとしていた少女が一瞬で《決闘《ゲーム》》から脱落する。一つの《罠《わな》》にLPを五つも持っていける性能はないはずだから、おそらく複数仕掛けられていたんだろう。

そんな光景を遠巻きに眺めながら、俺は淡々と口を開いた。

「かかったな。……これで三人目だ」

「っ……その口振り、どうやら偶然の事故というわけではなさそうだな」

「ああ、そりゃそうだ」

動揺する枢木に対し、俺はゆっくりと言葉を続ける。

「お前がどこまで英明の情報を掴《つか》んでるのかは知らないけど……実はさ、今九番区の相手をしてるうちの〝小悪魔〟は、相手の思考やら行動やらを読むのがめちゃくちゃ得意なんだよ。そのせいで、普通の攻撃スペルより《罠》を使った方が上手く立ち回れるらしい」

「……それが、どうした?」

「何だよ、まだ分からないのか？　交戦中にも《罠》をばら撒《ま》き続けてるんだから、当然まだ起動してない罠だって大量にあるに決まってるじゃねえか。相手が思った通りに踏んでくれなかった罠《わな》、立ち回りの過程で必要なくなった罠……ハッ、だからこうして南の方までお前らを連れてきたんだよ。ここは、あいつらの戦闘の跡地だからな」

「っ……そうか、貴様らが九番区を深追いしたのは、最初からこうするために……!?」

ようやく俺の意図に気付いてくれたらしく、悔しそうに奥歯を噛《か》み締める枢木《くるるぎ》。彼女はしばらくの間俯《うつむ》きがちに黙り込んでいたが、やがて鋭い視線を持ち上げながら続ける。

「何故《なぜ》気付けなかったのか、自分でもよく分からないな。……貴様が私を誘導していたのは分かっていた。けれどどうしてか、その意図にまで気が回らなかった」

「さあ、どうしてだろうな。どっかの小悪魔に思考でも誘導されてたんじゃないか？」

「……本気で言っているのか？」

「半分くらいは、な」

飄々《ひょうひょう》とした態度で告げる俺。……まあ、実際のところは〝姫路《ひめじ》の《数値管理》が強烈すぎて俺の小細工にまで意識を回す余力がなかっただけ〟なのだろうが……それはそれとして、《行動予測》を手にした覚醒秋月《あきづき》ならそれくらい出来てもおかしくない、気もする。

「…………」

対する枢木は、それからしばらくの間黙り込んでいた。おそらく——というかほぼ確実に、先ほどの一人が脱落したことで《一射一殺《ワンショット・キル》》の発動条件が崩れたんだろう。右手をくしゃっと前髪の辺りに押し当てながら、彼女は小さく息を吐く。

「ふぅ……やってくれるな、学園島最強《アカデミー》」

「そりゃどうも。けど、そんなにじっと見つめられると照れちまうな」

「御託は結構。……それより、この期に及んでまだ惚けるつもりか？　現状で優位に立っているのは貴様ら英明《えいめい》ではない――むしろ、圧倒的に私たちだ」

怒気の中に凄惨な笑みを滲《にじ》ませながら、枢木千梨《せんり》は大きく一歩前に出る。

「仲間が三人もやられたのは屈辱だし業腹《ごうはら》だが、しかし先ほどの発言ではっきりした。貴様の策には致命的な欠陥がある」

「欠陥？」

「そうだ――貴様は、明らかに《中和》スペルを使い過ぎている。パフォーマンスのつもりなのかもしれないが、あれだけ《中和》にスロットを割いていては攻撃スペルなどろくに採用できていないだろう？　だから貴様は、私たちを攻撃するためにわざわざ【斥候】の《罠》を借りなければならなかったんだ。余裕綽々《よゆうしゃくしゃく》の態度に見えるが、そんなことはない。むしろアレは、貴様にとって苦肉の策だった」

「……へえ、なかなかよく見てるな」

さすがの観察力だ、と適当に称賛しつつ、俺はニヤリと笑って続ける。

「けど、だからって枚数までは――」

「三十五枚、だ。……貴様が私たちとの交戦で使用した《中和》は三十五回。そして、先ほど脱落した栗花落《つゆり》の【司令官《コマンダー》】によれば、英明《えいめい》の拠点数は十二――個人スロットの上限は拠点数の三倍だから、貴様の場合は最大でも三十六枚だ。最初に使用した《魔砲》スペルも含めれば、貴様の個人スロットにはもはや《防壁》の一枚すら残ってはいない」

「…………」

枢木《くるるぎ》の鋭い追及に、俺は思わず黙り込んだ。……《鬼神の巫女《ワンショット・キラー》》枢木千梨《せんり》。学外イベントに参加しまくっているだけあって、こういったやり取りには慣れているようだ。彼女の指摘通り、俺が作った翠色《みどり》のマスは三十五で間違いない。あれだけ感情を昂《たかぶ》らせながらも冷静にカウントを続けていられるその胆力には恐れ入る、が。

「……お忘れですか？　枢木様」

短く一つ呟《つぶや》いて、俺の隣に立っていた姫路《ひめじ》がコツンと一歩前に出た。

「たとえ武器を全て失おうとも、ご主人様にはこのわたしが付いています。従者《メイド》を倒さないままご主人様に触れられるとでも――」

「――無論、そのようなことは思っていないとも」

姫路の口上をぶった切るように枢木が獰猛《どうもう》な声を発した瞬間、彼女の隣にいたもう一人の少女がさっと端末に指を走らせた。それと同時に、姫路が「っ……」と声にならない悲鳴を上げる。まるで〝動けない〟とでもいうような反応だ。

どうやって、と俺が眉を顰《ひそ》めていると、枢木はわずかに口元を緩ませながら続けた。

「貴様も知っての通り、私たち栗花落は徹底的に《一射一殺《ワンショット・キル》》を活《い》かすためのチーム構成をしている。中でも、彼女に採用してもらっているのは《メデューサの魔眼》──自分自身は攻撃できなくなる代わり、目視した相手を一分間移動不能にする優れものだ」

「……へえ。なるほど、そりゃ便利なアビリティだな」

「お褒めに与《あずか》り光栄だ。──さて、これで貴様はスペルを一枚も所持していない。厄介な従者は《魔眼》に睨《にら》まれて動けない。すなわち、私たちの勝利が確実になったわけだが」

「そうか？　でも、お前の《一射一殺》はもう剥《は》がれてるんだろ。そいつがなければお前はただの５ツ星だ。そう簡単に勝てるとも思えないけどな」

「……どうかな」

瞬間──何故《なぜ》か──枢木はふっと悲しげに目を伏せた。それから一転、ゆっくりと右手を持ち上げると、握った端末をすぐ隣にいる少女に向ける。

そして、

「すまない、みんな────不甲斐ない私をどうか許してくれ」

──タンッ、と轟音《ごうおん》。枢木が放った《銃火》を微動だにせず受け入れて、その少女は即座にＡＲ世界から姿を消した。意味が分からず絶句する俺に対し、枢木は静かに告げる。

「これまで開示したことは一度もなかったが──《一射一殺》は元々、孤軍奮闘型のアビリティだ。チームメイトが全員倒れている時にのみ効果を発揮する……だが、それではあまりにも悲しいだろう？　故に私は、《代替条件》アビリティを用いて発動条件を別のものに変えていたんだ。仲間がいても――いや、仲間がいないと《一射一殺《ワンショット・キル》》を使えないように、な。……すなわち、ただ望んでいないというだけで、元より私は一人《こ》の方が強い」

（っ……は、はぁ!?）

「スペルも持たない相手を葬るには過剰戦力かもしれないが……貴様には大きな借りがあるのでな。私たちをおちょくったことを後悔させてやるとしよう」

静かにそう言いながら、枢木《くるるぎ》は端末を宙に掲げた。……おそらくだが、island tube《アイ・チューブ》のコメント欄は今頃大いに盛り上がっていることだろう。大切な仲間を全て失い、満身創痍《まんしんそうい》となった《鬼神の巫女《ワンショット・キラー》》枢木千梨《せんり》。それでも決して鈍ることのない彼女の《剣閃《けんせん》》が、学園島《アカデミー》最強たる篠原緋呂斗《おれ》の身体《からだ》を袈裟《けさ》切りにする――――その直前、だった。

「……別に、おちょくってなんかいないんだけどな」

俺は、ニヤリと口角を持ち上げながらそんな言葉を口にすると、そのままトンっと背後へ移動した。そうして〝空になっている〟と指摘されていたはずの個人スロットから《魔砲》スペルを選択すると、迷いなく枢木に向けて撃ち放つ。続けざまに《解除》で硬直時間《クールタイム》をスキップすると、一歩踏み込んで《剣閃》スペルを使用する。

「……は？」

それを受けた枢木は、ダメージそのものというよりも、むしろ〝何が起きたか分からない〟という混乱に身を竦《すく》ませているようだった。……が、まあそうなるのも仕方ないだろう。だって彼女の見立てでは、俺の手札にはスペルなんて残っていないはずだった。そんな俺がいきなり攻撃を連打し始めたんだから、そりゃあ驚くなという方が無理な話だ。

　悠然とした態度で端末を構える俺に、枢木は震える声を叩《たた》き付けてくる。

「ど、どうなっている!?　貴様の個人スロットは無尽蔵か!!」

「そりゃ7ツ星だからな――って言いたいところだけど、そんなわけないだろ。個人スロットの仕様は全員同じだよ」

「なら何故《なぜ》!?　あれだけ《中和》を連発していればとっくに切れているはずだ！」

「いや、悪いけどその認識自体がそもそも間違ってる。……いいか？　少し前、俺はお前らから距離を取りながらいくつかのマスを〝翠《みどり》〟に変えた。お前はそれを『有利な戦場作りのためだ』って予測してたみたいだけど、残念ながらそうじゃない」

「……、ふん」

　種明かしをするような口調で告げる俺に、枢木が苛《いら》ついたように鼻を鳴らす。

「そのくらい分かっている。要するに、あれは誘導だった、と言いたいんだろう？　私たちをこの地へ、この地雷原へと誘《いざな》うための」

「ああ、もちろんそれも一つだ。だけど、あの行動にはもう一つ別の目的があった――それが、枢木。お前を騙すことだよ。俺がスペルを使いまくってるように見せかけることがそもそもの目的だった」

「……見せ、かける？　それは……一体、どういう意味だ？」

「どうもこうもねえよ。俺は、お前らとの交戦が始まってからスペルなんてほとんど使ってない。もっと言えば、《中和》スペルを使ったエリア拡張なんか一回もやってない。アレは単に、アビリティを使ってマスの見た目を変えてただけだ」

「なッ!?」

――そう、そうだ。そういうことだ。

藍の星の持つ限定アビリティ《†漆黒の翼†》。昨日の茨《いばら》学園戦ではブラフとしてのみ利用したこの特殊アビリティを、俺は今度こそ本当に起動していた。見せていたのは、俺が踏み入ったマスの一部が徐々に翠《みどり》に染まっていくという演出……まるで俺が《中和》を使ってマスの占拠を行っているかのように、ただただ色だけを上書きしていた。

つまり、そもそも見せかけだったんだ。

枢木《くるるぎ》を誘導していた翠のマスは、ただ翠に見えるだけで英明のエリアなんかじゃない。

「……ハッ」

立場が引っ繰り返っていることを印象付けるように、俺はニヤリと笑ってみせた。

「だからさ、全部お前の勘違いだったんだよ。《†漆黒の翼†》が操るのは演出だけなんだから、実際には占拠も何も起こっちゃいない。俺の個人スロットはほとんど手付かずのまま残ってる……どころか、お前を倒すためのスペルでパンパンだ」

「…………」

「――ふぅ。形勢逆転、ってやつだな」

吐息と共にポツリと呟《つぶや》く。……先ほどの連撃のおかげで、枢木のLPは残り2になっている。ダメージの通り具合から考えるに役職は【剣闘士《ソルジャー》】だろうから、あと一発でも《魔砲》を当てられればそれで終了というわけだ。こうなれば《一射一殺《ワンショット・キル》》何もない。

そうして俺が、この戦いに終止符を打つべく端末を掲げようとした――その瞬間、

「っ!?」

バヂッ、と嫌な音がして、当の端末が激しく振動した。急いで画面を見てみれば、見慣れたインターフェースが全て消え去り、代わりに〝操作不能〟の四文字が画面中央に浮かび上がってきている。幸いにも時間は十数秒とかなり短いが、それだけあれば枢木が体勢を立て直すには充分だ。

「くそっ……！」

一時的に《防壁》を展開しつつ大きく俺から距離を取る枢木。そうして彼女は、ここぞとばかりに攻めに転じる――かと思いきや、一つ首を振ってから吐き捨てるような口調でこう言った。

「《電子妨害》、窮地の時にしか使えない私の切り札だ。栗花落《つゆり》女子の名誉のためにもこん

なところで倒れるわけにはいかないのでな——屈辱だが、ここは一旦退かせてもらう」

「え？　……って、おいっ！」

大声を上げて呼び止めようとしてみるが、当然ながらというか何というか、その甲斐《かい》も虚《むな》しく枢木《くるるぎ》は彼方《かなた》へ姿を消してしまった。……一応、《カンパニー》の支援があれば追撃自体は可能だが、それこそスペルが底を突きかねない。満身創痍《まんしんそうい》とはいえ枢木には《一射一殺《ワンショツト・キル》》が残っているわけだし、ここで深追いすべきでないことは明白だろう。

ただ、枢木を見逃すとなると、当然〝栗花落《つゆり》のエリアを奪えない〟という大問題も発生することになるが……まあ、この状況ではそこまで贅沢《ぜいたく》も言えないか。これだけ戦力差のあるチームをはったりだけで撃退できたんだから、とりあえず良しとしておこう。

「——お疲れ様です、ご主人様」

ようやく移動不可の解けた姫路《ひめじ》が俺の近くへ歩み寄りながらそっと声を掛けてきた。

「何というか……枢木様は、本当に戦い慣れていましたね。一撃必殺のアビリティだけでなく、洞察力や適応力も一級品でした。二年生で5ツ星という高い等級にも頷《うなず》けます」

「確かにな。……でもさ、ちょっと妙だと思わないか？　さっきのアビリティ——《電子妨害》だったか。あのタイミングで攻撃スペルを使ってれば、あいつは確実に俺を倒せたはずなんだよ。もちろんそれじゃ姫路と秋月《あきづき》までは対処できないし、多分、それもあってあいつは〝逃走〟を選んだんだろうけど……でも、《アストラル》はエリアを奪い合う

《決闘》だぞ？　いくら《鬼神の巫女《みこ》》って言ったって、一人じゃさすがに勝てないだろ」

「ん……言われてみれば、確かにそうですね。当てもなく無様に逃げ出すくらいなら、いっそご主人様を攻撃して一矢《いっし》報いた方がまだマシに思えます。……では、他に何かあるのでしょうか？　たとえ一人きりだとしてもどうにか生存しておくべき理由が」

「そう、だな……」

　白手袋に包まれた指先を頬《ほお》に当てている姫路と共にああでもないこうでもないと考えてみるが、どうしてもその〝理由〟とやらには思い当たらない。分かったことと言えば、彼女が《百面相《カメレオン》》本人ではないこと——だってもし孤軍奮闘型のアビリティである《一射一殺》を《百面相》が持っていたなら《アストラル》はとっくに終わっている——くらいのものか。

　と……そんな時、

「〜〜〜〜〜〜〜〜緋呂斗《ひろと》くんっ！」

　大きな声が聞こえて後ろを振り返ってみれば、秋月がぱたぱたと（あざとく）こちらへ駆け寄って来るのが見て取れた。俺の目の前で急停止した秋月は、妙に色っぽい吐息を交えながら上目遣いで戦果を告げてくる。

「はぁ、はぁっ……えへへぇ♡　あのね、あのね緋呂斗くん、向こうの二人は乃愛《のあ》がちゃーんと倒してきたよ♡　ね、ね、偉い？　乃愛すごい？」

「あ、ああ……ありがとな。お前のおかげで助かった」

「わ、やったぁ♪　えへへ、それじゃ撫《な》で撫でもしてほしいなぁ……きゃっ♡」

「……いいけど」

あざとい仕草で身体《からだ》を寄せてくる秋月《あきづき》の頭にポンと片手を乗せて、ふわふわのツインテールにそっと指を通していく。やっていることはそれだけのはずなのに、少し手を動かす度に秋月が「んっ……♡」と甘い声を漏らすせいで姫路《ひめじ》の視線が非常に痛い。

「――えへへ、ありがとっ♡」

やがて俺の〝ご褒美〟に満足してくれたらしい秋月は、とんっと軽快なステップで一歩後ろに移動した。そうして彼女は、上気した頬《ほお》を冷ますようにパタパタと両手で顔を扇《あお》ぎつつ、不思議そうな口調でこんなことを言ってくる。

「でもでも……何か、変なんだよね。九番区の人たちは二人とも倒したはずなのに、サイトモードで見てみても英明のエリアが1マスも増えてないの」

「え？　……本当だ。もしかして、あの二人の他にもメンバーが残ってたのか？」

「チームを二つに分けてたってこと？　ん～……でも、そんなことするかな？　あんまり意味ないような気がするけど……」

秋月の声を聞きながら、そっと右手を口元へ遣《や》る俺。……確かに、その通りだ。人数が重要なリソースの一つになる《アストラル》において、チームの分散なんてリスク以外の何物でもない。意味があるのは、それこそ今回の俺たちのような〝非常時〟だけだ。

「でも……」

思考に詰まった俺は、頭を整理するためにも疑問を口に出してみることにする。

「それなら、九番区のエリアが英明《えいめい》の支配下に移ってないとおかしいんだよな。一人逃がした栗花落《つゆり》はともかく、こっちはメンバーを全員倒してることになるんだから」

「ん、そだよね。むむむ……あ、でも、そういえばあの二人、やられる前にちょっと変なこと言ってたかも」

「変なこと？　……って、どんな？」

「えっとね、確か――俺たちは《百面相》の傘下だ、とか何とか」

「っ……!?」

思い出すように告げられた秋月の言葉に、俺は大きく息を呑《の》んだ。

（どういう、ことだ……？）

《百面相《カメレオン》》の傘下。所持者を倒したはずなのに何故《なぜ》か奪うことのできないエリア。そして枢木《くるるぎ》が取った〝生存優先〟の回避行動。どれもこれもよく分からないが、これだけ重なるとさすがに無関係とは言えなくなってくるだろう。……そう、結局は《百面相》が何かしているんだ。痛烈なまでに悪寒がする。嫌な温度の汗が首筋を伝う。

けれど、そうなってしまうのも仕方ないだろう――どうにか挟み撃ちの危機こそ脱したものの、あれだけの大乱戦を繰り広げておいて、俺たちは戦った二チームのどちらからもエリアを奪えていない。結果だけ見れば〝単にスペルを大量に消費させられた〟というだけの話だ。いや、それどころか、拠点の方も交戦前よりいくらか減少している。……おそらく、どこかのチームに漁夫の利でも掻《か》っ攫《さら》われてしまったんだろう。生存している十一チームのうちエリア所持数は第八位で、拠点数に至っては最下位だ。

逆に、あらゆる面でトップを独走しているのは──言うまでもなく、聖城学園。

「…………」

呼吸を落ち着けながらそっと端末に視線を移してみる。……と、この状況がやはりマイナスに映っているのか、支持率の方も極端なペースで下落していた。《ライブラ》の配信で流れているコメントの中にも『7ツ星もここまでだな』『チーム戦はダメか～』といったものがちらほらと窺《うかが》えるようになっており、半ば見限られているというのがよく分かる。

(っていうか、榎本《えのもと》との勝負だってまだ片が付いてないってのに……)

約束の期限である三日目が無慈悲に終わろうとしている中、俺はそっと小さく俯《うつむ》いた。

絶望的な状況。

ここからどうすれば挽回《ばんかい》できるのか見当も付かないくらいの無理難題。

けれど──けれどそれは、俺にとって想定外かと言われれば全くもってそんなことはなかった。むしろ、ある意味予想通りだ。最初からこういう展開になると思っていて、だから俺はわざわざリスクを承知で彩園寺のところまで相談しに行ったんだから。

脳裏を過《よぎ》るのは、ここにはいない一人の少女。

（まだ確証はないけど……いや、ここまで来たら仕方ないだろ）

心の中で静かに呟《つぶや》く。言ってしまえば、これは一つの〝賭け〟みたいなものだ。勝率はそれなりに高いと踏んでいるが、決して必勝にはなり得ない、一《いち》か八《ばち》かの一発勝負。

……だから。

俺は、真《ま》っ直《す》ぐに信頼の眼差《まなざ》しを向けてくる姫路《ひめじ》と上目遣いに縋《すが》るような瞳で見上げてくる秋月《あきづき》を順々に見つめ返すと、至極落ち着いた口調でこう切り出した。

「いいか、二人とも？　俺は、今からちょっと妙なことを言うかもしれない。多分信じられないと思うけど、騙《だま》されたと思って最後まで聞いてくれ――」


【……五月期交流戦《アストラル》三日目途中経過】

【各種データの計測中です。しばらくお待ちください……】

＃＃＃

「――本当に、すまなかった」

五月期交流戦三日目、後半終了直後。

ホテル一階の共用部……の中でも普段からほとんど人が立ち入らない場所に呼び出された俺は、制服をきっちり着込んだ榎本《えのもと》による渾身《こんしん》の謝罪を受けていた。

「…………」

彼が沈痛な表情をしている理由は、まあ分からないでもない。《鬼神の巫女《みこ》》の謀略とはいえ、今日の後半に参加しないという選択をしたのは榎本自身だ。それで英明《えいめい》があんな事態に巻き込まれたんだから、さすがに無関心というわけにはいかなかったのだろう。

自身の罪を悔いるように直立した榎本は、俺が何か言うより先に言葉を続ける。

「今日の午後は、そこのレストランで七瀬《ななせ》と共に《ライブラ》の中継を見ていた。本当は一人でいるつもりだったのだが、お互いどうにも決まりが悪くてな。せめて《決闘《ゲーム》》の流れくらいは把握しておこうと思ったんだ」

「ああ」

「そして、映像越しに全てを見ていた。……いいや、それも嘘《うそ》だな。あまりにも自分が不《ふ》甲斐《がい》なくて、最後まで見届けることすら出来なかったよ。《決闘《ゲーム》》の途中で部屋に逃げ帰って、後はひたすら震えていた。減少していく英明の支持率から目を背けるようにな」

そこまで言ってから、榎本はもう一度静かに頭を下げた。

「改めて、本当にすまない。僕の勝手な都合で、我儘《わがまま》で、英明だけでなく篠原《しのはら》の名前にまで泥を塗ってしまった。この《決闘《ゲーム》》が始まるまでは僕の方が【司令官《コマンダー》】に向いていると思っていたが、どうやら全くの見当違いだったようだ。篠原は何も悪くない。いや、悪くなかった。……後日、学長にでも頼み込んで公的な場で釈明はさせてもらう」

一瞬たりともふざけたり茶化《ちゃか》したりすることなく、榎本は極限までシリアスな口調でそんなことを言ってくる。おそらく、俺が戻ってくるまでに覚悟を固めていたんだろう。

そんな彼の真剣な瞳を見つめ返しながら、俺はゆっくりと言葉を紡ぐ。

「……なあ、榎本」

「何だ？」

「正直に答えてくれ。アンタは、本当に浅宮《あさみや》が《百面相《カメレオン》》だって疑ってたのか？」

「…………、いや」

俺の問いに一瞬言葉を詰まらせた榎本だったが、やがて小さく首を横に振った。

「そんなことはない。可能性という意味ならゼロではなかったが、それ以外に疑う理由はなかった。だから……どちらかと言えば、あれは七瀬を怒らせるために言ったんだ」

「怒らせるため？」

「そうだ。……馬鹿だからな、七瀬《あいつ》は。馬鹿で素直で純粋だから、ああいった悪意に弱いんだ。あのまま《決闘《ゲーム》》に参加し続けていれば簡単に壊れてしまうと思った。潰れてしまうと思った。それだけは、絶対に避けたかったんだ」

「………」

「おい篠原《しのはら》、何だその微妙な顔は」

「あ、いや……急に素直になったな、と思って」

「……ふん。別に、常日頃から思っていることだ。面倒だから口には出していないがな」

照れ隠しのような口調で呟《つぶや》いて、すっと俺から視線を逸《そ》らす榎本《えのもと》。そんなものを見遣《みや》りながら、俺が苦笑交じりに話を進めようとした……その瞬間、

「――ぁ、たっ!?」

ガタッと大きな物音がしたかと思えば、それと同時に、一つの人影が勢い余って俺たちの視界に入り込んできた。見覚えのありすぎるその姿を見て榎本の方は咄嗟《とっさ》に隠れ場所を探し始めているが、残念ながらそれが間に合うはずもなく、当の少女は若干バツが悪そうにしながらもこちらへ向かってきてしまう。

指先で髪を弄《いじ》りつつ微《かす》かに目を逸らしている金髪JK《ギャル》――浅宮七瀬《あさみやななせ》。

「ご、ごめんシノ。別に、盗み聞きするつもりはなかったんだけど……」

「……どこから聞いていた？」

瞬間、俺と浅宮の間に身体《からだ》を滑り込ませるようにしながら、榎本が低い声で尋ねる。

「答えろ、七瀬。回答によっては記憶を消去する必要がある」

「何それ。……えっと、アレだよ。『俺は七瀬が好きなんだよッ!!』のとこくらいから」

「そんな告白をした覚えはない。そもそも僕の一人称は俺じゃない」

「じゃあ『常日頃から想《おも》っている』のとこからで」

「それも言ってない！」

「は!? こ、こっちはちゃんと言ってたし！」

至近距離で顔を突き合わせながらも言い争いを始める二人。その雰囲気は今日の午前中に比べれば大分マシになっているものの、やはり多少のぎこちなさが拭えない。

だから、というわけじゃないのだが。

「……今日の昼休み、戦術を練るために《ライブラ》の映像を見てて思ったんだけどさ」

俺は、そんな彼らに向けて〃とある事実〃を伝えることにした。

「十五番区との交渉の時——俺と結川《ゆいかわ》が《臨時協定》を結ぶ直前のことなんだけど、相手側の一人が《魔砲》スペルを使おうとしてたんだ。その時は全く気付かなかったし、何なら映像で見た時も最初は分からなかったけど、十倍スローの再生にしたらギリギリ判別できた。……で、そのプレイヤーってのが、あそこで浅宮が攻撃したやつなんだよ」

「な……」「ぅ、シノ、それ……」

俺の解説に、それぞれ違う理由ではあるものの揃《そろ》って絶句する二人。

そして、数秒後——先に沈黙から立ち直ったのは、榎本進司《えのもとしんじ》の方だった。

「そう、なのか……？ あれは単なるいつもの馬鹿げた先走りではなく、ちゃんと意味のある行動だったのか？」

「……そ、そこまで驚くことないじゃん、バカ進司」

榎本の反応に、浅宮《あさみや》は少し拗《す》ねたように唇を尖《とが》らせながら文句を言う。

「ウチだってみんなの役に立ちたいって言ったでしょ？　最強に頼れる7ツ星のシノはもちろん、乃愛《のあ》ちは可愛《かわい》い上に超賢いし、ゆきりんは可愛い上に超有能だし、進司は……まあ進司はあんま可愛くないけど、一応チームをまとめてくれるじゃん。ウチは全然頭良くないから、交戦で役に立てなかったらどこにも居場所なくなっちゃうってゆーか……」

「……だから、十倍スロー再生の映像に匹敵するほどの反応速度で敵を撃ったと？」

「しょ、しょーがないじゃん！　見えたんだから！」

むっと頬《ほお》を膨らませて榎本に噛《か》み付く（今のところ比喩だ）浅宮。……二人ともはっきりと口にしているわけじゃないが、とりあえず和解できたと思って良さそうだ。別に、俺としては、このイベント中だけの休戦協定ということでも問題はない。

「んー……でもさ、シノ」

そこで、榎本との言い争いに一段落ついたのか、浅宮が再び俺に身体《からだ》を向けてきた。

「せっかく取り持ってくれたのに空気読めてないかもだけど……もう、ム、ムリじゃない？」

「……？　無理ってのは、何がだ？」

「う……そりゃあ、ここから逆転するのが、だよ」

申し訳なさそうにしゅんと肩を落としてみせながら、浅宮は「だって……」と続ける。

「エリアもスペルも全然ないし、支持率も下がってるし――シノは脱落しちゃうし、さ」

「ああ、そうだな。その通りだ。…………って、は？」

途中まで順調に相槌《あいづち》を打っていた榎本《えのもと》だったが、不意に顔をしかめて妙な声を出した。

「篠原《しのはら》が、脱落した……？　待て、何の話だそれは。聞いていないぞ……？」

「……いや、それは進司《しんじ》が途中で飛び出しちゃうからじゃん」

ほんの少し呆《あき》れたような仕草で溜《た》め息《いき》を吐《つ》く浅宮《あさみや》。そうして彼女は、ちらちらと俺の方を窺《うかが》いながら遠慮がちな声音で続ける。

「シノ、今日の最後で《アストラル》から脱落したんだよ。それも、あのポニテの子に復讐《ふくしゅう》されたとかじゃなくて……何ていうか、自分で」

……そう、そうだ。

今浅宮が説明してくれた通り、俺は、ほんの一時間ほど前――三日目の後半が終わる直前というタイミングで、自らに《剣閃》スペルを使用してそのLPを削り切っていた。英明《えいめい》から出た初めての脱落者。それも謎の〝自滅〟ということで、現在island tube《アイ・チューブ》やSTOCK上ではかなりの混乱が発生している。

けれど、そんな第三者たちよりもよっぽど混乱しているのは目の前の榎本だろう。

「脱落した……？　篠原が？　あの篠原緋呂斗《ひろと》が、既に《決闘《ゲーム》》を降りている……？」

「ああ、その通りだ。何も間違っちゃいないぜ。信じられないなら端末で調べてみろよ」

「いや……そういうわけではないが、だって、一体どうし――――ぁ」

と、そこでふとあることに気付いたのか、榎本は突然ピタリと動きを止めた。そしてみるみるうちに顔面蒼白《そうはく》になりながら、震える声で訊《き》いてくる。

「ま、さか……僕のせいか？　僕との勝負に勝つために、わざわざ自分を……？」

「………………」

そんな榎本の問いかけに、俺はあえて無言で返すことにした。……【司令官《コマンダー》】の座を賭けた榎本との対決。それは〝【司令官】を三人倒すことが出来れば勝利〟というものだったが、俺は、あのままではその条件を達成できないはずだった。何しろ、例の挟撃を退けた時点で俺たちが倒した【司令官】は二人。そこからさらに別のチームと交戦する、というのはどう考えても現実的じゃない。

だから、俺は自分自身を倒してしまうことにしたんだ――何せ、《アストラル》は敵チームだけではなく、味方チームへのダメージも正常に計測される《決闘《ゲーム》》仕様。そして俺の役職は他でもない【司令官】なんだから、俺が俺を倒せば計算は合う。

そのことを悟ったのか、榎本は真っ青な顔を歪《ゆが》めてぐいっと俺の襟首を掴《つか》んできた。

「どうしてそんな馬鹿な真似《まね》をした、篠原！」

「…………」

「これが身勝手な怒りだというのは分かっている。全ては自分が蒔《ま》いた種だというのも理解している。だが、篠原《しのはら》がいなかったら、僕たちはこの先どうやって……！」

震える声で激昂《げきこう》する榎本《えのもと》。言葉の端々に怒りが滲《にじ》み出ているが、それは、裏を返せば榎本が既に俺を認めてくれているということだ。榎本と浅宮《あさみや》の関係もひとまず修復されたことだし、ようやく英明《えいめい》が一つにまとまってきた感がある。

もちろん、そのこと自体はありがたいのだが——しかし、

「……違うな」

榎本の視線を真正面から受け止めながら、俺はニヤリと不敵に笑ってみせた。

「確かにアンタとの勝負も理由の一つではあるけど、別にそれだけってわけじゃない。っていうか、俺は英明の【司令官《コマンダー》】だぞ？　内紛にかまけて潰れるなんてヘマはしねえよ」

「……どういうことだ？　まさか、篠原の脱落が英明の勝利に繋がるとでも？」

「ま、簡単に言えばそういうことになるかもな」

余裕ぶった表情でそんな言葉を口にする俺。

そうして俺は、今の状況を簡単に整理してみることにした——《百面相《カメレオン》》によって滅茶苦茶《めちゃくちゃ》に引っ掻《か》き回された五月期交流戦。《百面相》の勢力は他の追随を許さないほどに圧倒的で、加えてその傘下を名乗る謎の陣営まで発生している。そして、英明の立ち位置は

どう考えても最下層だ。虎視眈々《こしたんたん》と逆転を狙っている桜花《おうか》と違い、そもそも《決闘《ゲーム》》に影響を与えられるようなポジションにいない。

けれど……いや、だからこそ。

「これしかないいんだ——俺たちが勝つにはこれしかない。《決闘《ゲーム》》がこれだけ動いてるんだから、もう普通にプレイしてたって意味がないいんだよ。搦《から》め手でも番外戦術でも何でも使って徹底的に逆転する必要がある。枠組みをぶち壊す必要がある。……だから、安心してくれよ？　今の英明が落ちぶれた位置にいるのも俺がここで《決闘《ゲーム》》から降りるのも、全部最初から狙ってたことだ。むしろ、ここまでは完璧——何もかも、計画通りだよ」

——《百面相》を攻略できるのもまた、俺たちしかいないんだ。

【五月期交流戦《アストラル》——三日目終了】
【エリア所持数最大チーム：十二番区聖城《せいじょう》学園（２２４５マス）】
【支持率最大チーム：十二番区聖城学園（38・3％）】
【特記事項——英明学園篠原緋呂斗：脱落】

幕間　もう一つのプロローグ

イベントの行われている開発特区から程近い、とあるビルの最上階にて。
――学園島《アカデミー》第零番区。

「くくっ……くくく、あはははははは!!」

聖城《せいじょう》学園の元学長・倉橋御門《くらはしみかど》は溢《あふ》れる笑いを堪《こら》えられずにいた――まあ、それもそのはずだ。何せ前回の《区内選抜戦》であれだけ自分をコケにしてくれた篠原緋呂斗《しのはらひろと》が、今まさに《百面相《カメレオン》》の脅威に屈して《アストラル》の舞台を降りたのだから。ＳＮＳの反応を見る限りまだ混乱の方が大きいようだが、いずれ７ツ星への失望へと変わるだろう。

「ああ……全く、自分の才能が怖《おそ》ろしいな」

本土から取り寄せた高めのワインを口に含みながら、倉橋はにやにやと端末の画面に指を這《は》わせた。そうやって、とあるルートからアクセスしている《アストラル》の全体マップを俯瞰《ふかん》してみれば、三日目終了の時点で《百面相》の勢力がフィールドの四分の一を覆い尽くしているのが見て取れた。対する英明《えいめい》のエリアなどちっぽけなものだ。ここからやつらが這い上がってくることなど、万に一つも有り得ない。

「あのガキが言うことを聞きやがるかどうかだけが懸念《ネック》だったが、それも今のところは問題なさそうだしな……」

今回の洗脳対象《パートナー》──《百面相》に思いを馳《は》せながら、倉橋はそっと静かに溜《た》め息《いき》を吐《つ》いた。……本当はもう少し強めに洗脳を入れておきたかったのだが、ヤツの思考回路が頑《かたく》なすぎて何を言ってもダメだった。現状はとりあえず従ってくれているものの、完全に制御できている気はしない。

けれど──まあ、結果が出ているのなら過程なんてどうでもいいか。

「何にしてもオレの駒だってことには変わりねえんだ。反抗してきやがったらもっと上等な餌をチラつかせてやりゃそれでいい。……だから、最後まで頼むぜ？　《百面相》さんよォ」

好戦的な笑みを貼り付けながらそう言って──。

倉橋御門は、次なる指示を出すために端末の操作を開始した。

♭♭

「…………」

──寒いな、と思った。

少女がいるのは四季島《しきしま》グランドホテルの地下一階だ。地下とはいえホテル内なのだから空調は適温に保たれているはずだが、それなのに凍えてしまいそうなくらいの寒さを感じる。昨日から一睡も出来ていないからだろうか？　それとも、ずっと床に座り込んでいるから？　……いいや、多分そのどちらでもない。この寒さは、きっと精神的なものだ。

どうしようもない絶望感と閉塞感。

進めば進むだけより深い暗闇に落ちていくような底知れない恐怖感。

少し視線を上げればそこら中に大量の機材が置かれているのが分かるが、もうそれを眺めているのも嫌だった。だって、ずらりと並ぶモニターには彼女たちを絶望させる文章しか浮かんでこない。《百面相《カメレオン》》の生んだ大波乱——それは、確実に《決闘《ゲーム》》を蝕《むしば》んでいく。

「ぁ……」

と、その時、少女の前に置かれたモニターが一件の通知を表示した。三日目終了間際にして再びの脱落者。今日だけで一体何人のプレイヤーが脱落したのか集計するのも億劫《おっくう》だが、脱落者の管理だって彼女たちの仕事だ。既に崩壊しかけているこのイベントを——少なくとも表面上だけは——成立させるために、嫌でも何でも動かないといけない。

だから、彼女はのろのろとした仕草で立ち上がることにした。虚《うつ》ろな瞳でモニターを見つめ、ほとんど無心で操作を進める。

そうして、ほんの一分ほどで全ての処理を終え。

最後に一応名前くらいは見ておこうと思って持ち上げられた彼女の瞳が……瞬間、大きく見開かれた。

「え……篠原、くん……？」

篠原緋呂斗《しのはらひろと》――最強無敗の学園島《アカデミー》最強。《決闘《ゲーム》》の最後まで残り続けるだろうと何の疑問もなく信じていた彼の名前が、何故《なぜ》か脱落者の中にある。そのことに自分でも驚くくらい動揺して、混乱して、少女はふらりとその場に崩れ落ちてしまいそうになる。

まさか、篠原緋呂斗まで負けたのか？　《百面相》というのは、そこまで強いのか？

「っ……！」

震える手で端末を操作して、何度もミスしながらどうにか配信のアーカイブを再生する彼女。すると英明《えいめい》学園は、確かに《百面相》騒動の余波と思われる二チームの挟撃に巻き込まれてはいるものの、それらのチームを撃退することには成功していた。篠原緋呂斗が脱落したのはその後だ。彼は、不敵な笑みを浮かべながら、自ら命を絶っている。

「こんな、ことって……」

有り得ない。このイベントにおいて、そんな手段は成立し得ない。……普通なら。

けれど、思ってしまうのだ。篠原緋呂斗なら――史上最速の7ツ星である彼なら、もしかしたら普通じゃない思考をしてくれているかもしれない。ああ、確かに自ら脱落するメリットなんて普通は存在しないだろう。けれど、メリットじゃなく〝理由〟という言葉に置き換えるなら、それが全くないわけじゃないんだ。だって、彼女たちは、《アストラル》の参加者とは一切のコンタクトを取ることが出来ない――逆に言えば、既に《アストラル》から脱落したプレイヤーであれば彼女たちと接触できる、ということなんだから。

「……でも、まさか、そんなわけ――」

絶望に慣れ切った頭では否定の言葉ばかりが出てくるが、それでも、心のどこかではどうしようもなく期待してしまう。いつの間にかドキドキと心臓が高鳴っている。

そして、そんな彼女の期待を易々《やすやす》と肯定してみせるかのように――映像の中の彼は、比類なき学園島《アカデミー》最強は、いつも通りの不敵な声音でこう言ってのけたのだ。

『……よお、見てるか？』

『お前だよ、お前。いや、もしかしたら〝お前ら〟って言った方がいいかもな』

『ちょっと遅れたけど、俺も今からそっちに行く。拒否ったたって無駄だぜ？　何せもう決めちまったからな』

『だから、いつまでも怯《おび》えてんじゃねえよ』

『ここから先は――……逆転の時間だ』

あとがき

こんにちは、もしくはこんばんは。久追遥希《くおうはるき》です。

この度は本作をお手に取っていただきまして、誠にありがとうございます！

2巻から少し間が空いての3巻となりましたが、いかがでしたでしょうか……!? これまでとは違ったチーム戦、他校の強豪プレイヤーとの駆け引きなど、詰め込めるだけ詰め込みました！ また、既に情報が出ているかとは思いますが、今回はなんと二ヶ月連続刊行ということで、来月には4巻が出ることになっています……！ 早い！ 3巻ラストから繋《つな》がる話になっていますので、こちらも合わせて楽しんでいただければと思います。

それでは、紙幅も残り少ないのでさっそく謝辞です。

イラストレーターのkonomi（きのこのみ）様、いつもながら最高過ぎるイラストをありがとうございました！ 次巻で登場するあの子も含めてみんな大好きです！

担当編集様、並びにMF文庫J編集部の皆様。今巻もがっつりと改稿にお付き合いいただきまして誠にありがとうございました……！ 今後ともどうぞよろしくお願いします。

そして最後に、本作を読んでいただいた皆様に最大限の感謝を。

次巻もすぐにお届けできるかと思いますので、どうか楽しみにお待ちください!!

久追遥希

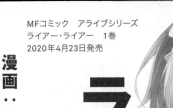

MF文庫J

ライアー・ライアー3
嘘つき転校生は偽お嬢様のニセモノを探しています。

2020年2月25日　初版発行
2020年8月5日　4版発行

著者　久追遥希

発行者　三坂泰二

発行　株式会社 KADOKAWA
〒102-8177 東京都千代田区富士見2-13-3
0570-002-001（ナビダイヤル）

印刷　株式会社廣済堂

製本　株式会社廣済堂

Printed in Japan　ISBN 978-4-04-064447-9 C0193

●お問い合わせ（メディアファクトリー ブランド）
https://www.kadokawa.co.jp/（「お問い合わせ」へお進みください）
※内容によっては、お答えできない場合があります。
※サポートは日本国内のみとさせていただきます。
※Japanese text only

◇◇◇

【 ファンレター、作品のご感想をお待ちしています 】
〒102-0071 東京都千代田区富士見2-13-12
株式会社KADOKAWA　MF文庫J編集部気付「久追遥希先生」係「konomi先生」係